KB131305

아직, 도쿄

아 직,
도 쿄

임진아
글 · 그림

위즈덤하우스

글쎄요, 역시 도쿄일까요

도쿄 앞에는 언제나 '아직'이라는 단어가 붙었다. 혼자 떠나기로 작정한 도쿄 여행을 앞두고 구글맵에 '아직 도쿄'라는 이름의 지도를 만든 게 시작이었다. 생활 속 쉬는 시간이면, 휴게실에 들어가듯이 '아직 도쿄' 지도 속으로 들어갔다. 신경 쓰이는 장소나 가고 싶은 상점, 당장 앉아 있고 싶은 테이블과 보상받는 기분으로 시간을 누릴 만한 거리를 체크하며 지냈다. 아직 일어나지 않은 도쿄가 매일 계속되었다. '아직'이라는 단어가 내 이름 앞에 가까워진 이후로 붙일 수 있는 것들에는 죄다 '아직'을 붙이기 시작했고, 그렇게 도쿄 앞에까지 붙은 것뿐이었다. 그렇지만 이름은 함부로 짓는 게 아니라고 누가 그랬을까. 아무리 가고 또 가도 내 자리에만 돌아오면 도쿄는 또다시 아직 가지 않은 도시가 되어 있었다.

언젠가 실없는 장난으로 "여행 경비 걱정 없이 딱 하나의 도시만을 골라야 한다면?" 하는 질문을 받았을 때에도 일단 도쿄부터 떠올린 나였다. "또 도쿄냐?"는 말을 들었지만, 머릿속은 '그러고 보니 올해는 아직 도쿄를 못 갔네' 하며 떠날 틈을 가늠해보느라 바빴다.

랜턴 퍼레이드(Lantern Parade)의 노래 「물웅덩이는 하늘색(水たまりは空の色)」에는 이런 가사가 무심하게 흐른다.

모르는 거리에서 헤매는 듯한 기분이 되는 일은 도쿄에서는 간단한 거야.

노래를 듣다가 피식 웃었다. 헤매는 듯한 기분이 아니라, 헤매느라 시간을 허비하던 나를 몇 번이고 떠올릴 수 있었으니까. 그런 복잡함 속에서 쉬이 지치는데도, 눈앞에 나를 치고 지나갈 것만 같은 사람들이 쏟아지는 도시가 왜 그리 좋은 걸까.

여행은 무얼까. 쉬러 떠나는 게 여행이라면 나는 어쩌면 '여행'을 좋아하는 게 아닐지도 모른다. 그냥 어떤 시간을 좋아하는데, 그 시간이 여기에 없을 때 그 시간을 향해서 이동한다. 비슷한 류의 좋아하는 시간은 평소에도 주위에 적당히 퍼져 있다. 종종 주위에 없을 뿐이다. 각자 떠나는 이유야 아무래도 좋으니 '여행'이라 부르기로 약속한 게 아닐까.

떠나고 싶지 않아. 하지만 나를 구경하고 싶다.

모처럼 나를 구경할 수 있는 최적의 도시가 바로 도쿄였다. 연인이나 가족 혹은 친구와 떠난다면 어디든 상관없을지도 모른다. 하지만 혼자 떠난다면 역시 도쿄다. 나에게 도쿄는 유일하게 혼자가 가능한 도시가 되어버렸고, 다른 도시로 수정될 계획은 아직 없다.

한쪽으로 정리할 수 없을 만큼 어질러진 취향들이 모처럼 감각되고, 평소 좋아하던 것들을 위해 기꺼이 움직일 수 있고, 복잡한 곳은 싫지만 생활은 편해야 하고, 조용한 곳을 좋아하지만 그곳에 가는 길이 어렵지는 않고, 일정을 마치고 집에 돌아오는 길이 어제 서울에서 보내던 기운과 그리 다르지 않았으면 하는 마음이 도쿄에서는 통했다.

그간 이어져오던 일상이 여행으로 인해 나뉘더라도, 나뉘었을 뿐 같은 모양을 하고 있으면 좋겠으니까. 저마다 다른 케이크 조각을 모으기보다 하나의 치즈케이크를 완성하고 싶으니까. 여행이 끝나고 또 한 번 나뉘더라도, 여전히 내가 아는 치즈케이크가 계속되길 바라는 마음으로 도쿄와 서울을 오고 갔다.

도쿄에 관한 책을 써보지 않겠냐는 제안을 받았을 때, 당시 나는 단행본 한 권을 내 힘으로 쓸 줄 모르는 사람이었다. 그럼에도 불구하고 하기로 마음을 먹었던 이유는 사소하지만 선명했다. 도쿄라는 도시에서 구경한 '임진아'라는 사람의 모양들이 그 장소에서만큼은 뚜렷하게 도드라져 있었다. 익숙한 듯 낯선 도시에서 나를 구경한 시선은, 매일의 거리에서 쉽게 지나쳐버린 나를 바로 보게 했다. 그 장면들을 또다시 지나치기 전에 기록할 기회를 놓치고 싶지 않았다. 이 책에는 그렇게 만난 시간들, 꼬박 30개의 도쿄들이 모여들었다.

가본 적이 있는 여행지의 이야기를 막 다녀온 친구에게서 잔뜩 듣고 돌아와 '나도 다시 가볼까' 하며 검색창에 도시의 이름을 적어보던 어느 밤처럼, 잊고 있던 시간을 스스로 만들기 위해 내일을 그려보게 되는 책이 되었으면. 어제까지 떠날 일 없던 누군가가 아직 떠나지 않은 사람이 되어 있는 어느 밤들을 그려본다.

아직, 다음의 도쿄를 가지 않은

임진아로부터

일러두기

본문에 등장하는 외래어 표기는 국립국어원의 기준을 따랐으나 인명의 경우 실제
발음에 가깝게 표기했습니다.

<hr>

1 。 즐거워지는 것을 사자

도 쿄 의
상 점

<hr>

2 。 내가 고른 테이블

도 쿄 의
커 피 시 간

5。도시의 책장을 읽는 시간

1. 즐거워지는 것을 사자

도쿄의

상점

01

귀여우니까
쓸모 있는 것들이
모여 있는 곳

사브로(サブロ)

"도쿄에 산다면 어디에서 살고 싶어?"

이런 질문을 받는다면 입을 열기도 전에 분명 이 동네를 떠올리게 될 것이다. 기치조지?

하지만 선뜻 대답하지는 못하고 입을 꾹 다물고 있겠지. 이유를 말해야 하는 순간이 온다면 이노카시라공원밖에 떠오르지 않을 테니까.

2016년에 일본 TV도쿄에서 방영한 「기치조지만이 살고 싶은 거리입니까?(吉祥寺だけが住みたい街ですか?)」라는 드라마를 재미있게 봤다. 주인공은 기치조지에서 부동산을 운영하는 쌍둥이 자매. 이 동네에 살고 싶으니 조건에 맞는 방을 보여달라고 말하는 모든 손님에게 "기치조지에서 사는 거 그만둘까?"라고 말한다. 그저 기치조지적인 무언가에 자신을 끼워 넣으려는 사람에게, 고유의 생활과 평소의 정서에 맞는 다른 동네를 소개하는 만화 원작 드라마다. 이런 만화와 드라마가 존재하는 걸 봐도 기치조지라는 동네가 주는 매력적인 분위기는 비단 타국 사람만의 감상은 아닌 듯하다.

20대 초부터 지금까지 수차례 도쿄 여행을 할 때마다 기치조지는 무조건 일정에 넣었다. 어떤 여행에서는 이노카시라공원에 가는 것이 이유였고, 어떤 여행에서는 멘치가스를 먹어보는 것이 목적, 또 헌책방 햐쿠넨(百年)에 가기 위해서거나 일단 기치조지는 일정에 넣자는 게 전부일 때도 있었다. 그리고 주변 사람들이 도쿄 여행 코스를 추천해달라고 하면 무조건 기치조지를 꼽았다. 역시나 이노카시라공원을 들먹이며 말이다. 그러면 듣는 이는 기치조지적인 무언가를 상상하고는 서로 '잘 모르지만 한적하고 뭔가 좋은 곳(그리고 큰 공원이 있다)'이라고 대화가 마무리되었다.

하지만 이런 기분으로 기치조지에 도착한다면 조금 당황할지도 모른다. 시부야나 신주쿠와는 확연히 다르기를 기대하고 도착하지만 정신없는 건 비슷하다. 그야말로 멋진 번화가. 아는 게 없다면 어디든 무료한 시간만이 역 앞에서 기다리고 있을 뿐이다. 그 시간을 거스르는 건 온전히 나의 몫이다.

니시오기쿠보에서 점심으로 파인애플 라멘을 먹은 후 카페 리겐도(Re:gendo)에서 계절 주스를 마시고서 시계를 보니 약 3시였다. 호텔에서 조식을 먹으며 생각해둔 일정은 여기까지였기 때문에 '이제 뭐 하지'라는 생각이 절로 들었다. 참 느슨한 여행자다.

주오선을 타고 가기 좋은 곳이라면 역시나 기치조지가 떠올랐다. 할 게 없으면 공원에 앉아 있으면 되니까 따위의 무계획을 세우고 다시 스이카(교통카드)를 찍었다. 그렇게 기치조지역에 도착하자마자 느낀 것.

혼자 기치조지에 온 건 처음이다.

도착해서야 알다니. 공원으로 향하는 인파를 보니 어째선지 공원에 갈 기분이 아니었다. 흘러나오는 노래에 맞춰서 어깨를 들썩거리다 "그러지 말고 나가서 제대로 춰!" 하고 등을 떠밀렸을 때, 막상 춤출 수 없는 사람의 마음이 이럴까. 그렇게 기치조지를 자랑해놓고 실상은 기치조지 초짜였던 것이다(맞아요. 사실 놀 줄 모르는 사람입니다).

딱 보아도 헤매는 사람의 얼굴을 하고는 점점 사람이 없는 도로로 발걸음을 옮기는데, 예전에 와본 곳이라는 걸 천천히 눈치챘다. 몇 해 전 기치조지에 왔다가 신호등을 기다려야 하는 작은 삼거리에서 눈에 띄는 파란색 부동산 간판을 찍은 적이 있었다. 당시 블로그에 부동산 간판 사진을 올려두면서 그 밑에 의미 없이 '평일 낮이라 그런지 거리가 한산했다'라고 여행 후기를 적어두기까지 했었다. 그곳에 다시 서 있구나 싶은 순간, 이상하게 오싹했다.

눈앞에 지난 기치조지 여행을 기록한 내 게시글이 보이며 눈으로 스크롤을 내리고 있었다. 이곳을 기억해낸 내 몸이 아직 멍한 나에게 자꾸 알려주는 기분. 어라? 그제야 게시물에 달려 있던 친구의 댓글 하나가 생각났다. 부동산 간판 사진을 언급하며 좋아하는 문구점이라고 신나서 알려주던 친구의 댓글. 문구점은 본 적 없었기에 대수롭지 않게 넘겼는데…… 지금 그 사진 속에 들어와 있는 나는 곧장 문구점을 찾기로 한다.

마침 신호가 바뀌어 건물 앞으로 다가갔다. 부동산 간판 밑에는 여성의류 매장이 있을 뿐 문구점은 보이지 않는다. 내 기억이 잘못된 건가 싶어 시무룩해지려는 찰나에 너무나도 문구점스러운 작은 입간판이 나타났다. 아주 작은 글씨가 적혀 있다. 문구 잡화 사브로.

건물 앞에 우뚝 서서 묵직하게 "오" 하고 말했다. 정말로 있었구나, 문구점. 작은 건물의 좁은 계단을 올라가니 2층에는 건물과는 닮지 않은 나무 문 하나가 있다. 손으로 움직이면 분명히 삐거덕 소리가 날 만한 문에 유리창이 달려 있어서 들어가기 전 내부를 살짝 볼 수 있는 시간까지 주어졌다. 이런 인테리어는 초행자에게 친절하게 다가온다.

빌딩 앞에 놓인 입간판.
초행자에게는 중요한 역할을 한다.

19

다소 긴장한 기운으로 문을 열었더니 왼쪽 카운터에서 무언가를 포장 중이던 점주가 적당한 시선으로 인사를 건네왔고, 반대편 매대에는 나와 비슷한 또래의 손님이 무언가에 집중한 모습으로 어슬렁거리고 있었다.

이 모든 장면이 한눈에 보였다. 실내는 확실히 좁았지만 진열된 물건들이 대부분 자잘해서 묘하게 좁게 느껴지지 않았다. 어떤 물건들은 내 손가락이 크게 느껴질 정도. 사브로 홈페이지에는 이렇게 적혀 있다.

세 명이 들어가면 만원이 되는 작은 가게에서 약 6년간 영업 후, 2010년 8월 8일에 기치조지 거리의 작은 빌딩 2층으로 이전했습니다.

더 작고 좁은 공간이 앞서 존재했다니. 그 공간이 궁금하지만 이제는 없는 곳이다.

천천히 둘러보는데 작은 도장부터 오래된 필기구, 어째서인지 그리운 느낌의 옛 문구와 잡화가 좁은 곳에 와글와글 모여 사는 모습에 그만 털썩 주저앉을 뻔했다.

왜 그런 추상적인 댓글만을 남겼던 거야. 왜 진작 더 정확하게 알려주지 않은 거니. 속으로 중얼거렸지만 사실은 그 짧은 댓글 하나로 충분했다. 어찌 되었든 이렇게 서 있게 되었으니.

한때 작은 문구점을 운영하는 게 꿈이었다. 대학을 졸업하고 줄곧 문구 디자인 회사에서 일을 했고 그 일에 애착이 꽤 깊었다.

시간이 흘러 더 이상 문구를 만드는 일은 그만하자고 손을 놓아 버리고 퇴사를 했다. 그러면서도 동시에 '내 눈에 좋은 것들을 한곳에 모아 선보이는 일'에 대한 모습을 새롭게 그려보기도 했다.

어쩌면 문구나 잡화를 만드는 일보다 그것들을 사 모으고 소개하는 일을 더 좋아했는지도 모른다. 어느 쪽이 나와 맞는지 시원하게 대답하기가 아직도 어렵다. 게다가 나라는 사람이 과연 무언가를 소개하기 위해 가게로 출퇴근을 하며 사람을 대하는 일이 가능한 사람인지도 모르겠다. 하지만 만들거나, 소유하거나, 소개하는 차이만이 있을 뿐 문구를 좋아하는 사실은 분명하다.

막연하게 꿈꾸고 있었지만 설명하기 어려웠던 상상의 문구점이 이미 이곳에 실현되어 있다. 잡화점이라고 하기엔 너무나 문구점에 가까운 곳. 아니 문구점보다는 문방구인 곳. 이 공간과 어울리는 주인분을 이따금씩 쳐다보며 흘러나오는 속마음.

맞아요. 맞아. 이런 거였어요.

듣고 있나요. 내 감동이 들리나요.

사용감이 있어 보이는 작은 나무 서랍을 열면 따뜻한 질감의 종이들이 놓여 있고, 테이블 위에는 일본에서 어린 시절을 보냈다면 분명히 그립다고 느낄 만한 옛 문구들이 전혀 어색하지 않게 자리 잡고 있다. 왜인지 나 또한 '이거 참 그립네' 하며 묘하게 마음이 서걱거렸다. 돌이켜보니 초등학생 시절부터 지금까지, 가라앉은 마음을 풀어주는 곳은 학교 앞 문방구 혹은 좋아하는 문구

손님에게 시선을 두지 않고, 자신의 일을 하는 점주.
역시 문구점이나 잡화점은 손길이 많이 가는 일터.
왼쪽 나무 문 안의 창고를 수시로 왔다 갔다 한다.

점이었다.

초등학교 시절. 수업을 마치면 문방구에 앉아 주인아주머니와 한참을 얘기하며 문구들을 가지고 놀거나 구경하다가 느지막이 집에 가곤 했다. 그는 내게 학교생활 밖의 친구였고, 내가 앉을 의자를 준비해주셨다. 4학년 때부터는 방과 후의 집이란 늘 비어 있었기 때문에, 하늘이 벌게지려고 할 때야 집에 들어갔다. 집에 가면 쌀을 씻고 혼자 텔레비전을 보다가 잠이 들고는 했다.

몇 해 뒤, 부모님은 서울 강서구에 돼지갈비집을 차리셨다. 학교를 마치면 늘 가게로 가 양파와 상추를 씻거나 주문 들어온 대패삼겹살의 그램 수를 맞추거나 카운터에서 텔레비전을 보았다. 지루할 때면 가게 옆의 작은 팬시점에 갔다. 입구에서부터 진열되어 있는 팬시용품들을 하나씩 모두 보았다. 오른쪽 벽과 정면의 벽 그리고 왼쪽 벽을 구석구석 모조리 살펴보고는 딱 하나의 문구를 골라 계산을 하고 나오는 게 일과였다.

가장 오래 구경했던 시간은 50분이었다. 결국 골라 든 건 5공 다이어리에 추가할 새로운 스티커 세트. 5공 다이어리에 넣을 수 있도록 다섯 개의 구멍이 뚫려 있었다. 매번 점내의 모든 물건을 눈에 담고 나서야 집에 가는 꼬마 손님이었다. 사브로의 문구들을 보니 나에게도 문구에 대한 그리움이 짙게 존재한다는 걸 알게 되었다.

한쪽에는 일러스트가 빼곡히 그려진 용도가 다양한 도장들이 종류별로 있어서 하나하나 눈으로 체크하느라 시간이 꽤 걸렸다.

작은 나무에 그려진 '참 잘했어요!' 식의 도장들을 보며 손으로 입을 틀어막고는 방금 눈에 보인 귀여움을 토해내지 않으려 애썼다. 이런 귀여운 도장을 숙제 노트에 찍어주던 선생님은 없었지만, 왠지 그리워!

엉뚱하고 친숙한 일러스트가 담긴 문구들을 보니, 호텔에서 나설 때 돈을 얼마 가져왔는지 궁금해졌고 곧바로 지갑 상태를 확인해보았다. 귀엽기 때문에 쓸모 있는 것들은 분명 살 가치가 있으니까. 그러려고 여태 돈 벌고 살았던 거야.

작은 물건마다 하나하나 주변의 가까운 사람들 얼굴이 떠올라, 작고 비싸지 않으면서 좋은 그리움이 느껴지는 귀여운 물건들을 담고 있자니 어느덧 통유리 창문에 내 얼굴이 비치는 시간이 되었다. 지금의 나, 이곳과 무척 어울리는 것 같아.

작은 물건들이 꼭 있어야 할 곳에 살고 있는 분위기에, 들어오기 전 창밖의 도로에서 느낀 낯선 기분은 이미 오래된 이야기가 되어 있었다.

어느 사이에 작은 가게 안 손님은 나뿐이었지만, 오랫동안 더 자세히 들여다보며 작은 것 하나 놓치지 않고 구경하는 것이 내 감동을 전하는 유일한 태도라는 생각이 들었다. 마음은 편히 발걸음은 느리게 눈은 천천히 두었다.

사브로에서 직접 제작한 문구도 꽤 보였다. 일러스트레이터나 공예 작가와 협업하여 만든 도장이나 가방, 가죽 제품, 지류 등 다양한 문구에 작은 미소가 지어졌다. 36이라고 쓰인 로고가 그려진 문구가 꽤 많이 놓여 있다는 것도 금방 알아차릴 수 있었다. 내가 하고 싶어 하는 일을 잘해내고 있는 곳을 보면, 왠지 등을 보이지 않은 그대로 뒷걸음질로 물러나고 싶어진다.

일러스트레이터 마코모(makomo)의 그림이 그려진 사브로 손가방에 눈이 갔다. 얇고 가볍고, 책 몇 권 넣고 다니기 좋은 작은 손가방이다. 내 것과 이곳을 알게 해준 친구에게 선물할 것까지 사려고 하니 새것은 하나뿐이었다. 조심히 카운터로 다가가 물어보니 딱 하나만 남아 있다고 해서 특유의 잔넨빛(아쉽거나 유감일 때 말하는 "잔넨(残念)"에 낯빛을 나타내는 빛을 더해 내가 만든 표현이다) 표정을 지었더니, 점주는 같은 그림의 다른 색 가방을 보여주었다. 그렇게 가방 두 개를 추가로 구매하며, 사브로에서의 첫 쇼핑이 끝이 났다. 계단을 내려오니 기치조지의 거리를 헤매던 나는 사라지고 없었다.

사브로 X makomo 에코백.
숫자 36을 뛰어넘는
두 마리의 새가 무척 신나 보인다.

책을 넣어 다니는 가방으로 제격.
컬러는 희망찬 하늘색.

기치조지에는 사브로가 있다. 물론 이노카시라공원도 있고, 하모니카 요코초 상점가도 있고, 산책하기 좋은 거리도, 예쁜 카페도, 멋스러운 책방도 있는 동네이지만 나에게 기치조지는 이제 '사브로가 있기에 그립고 귀여운 동네'가 되었다.

　기치조지.

　살고 싶은 곳이라기보다는, 온 신경을 다 써가며 점내의 모든 문구를 전부 구경한 뒤 나의 주머니에 작은 문구 하나를 넣어주러 가고 싶은 곳이 되었다. 그렇게 사온 문구를 소중히 여기던 입가의 미소를 오래 기억하고 싶다.

사브로 サブロ Sublo

사브로의 시작은 점주의 친가가 운영하던 교토의 문구점이었습니다. 할아버지로부터 온 가게 이름이라고 합니다.

기치조지에 개업한 시기는 2004년 12월. 가게의 소개글에는 '문방구'라는 말을 사용하는 만큼, 단지 귀여운 문구뿐만 아니라 실생활에 필요한 문구류도 다량 보유하고 있습니다.

자체 운영 중인 온라인 상점의 경우 카테고리의 명칭에 눈이 갑니다. '귀여워!', '멋있어!', '그리운!', '재미있어!' 등 점주의 시선으로 정렬해놓은 문구들은 한 끗 차이로 카테고리가 나뉩니다.

—

도쿄 무사시노시 기치조지 혼초 2-4-16 하라 빌딩 2층
2F HARA Building, 2 Chome-4-16 Kichijoji Honcho, Musashino-shi, Tokyo

홈페이지 www.sublo.net
인스타그램 @36sublo, 트위터 @36Sublo

—

02

대만족
오늘 일정은
이곳만으로도

레가미샤 (手紙舍)

알람도 없이 일어나 시계를 보니 다행히 조식 시간이 지나지 않았다. 침대 위에서 "조식, 조식, 조식" 되뇌다가 '조식 포함'이라는 생각이 드는 순간, 몸이 일으켜져 식당으로 내려갔다. 어차피 혼자 하는 여행이니 뭐든 내 마음이다. 아침을 거르고 눈을 더 붙이고 싶다면야 충분히 그럴 수 있지만, 과거의 내가 미리 돈을 지불해 주문해준 조식이라면 한낱 아침잠 때문에 거를 수는 없다. 나는 나의 노력을 가장 잘 아는 사람이니까.

도쿄에서 혼자 지낼 때면 미나미아사가야역에 위치한 '호텔 루트 인 도쿄 아사가야'에서 지냈다. 운이 좋으면 방에서 주오선이 지나는 풍경을 한없이 볼 수 있다는 점과 적당히 고요한 분위기 그리고 익숙한 잠자리가 좋았다. 혼자의 시간이 필요하면서도 겁이 많은 여행자에게는 안전한 1층 로비가 필요하다.

특히 일본 가정식으로 꾸려진 조식 덕분에 편한 마음으로 아침 시간을 보낼 수 있다. 나는 그날그날의 일정을 조식을 먹으며 정했다. 입을 우물우물하며 핸드폰 속 지도를 보면서 오늘을 그려보는 시간은 혼자이기에 가능한 시간이자, 혼자 하는 여행 중 가장 마음에 드는 순간이었다. 내가 꾸려놓은 도쿄 구글맵에는 머릿속에 얼추 정해져 있는 장소들이 흩뿌려져 있고, 아침의 내가 그중에서 고를 뿐이었다.

그날 아침, 가고 싶은 마음이 선명했던 곳은 한 번도 가보지 않은 동네인 시바사키역에 자리한 '테가미샤'였다.

테가미샤는 책을 통해 처음 알게 되었다. 광화문 교보문고 외서 코너에 있던 책 『귀여운 인쇄(かわいい印刷)』를 발견한 건 기쁜 일이었다. 마침 50퍼센트 할인 스티커가 붙어 있었고, 각종 귀여운 인쇄물들이 친절하게 정리되어 있어서 사지 않을 이유가 없었다. 인쇄 색상이나 종이의 종류, 여러 가공 방법에 따른 결과물들을 소개하는 이 책은 종이를 가지고 무언가를 만들어내고 싶은 나에게는 교과서 같았다. 책을 넘기며 보는 것만으로도 좋은 자극이 되었다. 교과서라는 게 별건가. 짧은 시기마다 귀감으로 삼는 책 몇 권이 있다는 사실만으로도 손을 뻗을 테두리가 넉넉해진다. 성인이 된 후로는 시기마다 자신의 교과서를 고를 수 있으니 좋다.

레트로 스타일 인쇄에 속하는 리소그래프(risograph) 인쇄 방식을 좋아하는데, 이 책에서 크라프트지 계열에 흰색 컬러를 인쇄 후 그 위에 검은색으로 인쇄한 인쇄물들을 보고 언젠가 꼭 사용해보리라 다짐했다(2018년 달력을 만들 때 실제 적용해보기도 했다).

이런 식의 적지 않은 도움을 준 책을 출간한 곳이 바로 테가미샤. SNS를 통해 잡화나 문구를 소개하기도 하고, 몸에도 좋아 보이는 맛있는 음식을 꾸준히 올리는 걸 지켜보다가 결국 구글맵에 위치를 체크했다. 차곡차곡 퇴적된 궁금함으로 인해 손에 잡힐 것 같은 두근거림이 생겼다.

조식으로 가져온 음식들을 마저 입에 넣고, 우물거리던 입에 사과 주스를 부었다. 일단 테가미샤에 가기로 정했더니 조식도 먹었겠다 마음이 편해져서는 다시 방으로 돌아가 점심시간까지 내리 잤다. 어째서 조식을 먹고 잠드는 시간은 하루 일정을 마치고 잠드는 새벽잠보다도 달콤할까. 다디단 두 번째 아침잠을 정리하고 호텔 침구에 감싸였던 기운을 간직한 채 미나미아사가야에서 신주쿠로 이동, 시바사키역으로 향하는 게이오선에 몸을 실었다.

시바사키역은 고요했다. 교토의 케이분사에 처음 가던 날 이치조지역에서 느꼈던 한적함을 도쿄에서도 느낄 수 있었다. 찾아가는 마음의 태도가 비슷해서였을까.

역에서 내려 조금 걸었을 뿐인데 금방 도착했고 곧장 잠이 깼다. 밖에서 보기에 내부가 꽤 깊숙해 보였다. 슬쩍 문을 여니 근사한 서점이 나를 맞았다. 한눈에 느껴지는 좋은 분위기 덕분에 내 머릿속은 사사로운 생각들에 금방 휩싸였다. 하나, 나는 이곳을 쉽게 나가지 못할 것이다. 둘, 어느 책장을 봐도 관심 가는 것이 분명 몇 권씩 있을 테니 시간과 신경을 써서 자세히 보기로 하자. 셋, 아마도 돈을 많이 쓸 것이며 넷, 다음 일정은 생각하지 말자.

혼자 생각하고 혼자서 끄덕거리며 책이 있는 공기에 섞이기 시작했다. 넓어서 눈치 못 챌 뻔했는데 사람이 꽤 많았다. 책방에서 책을 구경하고 있는 사람, 카운터에서 계산을 하거나 책 정리를 하는 직원, 서점 안쪽 카페에서 음식을 만드는 직원과 커피를 내리는 직원과 서빙하는 직원, 그리고 오후의 런치 타임을 즐기는 손님이 앉아 있었다. 적지 않은 사람이 있지만 모두가 조금씩 다른 일을 하며, 다른 이야기를 나누며, 다른 생각을 하며 한 공간에 모여 있는 분위기에 다소 긴장했던 기분이 풀렸고, 우선은 아무것도 사지 않은 채 카페의 빈자리에 앉았다.

고맙게도 아직 런치 메뉴를 판매하는 시간이었다. 커피와 함께 밥을 먹기로 했다. 테가미샤의 일정에 근처 다른 식당이나 카페를 알아두지 않아도 되니 이 얼마나 여유롭고 편한지. 고심하다가 아이스커피와 도리아라고 적힌 메뉴를 주문했다. 큰 기대는 하지 않았다. 만지면 뜨거울 두툼한 흰 도자 그릇에 밥과 치즈가 함께 나오는 음식에는 비슷한 감흥만이 있었고, 조금 기대했다가 '아, 맞아. 이런 맛이었지……' 하고 내심 가라앉아버린 경험이 몇 번 있었기 때문이었다.

아이스커피와 물컵이 우선 차려졌다. 좋아하는 모양의 유리잔이었다. 이런 것에 약한 편이라 단숨에 기분이 좋아진다. 오픈 준비할 때 이 물컵을 고르던 날도 분명 있었겠지, 다른 후보는 어떤 컵

두꺼운 나무 트레이에 놓인 도리아와 샐러드.
치즈 뚜껑에는 콕 박힌 토마토가 있었다.

커피 잔과 물잔.

이었을까 따위의 생각까지 해버리고야 만다. 뒤이어 도리아와 샐러드가 함께 나왔다. 예상대로 그을린 치즈로 덮여 있다. 맞아, 이런 거.

밋밋한 기대감을 갖고 한술 떴는데 웬걸, 어깨를 들썩일 정도로 마음에 드는 맛이다. 한입 한입 먹을 때마다 놀라 이렇게 맛있을 일인가를 도리아에게 되물었다. 덮인 치즈 속에서 그을린 모습을 드러낸 방울토마토를 입에 넣고 씹다가 고개를 들었다. 굽은 등도 폈다. 토마토 맛이 아니라 흡사 군고구마의 당도였다. 물컹거리는 기분 좋은 당도는 씹을수록 진하게 느껴졌다. 옆자리에 나보다 먼저 도리아를 맛본 다른 손님을 슬쩍 쳐다보며 생각했다. 이걸 먹은 거군요.

기대 이상의 식사 시간이 끝난 후, 남은 커피를 테이블 위에 둔 채로 서점을 구경했다. 시간을 생각하지 않고 한 공간에 머물 수 있는 장소라는 게 고마웠다. 그런 공간에 혼자 있다는 점도 좋았다. 어디를 가든, 언제까지 있든, 어떤 일정을 취소하고 추가하든 아무 눈치를 안 봐도 된다. 아무리 가까운 사람이라도 어느 정도의 눈치는 공기처럼 존재한다. 아마도 '곁눈'과 '눈치' 그 사이 어디쯤에 있을 단어.

처음 들어올 때 눈이 가던 책장부터 샅샅이 보았다. 꽂혀 있지 않고 눕혀 있거나 세워져 있는 책들 중에서도 취향에 가까운 책이 많았기에 보는 것만으로도 생각보다 오래 걸렸다.

책의 표지가 보이도록 세워져 있던 책 중에는 『식빵을 맛있게 먹는 99가지 방법』이라는 책과 좋아하는 일러스트레이터 니시와키 타다시의 신간을 골랐고, 꽂혀 있던 책 중에서는 만화가 호시 요리코가 쓴 『산과 메밀(山とそば)』을 골랐다(친구 유진에게 주고 싶었다). 그리고 테가미샤에서 제작한 머그 컵 두 개를 손에 하나씩 들었다(하나는 단골카페 스몰커피에 선물하기 위해서). 독립출판물 코너에서 몇 권의 소책자를 골라 계산한 후 다시 내가 머물던 테이블에 가져와 하나씩 차근차근 보았다. 이제 막 내 것이 된 것과의 진득한 시간. 지금 이 순간 누구보다도 풍요로운 사람이 되었다. 가볍게 들고 나온 가방이 빵빵해졌고, 그 덕에 적당히 챙겨온 엔화는 확 줄어버렸다. 긴 점내만큼 긴 시간이었다.

든든한 마음으로 테가미샤를 나와 미소를 머금은 표정으로 건물을 바라보는데, 먼저 나간 손님들이 자연스럽게 2층으로 올라간다. 혹시 2층에도 뭔가가 있는 것일까? 불길하고 기대되는 기분으로 2층을 올려다보았다. 따라 올라가 보니 또 다른 테가미샤의 문이 있다.

그러니까 한 건물의 1층과 2층 모두 테가미샤의 공간이었고, 같지만 다르게 운영 중이었다. 1층은 '책과 커피의 테가미샤'라는 이름으로 책과 함께 직접 로스팅한 커피를 메인으로, 2층은 '테가미샤 2nd STORY'라는 이름으로 종이와 패브릭 제품, 생활용품, 식료품과 함께 오후에 어울리는 음식과 음료를 판매하고 있었다. 테가미샤 본점은 여기서 한 정거장 거리의 쓰쓰지가오카역의 어느 아파트 단지 안에 서점과 잡화 공간 없이 식당으로만 운영 중이었다. 이렇게나 다채롭다는 사실을 모른 채 하나의 테가미샤만으로 만족하고 있던 나.

테가미샤 2nd STORY는 1층보다 넓게 느껴졌다. 대부분은 테이블로 채워져 있었고, 그 주변으로 구석구석 상품들이 진열되어 있었다. 1층의 분위기가 이어지면서도 완전히 다른 공간을 만나자 그만 다리가 후들거렸다. 오늘의 일정은 1층이 아니라 2층에서 마무리했어야 했다.

호텔에서 졸린 상태로 챙겨온 엔화는 생각보다 적었기에 지갑은 이미 텅텅 비어 있었다. 평소 사고 싶던 문구와 잡화, 그리고 오늘 처음 보았지만 한눈에 반해 사고 싶은 온갖 물건들에 시선을 뺏겼다. 2층 카페에도 앉아 있고 싶었지만 배가 불렀다. 며칠 뒤에 다시 오자고 다짐했다.

그렇다면 지금 할 일은 하나다. 다시 온 날에 무얼 살지 정하기.

호텔로 돌아가기만 하면 다시 돈이 생기는 마법 같은 일이 일어나는 시간. 지금은 여행 중이다. 당장은 살 수 없지만 곧 살 수 있는 물건을 고르는 일 또한 즐겁다. 근처에 사는 부자가 된 것만 같았다.

집으로 돌아가는 전철은 자주 오지 않았다. 대부분의 전철들이 시바사키역을 지나지 않았으니까. 아무렴 어떨까. 내가 좋으면 그만인 혼자만의 저녁 시간이었다. 돌아와서는 호텔 근처에서 나폴리탄에 생맥주를 마시고 기분 좋게 잤다.

며칠 뒤, 해가 지려는 시간에 테가미샤가 떠올라 다시 먼 여행을 떠나듯 전철에 올랐다. 그리 긴 시간이 걸리지는 않지만 떠난다는 기분이 드는 건 어쩔 수 없다.

이번엔 쓰쓰지가오카역에 내려 테가미샤 본점을 방문했다. 낮은 아파트 단지의 상가 안에 위치한 덕에 또 한 번 내가 모르는 도쿄의 풍경을 만났다. 사방 어디를 보아도 아파트가 있는 풍경. 조용히 자라고 있는 큰 나무들이 바람에 흔들리는 소리만이 맴돌았다.

하지만 아쉽게도 마감 10분 전에 도착. 무언가 먹을 수도, 앉아 있을 수도 없었는데 친절한 점원이 다가와 지도 하나를 내민다. 테가미샤 2nd STORY까지 가는 방법이 그림과 함께 적혀 있었다.

"괜찮으시다면 이쪽으로 가보세요. 2층은 11시까지 하니까요."

"걸어가면 몇 분 정도 걸릴까요?"

"걸을 수 있는 거리에 있어요. 걸어가는 쪽을 추천해요."

결국 몇 분이 걸리는 건 얻어내지 못하고 며칠 전 장소를 향해 걷기 시작했다. 도착하면 곧장 2층 테이블에 앉아 나폴리탄에 맥주를 먹기로 계획을 세우며.

친절한 점원의 말은 사실이었다. 걸어가는 경험을 해서 좋았다. 서울에 돌아와 다시 원래의 일상을 보낼 때면 이따금씩 바람이 불듯 그 거리의 공기가 되살아나고는 했다. 누군가의 생활이 마련되어 있는 동네에서 인적 없는 아파트 단지를 걷는 기분은, 어쩌면 달을 걷는 기분과 닮아 있을지도 모른다.

도착 후 시계를 보니 약 20분 정도 걸렸다. 2층에는 오늘의 테가미샤 시간이 기다리고 있었다. 조용한 아파트 단지의 공기를 데리고 와서 그럴까. 이내 차분해져서 맥주가 아닌 커피를, 나폴리탄이 아닌 스튜를 주문했다. 며칠 전에 사기로 마음먹은 것들은 사지 않고 전혀 다른 물건을 만지작거렸다.

그렇게 두 번째 보고 고른 물건 또한 한가득 내려놓았다. 계산을 해주는 점원이 웃으며 말을 걸었다.

"한국분이신가요?"

"네. 한국에서 왔습니다."

"그렇군요. 테가미샤는 어떻게 아시나요?"

순간 여러 생각이 들었다. 머뭇거리니 다시 질문이 왔다.

"역시 인스타그램에서 보셨을까요?"

"인스타도 보고 있지만, 테가미샤의 책을 좋아해서 와봤어요.

『레트로 인쇄의 책(レトロ印刷の本)』과『귀여운 인쇄』요."

"와! 그렇군요. 이렇게 와주셔서 감사합니다."

좋은 공간에 빠져 그만 책으로 만났던 테가미샤의 첫인상을 잊을 뻔했다. 좋아하는 이유를 짧은 회화로 나누고는 다시 시바사키역 그 자리에 앉았다.

테가미샤 手紙舍

카페와 식당, 잡화점을 운영하는 건 물론이고, 천 박람회나 종이 박람회, 벼룩시장을 꾸준히 기획하고 주최합니다. 먹고 마시는 것과 입고 꾸미는 것, 쉬거나 생활하는 것에 대한 물건을 테가미샤 특유의 분위기로 꾸준히 소개하고 있습니다. 테가미샤가 건네는 말은 고요하고 다정하지만 그 움직임에는 잘 짜인 기획이 바탕이 되어 철저함이 느껴집니다. 무엇이든 기왕 할 거면 아름답고 노련하게 해야 한다는 걸 테가미샤로부터 배웁니다.

—
테가미샤 본점
도쿄 조후시 니시쓰쓰지가오카 4-23-35
4 Chome-23-35, Nishitsutsujigaoka, Chofu-shi, Tokyo
책과 커피의 테가미샤
도쿄 조후시 기쿠노다이 1-17-5 1층
1F, 1 Chome-17-5, Kikunodai, Chofu-shi, Tokyo
테가미샤 2nd STORY
도쿄 조후시 기쿠노다이 1-17-5 2층
2F, 1 Chome-17-5, Kikunodai, Chofu-shi, Tokyo

홈페이지 tegamisha.com
인스타그램, 트위터, 페이스북 @tegamisha
—

03

옷장 앞보다
싱크대 앞이
즐거운 사람이라면

잡화식당 롯카(雜貨食堂 六貨)

마음에 드는 수세미를 사고 싶다.

니시오기쿠보의 작은 상점에 놓인 나는 수세미를 생각하고 있었다. 어쩌다가 나의 수세미 사정에 대해 생각하게 된 건가. 그것도 여행 중에 말이다.

그 시작은 트위터였다. 니시오기쿠보에서 유기농 채소로만 만든 정식을 파는 작은 식당의 트위터 계정에 들어갔다가 추천 계정이 눈에 들어왔다. 바로 지금 내가 서 있는 작은 상점, 이름하여 잡화식당 롯카. 순간의 클릭 한 번이 나를 니시오기쿠보로 불렀다. 흔히 여행의 우연이라고 한다면 여행 도중에 일어나기 마련인데, 아직 가지 않은 곳의 홈페이지 혹은 트위터를 구경하다가도 예상치 못한 또 다른 곳들을 우연히 마주하게 된다. 이 모든 것이 여행에서 발견한 우연들이다.

잡화식당 롯카가 신경이 쓰였던 점은 하나였다. 부엌에 관련된 잡화만을 판매한다는 설정. 그릇 가게를 떠올렸다가, 곳곳에 도자 그릇과 나무 식기가 진열되고, 지역 특산품 혹은 건강에 좋은 잼,

패키지가 예쁜 원두커피를 판매하는 곳을 그려보기도 했다.

도착해보니 롯카에는 앞서 내가 그린 모습은 전혀 없었다. 트위터의 인사말처럼 '우왕좌왕 운영하고 있는 작은 창고 같은 곳'. 느린 음악과 함께 여백이 느껴지도록 꾸민 곳이 아닌, 함부로 만지면 안 되는 비싼 식기들이 있는 곳이 아닌, 그야말로 부엌에서 쓰이는 작고 큰 물건을 판매하는 상점이었다. 입장하자마자 받은 인상은 꽤 씩씩했다. 작은 점내에는 부엌의 물건들이 기운차게 척척 놓여 있었다. 일하는 도구들이 주는 힘이란 게 분명 있다. 느긋함보다는 당참. 뚜렷한 쓰임이 있기에 매일 생기는 씩씩함. 어쩌면 나는 근사한 드레스 룸보다는 잘 짜인 키친을 꿈꾸는 사람일지도 모른다.

도쿄를 여행하며 고무장갑, 도시락통, 젓가락 등 부엌의 물건이라고 할 만한 것들을 구경하거나 샀던 곳은 보통 잡화점이나 잡화점을 겸비한 카페 그리고 로프트(Loft)나 도큐 핸즈(Tokyu Hands)뿐이었다. 부엌의 물건만이 모여 있는 곳은 처음이어서 익숙한 물건들만 있는데도 낯선 기분이 들었다.

작은 동네의 잡화점이라면 당연히 대형 매장과는 다른 태도로 운영할 테고, 작은 가게에서만 구현할 수 있는 분위기가 있을 수밖에 없다. 서점이라면 서점만의, 문구점이라면 문구점만의 집기와 진열 방식이 있듯 부엌의 물건들만을 위한 방식이 있을 터. 점주는 나름의 정리법을 동원하여 물건들을 소개하고 있었다.

하나로 모아지지 않는 갖가지 물건들을 정리하는 것은 역시나 쉬운 일이 아니었을 텐데, 롯카 안에서는 그 모든 게 별나게 정해져 있었다. 그도 그럴 것이 책을 위한 수납장은 있어도 도시락통과 반죽 밀대, 계량기를 함께 진열할 만한 수납장은 이 세상에 없다. 이를 해결하는 건 점주의 센스다. 그 해결 방법 중 하나는 우편함이었다. 어딘가의 맨션에서 쓰였을 한때의 우편함. 어디서 구해온 건지 몰라도 우편함 두 개에 카테고리가 다른 부엌의 물건들이 각 방을 하나씩 차지하고 있었다.

　　부엌의 물건이 훨씬 다채롭다는 사실은 참으로 새삼스럽다. 서점 안의 분위기, 그 각이 맞춰진 책들이 선사하는 네모난 세상과는 전혀 다른 번잡함이 좋았다. 쌓여 있고, 매달려 있고, 걸쳐져

우편함 한 칸씩을 차지한 주방용품들.
자기만의 방이 있다는 듯 편해 보인다.

있고, 포개져 있고, 꽂혀 있거나 담겨 있는 것들이 모여 있는 이곳은 그야말로 싱크대의 세상.

누군가 직접 고른 부엌의 물건을 본다는 건 어쩌면 작은 서점에서 발견한 책으로 점주의 성격을 그려보는 것과 의미적으로 같았다. 점주는 얼굴이 교묘하게 가려진 안쪽 작업대에서 소리 없이 잔업을 하고 있었고, 인사말 외에는 손님에게 다가와 설명하거나 말을 걸지 않았다. 각자의 자리에 놓인 물건들처럼 각자의 자리에 놓여서 할 일을 하는 점주와 나. 서 있는 자리를 기준 삼아 양팔을 벌리면 무언가가 떨어질 듯 좁은 공간이지만 서로 편한 거리감 속에서 시간을 보냈다.

주인을 마주 보고 이야기를 나눈 건 계산을 할 때뿐이었지만, 내내 다정한 소개를 듣고 있는 공간의 분위기가 이어졌다. 눈이 가는 물건들 앞에는 어김없이 작은 종이에 다정하고 세심한 설명이 적혀 있었다(작은 손 글씨여서 제대로 알아볼 수는 없었지만).

어쩌면 이상적인 운영법이 아닐까. 분명 부엌의 일을 좋아하거나 잘 아는 사람들이 찾아올 테니 용도에 대한 설명은 필요치 않을 터. 대신 물건마다 이름을 지을 수도 있고, 경험에서 비롯된 여러 사용법을 권할 수 있다. 아주 평범한 와인 잔 앞에는 "매일의 와인글라스"라는 이름이 붙어 있다. 그러자 내 생활 속에 와인 잔이 놓여 있는 장면이 그려진다.

와인 잔 옆에는 흰색의 긴 도자 그릇이 두 가지 크기로 각각 포개켜 있다. 따뜻한 흰색 혹은 크림 같은 미색의 그릇은 너무나도 투박해서 눈이 가지 않았는데, 그릇 앞에 세 장의 사진이 세로로 붙어 있다. 아마도 직접 찍어 출력을 하고 손 글씨로 설명을 써서 붙였을 작은 종이. 맨 위에는 샌드위치가, 그 밑에는 야채볶음이, 그리고 그 다음에는 파스타가 담긴 사진이 순서대로 붙어 있고 "물론 파스타도!"라는 기운찬 설명으로 마무리된다.

매일의 와인글라스.

그저 흰색의 긴 접시를 보며 내 일상을 떠올리기란 쉽지 않다. 당장 흰색의 긴 접시가 필요해서 사러 간 게 아니라면 말이다. 하지만 세 장의 사진을 보니 내 생활을 돌아보게 된다. 인스턴트 볶음 우동을 만들어 담기 좋을 것 같고, 밖에서 사온 샌드위치를 담고 싶은 그릇이 여태 없었다는 걸 이제야 알았다.

부엌의 물건, 그러니까 식기나 도구를 산다고 해서 요리를 해야 하는 건 아니다. 사온 음식을 더 기분 좋게 먹기 위한 용으로도 얼마든지 구입한다. 가사 혹은 요리로 이어지는 게 아닌, 나의 부엌과 먹고 마시는 일상을 새삼스레 들여다보게 만드는 분위기가 좋

철제 바구니 속에
플라스틱 도시락이 들어 있다.

두 장의 식빵을 세워서 구울 수 있는 식빵 로스터.
아웃도어용이지만 사고 싶었다.

았다. 그래서 흰 그릇은 샀느냐고? 물론 사지 않았다. 우선은 돌아가서 나의 진짜 싱크대 세상을 점검해보고 싶었다.

찬찬히 눈을 돌리며 고개를 숙이거나 들어 구경을 하던 찰나에 동네 주민인 듯 보이는 부부가 입장했다. 자주 오는 듯한 익숙한 동작으로 수세미 하나를 쏙 빼더니 금방 계산을 하고 나간다. 수세미가 떨어졌으니 외출한 김에 부엌 잡화 가게에 들르는 일상. 수세미가 있던 자리에 쪼그리고 앉아 니시오기쿠보의 부부가 선택한 수세미를 만져보았다. 사고 싶은 수세미를 사거나 혹은 늘 사용하는 수세미를 파는 가게 근처에 산다는 것에 대해 생각했다.

어째서 부엌의 물건을 업으로 삼게 되었을까. 여행 직후 궁금해서 홈페이지에 들어가 보니 '관리자 프로필'이라는 귀여운 메뉴가 있었고, 설명은 더 귀여웠다.

직장인(기획직)을 거쳐 2011년부터 자영업자.

가장 행복할 때 : 빵집에서 빵을 선택할 때.

가게 홈페이지마다 관리자 프로필이란 게 있을 리 없지만, 그런 메뉴가 있다면 많은 설명은 필요하지 않다. 그의 행복한 순간과 지금의 업이 연결되어 있다. 당시에 쓰고 있던 내 책 제목(『빵 고르듯 살고 싶다』)과도 닿아 있어서 웃음이 나왔다. '나돈데!' 하고 속으로 외쳤다.

그가 정한 가게의 이름은 롯카. 백화점(百貨店)이 아닌 육화점(六貨店)이란 뜻으로 넘치도록 많은 물건이 있는 상점이 아닌, 적더라도 여섯 가지 요소를 갖춘 상점이라는 의미였다. 의식주라고 할 만한 세 가지와 더불어 좋은 마음을 가지고 살아가고자 스스로가 정한 삶의 방식 세 가지. 이렇게 여섯 가지가 있는 가게가 있다면 좋지 않을까 하는 마음에서 출발해서 우선은 우왕좌왕 가게를 꾸려나가고 있다고 홈페이지에 친절히 쓰여 있다. 나머지 세 가지 요소는 공간을 찾는 사람들 저마다의 몫으로 남겨둔 듯하다(참고로 점주의 롯카는 1. 입고(衣) 2. 먹고(食) 3. 사는 것(住)과 함께 4. 읽기(読) 5. 만들기(創) 6. 선사하는 것(贈)이라고 한다).

이 대목에서 나는 나의 생활을 또 한 번 돌아보았다. 나에게는 어떤 롯카가 있을까. 아니 어떤 롯카를 원하고 있을까. 그 나머지 세 가지를 찾아 떠나는 여행이 기다리고 있는 듯한 롯카의 시간. 여행 속에서 시작된 작은 여행이었다.

빵을 선택하는 것만큼이나 부엌의 물건을 선택하는 시간 또한 행복했다. '여자여서 다행이야'라고 쉽게 생각했다가 아니 이게 아니지 다시, '부엌의 일과 기왕이면 맛있게 먹는 것을 좋아하는 사람으로 태어나서 다행이다'라고 고쳐 생각했다. 나여서 행복한 상점.

라면의 물을 맞추기 편한 스테인리스 계량기와 볶음 요리에 적합한 기다란 나무젓가락을 골라 들고 롯카를 빠져나왔다. 우선은 보온병으로 라면 물을 맞추던 일상에서 벗어나고 싶었다. 부엌의 물건이 가져올 가벼운 변화는 나의 생활을 예쁜 쪽으로, 더욱 단순하게 만들어줄 것이다.

 잡화식당 롯카 雜貨食堂 六貨 rocca

무척 좁지만, 넓지 않은 분위기가 롯카에 어울립니다. 부러 꾸미지 않은 느낌이 오히려 딱 좋은 꾸밈처럼 느껴지기도 하고, 부러 대화하지 않는 분위기 속에서 기분 좋은 소통이 이루어집니다. 나는 옷장 앞에 있을 때보다 싱크대 앞에 서 있을 때가 즐거운 사람이라는 생각을 롯카 덕분에 할 수 있었습니다.

—

도쿄 스기나미구 쇼안 3-1-11
3 Chome-1-11, Shoan, Suginami-ku, Tokyo

작업일지 rocca2405.thebase.in
인스타그램, 트위터 @rocca2405

—

04

느긋하게
만나는
얇은 문구

하루카제샤 (ハルカゼ舍)

얇은 책과 종이 문구류를 만들기 시작한 건 가벼운 존재감이 좋아서였다. 손바닥 크기의 중철제본(종이 가운데에 접히는 부분에 스테이플러로 철침을 박아 제본하는 형식) 책은 호주머니에 넣어 다니며 눈을 글씨에 두고 싶을 때 짤막하게 펼쳤고, 한 가지 색의 그림이 한 페이지씩 인쇄된 18페이지짜리 책은 머릿속을 환기시키고 싶을 때 펼치곤 했다. 좋아하는 그림이 인쇄된 작은 엽서는 작업실 형광등 스위치 위에 붙여두기도 하고, 큰마음 먹고 구입한 실크스크린 포스터는 방 한쪽에 액자 없이 늘 그 자리를 지키게 두었다. 그리고 겨우 만져지는 두께의 편지지와 자잘한 스티커는 웬만하면 포장 그대로 보관하면서 기분이 좋아지고 싶을 때마다 꺼내보며 그 존재가 곁에 있다는 걸 떠올렸다.

마음의 한 문장이 되고, 하나의 그림이 되는 작은 종이들을 수년간 모으다 보니 크기도 판형도 제각각인 책자, 엽서와 포스터, 스티커와 종이 전단지는 감당하기 어려운 만큼 어마어마해졌다. 어쩌면 개인이 수용할 수 있는 종이의 양을 넘어버렸는지도 모르겠다. 작은 것들을 마주하고 들인 그 순간에는 예쁜데, 한데 모아 두니 그저 종이 뭉텅이처럼 보이는 건 왜일까.

어느덧 어떤 책과 문구를 갖고 있는지 잊어버린 채, 과거의 내가 샀는데도 불구하고 또 사들이기를 수차례. 날 잡고 정리한답시고 들춰보면 똑같은 게 몇 장씩 나왔다. 소유한다는 건 보관 방법에 따라 존재의 유무가 갈린다. 좋아하는 것을 사 모으기만 잘했지, 좋아하는 형태로 보관할 줄은 몰랐던 나.

얇은 책과 문구를 내 삶에 함께하기 위해서는 눈에 보이는 곳에, 손이 가는 곳에 수납을 해야 한다. 나처럼 정리 감각 없이 태어난 사람에게는 무엇보다 수납을 위한 적절한 가구가 필요하다. 그 해결책으로 책상 위에 크기가 다른 책꽂이들과 엽서 서랍, 큰 사이즈의 잡지꽂이를 마련했다. 더 이상 두꺼운 책과 책 사이에 꽂혀 그 존재가 가려질 일이 없고, 친구에게 편지 한 장을 쓰려면 책상 밑에 둔 상자를 뒤져야 했던 지난날들도 안녕이었다. 책상에 둔 '엽서 사이즈의 종이 문구(마음으로 정한 분류명)' 꽂이에 손을 넣으면 그간 모은 엽서들이 잡혔다. 이런 걸 샀었지. 예뻐라. 내 것을 생소하게 여기는 건 여전하지만 손이 가는 곳에 필요한 것이 모여 있어 기쁘다.

내 책상 위 종이를 위한 수납장처럼 존재하는 상점이 하나 있다. 교도 스즈란 거리에 동네의 얇은 책꽂이처럼 자리한 문구점 하루카제샤. 바람에 쉽사리 날아갈 듯한 작은 종이와 문구를 취급하며, 다국적 문구도 만날 수 있다.

방문 전에 홈페이지와 온라인 숍을 통해 하루카제샤의 기호(嗜好)를 접했다. 신작이지만 빛바랜 듯한 종이 그림, 가볍고 필요한 문구와 다른 나라의 문구들, 개인 작업을 꾸준히 하고 있는 작가들의 얇은 인쇄물을 취급하는 하루카제샤는 매일 비슷한 표정으로 자극 없이 지내는 사람을 닮았다. 무엇보다 홈페이지 대문에 그려진 하루카제샤 외관의 그림에 마음이 갔다. 삐뚤빼뚤 흐릿한 색연필화 속 가게의 모습을 기억한 채, 흐릿한 기대를 가지고서 하루카제샤를 마주했다.

하얀 목재로 만든 수납장 같은 외관은 '대체 언제 나오는 거지' 하며 걷던 이를 반겨준다. 상점 전면이 유리로 되어서 가게 내부가 단번에 눈에 들어오는데, 마치 작은 케이크들을 보관하는 유리 케이스처럼 밖에서 보기만 해도 기분이 좋아진다. 마침 어둑어둑해지려는 시간이어서 공간 안의 밝음이 돋보였다. 안의 사람은 밖이 잘 안 보이지만, 밖의 사람은 안이 잘 들여다보이는 시간이었다.

빛바랜 흰 벽의 점내에 아무렇게나 진열해둔 듯한 작은 문구들이 설렁설렁하게 놓여 있는 인상을 받으며 천천히 둘러보았다. '문방구'라고 지칭해놓고 사실은 그저 소개하고 싶은 것들을 판매하는 상점은 역시 귀엽다. 좋아하는 것을, 일하며 보고 싶은 것을, 소개하고 싶은 것을 분위기가 맞는 수납장 혹은 진열대에 모아둔 모습을 보면서 점주의 귀여움을 만끽하게 된다.

무엇보다도 놓아두고 싶은 진열대에 마음껏 진열했다는 점이 귀여움의 포인트이다. 놓여 있는 물건이 다소 불편해 보이기도 하고 맞아떨어지지 않는 진열법이더라도 어째선지 느낌만큼은 어울린다. 진열된 것들이 흐릿하고 작아서일까. 색도 크기도 뭐 하나 통일되어 있지 않은 수납장과 진열장에 자꾸만 눈이 갔다. 오래된 나무 진열대에 손을 대니 시간이 만든 부드러운 촉감이 느껴졌다.

문방구를 한다는 건 작고 얇은 것들을 담을 수 있는 장치를 마련하고, 소개하고 싶은 분위기로 진열해둘 수 있는 가구를 갖추는 것. 그것들이 제멋대로더라도 점주가 갖다두었다는 사실만으로 이해되는 분위기가 좋다.

하루카제샤는 귀여움과 흐릿함이 강했다. 흐릿함이 강하다니 이상하지만, 얇은 종이로 된 문구가 여타의 문방구보다도 많아서일까. 가게 안의 판매품들이 많지 않아서일까. 오히려 작은 것들이 주인공이 되어서일까. 누군지 모를 작가의 그림이 그려진 편지지, 글씨를 쓸 수 있는 견출지 스티커, 사계절의 색으로 인쇄한 원고지, 활판 인쇄로 만든 작은 엽서, 직접 자르고 붙여서 만든 봉투, 어딘지 모를 나라의 오래된 빈티지 카드를 들었다 놨다 하며 종이의 평량과 두께를 느끼는 시간.

가벼운 문구들로 인해 점내의 인상이 흐릿하게 느껴졌지만 내 기준에서는 들여다봐야 할 부분이 많았고 그만큼 사고 싶은 게 많을 수밖에 없다. 잔뜩 사더라도 짐이 되지 않을 것들이니 마음

오밀조밀 각종 문구들이 빼곡하다.
서랍 하나를 열어 그림을 두면 액자가 되고,
나무상자를 벽에 달면 높이가 딱 좋은 엽서꽂이가 된다.
마스킹테이프만 들어 있는 가구가 인상적이다.

은 가벼워졌고 왠지 들떴다. 가벼운데 들뜨다니 역시나 이상했다.
하루카제샤는 역시나 이상한 곳이다. 좋은 의미의 이상함이라니
역시나 이상하다.

　그중에서 정말 이상한 건 여기저기에 놓여 있던 새다(물론 살아
있는 새가 아니다). 처음에는 인지하지 못했다. 손님은 나뿐이었고,
점주는 나의 입장을 반겨주었지만 가까이 와서 말을 걸거나 설명

을 해주지 않았기에 마음 편히 꽤 오랜 시간을 둘러보았는데, 주변이 온통 새의 향연이라는 건 계산할 때에야 비로소 알게 되었다. 계산대, 즉 점주가 머무는 자리에 온갖 새의 그림들이 붙어 있어서 그제야 '새?' 하며 둘러보니 눈을 돌릴 때마다 새 관련 물건과 그림이 보였다.

계산대 옆 진열대에는 새 모양의 헝겊 인형이 놓여 있고, 카운터 앞에는 직접 그리고 오린 듯한 새의 그림이 붙어 있었다. 옆에는 나무 액자에 든 새 그림과 새 모양의 목각 인형, 새 브로치까지 있다. 새를 좋아하는 사람인가 싶어 계산해주는 점주를 쳐다보니 세상에, 벽에는 새 모양 모빌과 열쇠고리가 달려 있다. 설마 여기도? 싶어서 시선을 돌리면 어김없이 있었다. 그 덕에 새 관련 오브제 전시를 보는 것만 같았다. 새를 좋아하는지 묻고 싶었지만, 조용한 분위기를 꾸준히 가져가고 싶은 마음에 말을 걸지 않았다. 당연히 좋아하기에 걸었거나 새에 대한 추억이 있어 존재를 이어가고 있을지도 모른다. 점주가 노출해둔 장식만을 만끽하자고 생각하며 웃음의 인사를 나누며 계산을 마쳤다.

하루카제샤를 빠져나와 다시 외관을 보는데, 바로 앞에도 새의 오브제들이 있었다. 게다가 하루카제샤의 로고. 긴 가위 그림이라고만 생각했는데 자세히 보니 가위의 날 끝부분이 새의 얼굴을 하고 있다. 부리의 끝이 서로 닿아 있는 모양이다. 관심을 가지고 가까이 다가가지 않으면 알 수 없는 것들이 살고 있는 하루카제샤에 딱 맞는 로고다. 새 얼굴의 가위 로고라니 귀엽도록 이상하다. 아니 이상하도록 귀엽다.

하루카제샤의 로고.
그 밑에는 친절한 정보가.

OPEN
12:00 - 20:00
CLOSED
EVERY
TUSESDAY

노랗고 얇은 책싸개 종이, 각종 새가 그려진 스티커, 새가 인쇄되어 있는 작은 엽서, 하늘색 견출지 스티커, 그리고 홈페이지에 있던 하루카제샤 외관 그림이 인쇄된 엽서를 샀다. 컴퓨터 화면으로만 보던 그림을 손에 잡았다. 작고 얇았지만 내 손에 잡히는 새로운 감각으로 그림을 소유하게 되었다.

얇고 가벼워서 좋아하는 것들을, 좋아하는 방식대로 진열하며 소유하는 일은 계속할 수 있을 것이다. 하루카제샤처럼 흐릿하지만 강한 결을 가지고 존재하는 상점이 계속 있어준다면야.

하루카제샤 ハルカゼ舎

하루카제샤는 교도를 '느긋하고 멋진 동네'라고 표현합니다. 도착했을 때 받은 인상도 그와 같았습니다. 하루카제샤를 향해 걷는 스즈란 거리는 친숙하고 편했습니다. 체코와 프랑스, 독일 등 해외 수입 문구를 취급합니다만, 본격적인 '세계 문구 상점'은 아니기에 들이고 싶은 것들을 조금씩만 구비하고 있습니다. 또한 하루카제샤에서 직접 기획, 제작한 문구도 있습니다.

—

도쿄 세타가야구 교도 2-11-10
2 Chome-11-10 Kyodo, Setagaya-ku, Tokyo

홈페이지 harukazesha.com
—

2。 내가 고른 테이블

도쿄의

커피 시간

강아지 손님을
기다리는
동네 커피점

나카무라커피점〈なかむら珈琲店〉

산책을 하고 나면 잠시 앉아서 쉬고 싶어진다. 산책 중에는 벤치에 앉아 있는 시간도 분명 있었는데 말이다. 조식도 먹지 않은 채 고엔지에 도착해 아점이 아닌 그야말로 아침 + 점심 두 끼 같은 과식을 해놓고 도넛 두 개까지 샀다(물론 당장 먹을 게 아니지만 단지 눈앞의 도넛 가게를 지나치기 싫었달까). 간식은 먹을 장소만 찾는다면 언제든 먹을 수 있으니까.

도넛을 사고 나서 호기롭게 뒤를 돌았더니 마치 내가 보이지 않는다는 듯이 자전거들이 달려들었다. 신주쿠에서 환승할 때 느꼈던 기분이다. 다행히 쉽게 피할 공간이 있었다. 작은 마을이라고 생각했는데 은근히 복작거리는 분위기에 왠지 위축이 돼서 도넛 가게의 모퉁이 골목으로 도망치듯 들어갔다.

"잠깐 걷자."

옆에 있던 홍구 씨에게 말하고 나니 여행 중 산책 시간이 자연스럽게 시작되었다. 지친 기색으로 걷다가 마주친 공원.

"잠깐 앉을까" 한마디로 시작된 멍한 시간.

작은 공원에 앉아 하늘을 보면 나무만 보인다. 공원의 형태로 하늘까지 뻥 뚫린 듯하다. 별말 없이 앉아 있다가 공원을 빠져나가 다시 걷기 시작했다. 도쿄에서는 상점가를 지나 주택가의 골목에 들어서면 한동안은 어떤 가게도 만나지 않을 때가 있는데 바로 그 순간이 그랬다.

별생각 없이 걷다 보니 두 갈래 길을 만났다. 어느 쪽으로 갈지 당장 선택해야 해서 두리번거리는 그때, 작은 커피점이 눈에 들어왔다. 나카무라커피점.

여행 중에는 하루에 몇 번이고 커피가 있는 곳에 가고 싶어지는데 그날따라 1.아침에 일어나 아직 커피를 마시지 않았다. 2.어딘가에 앉아 잠시 마음에 작은 점을 찍고 싶다. 3.근사한 카페를 찾기 위해 노력하고 싶지 않다. 이런 이유가 합쳐져 나카무라커피점에 들어가지 않을 이유가 없었다.

짤랑 소리와 함께 입장하고 가장 안쪽에 앉았다.

아침 메뉴 '모닝 서비스'가 있고, 스낵 카테고리에는 토스트부터 카레라이스까지 꽤 많은 끼니들이 적혀 있다. 커피의 종류도 다양했다. 블렌드 커피, 스트레이트 커피, 아렌지 커피(술, 생크림, 견과류 등 다양한 첨가물을 넣은 커피), 아이스커피 이렇게 네 종류로 나뉜 뒤 그마다 커피 종류가 있었다. 한국에서는 우유가 들어 있지 않은 따뜻한 커피를 마시고 싶다면 아메리카노 혹은 핸드드립 정도에서 고르면 그만인데, 메뉴판을 보니 내가 지금 뭘 마시고 싶은가…… 하며 골몰해졌다(아니 그보다 커피를 잘 모르는 사람이 된 것 같았다).

이런 경우에는 맨 위에 적힌 커피를 시키는 것도 방법이다. 블렌드 커피에서 1. 마일드 2. 스트롱 3. 아메리칸 중 마일드로 두 잔 주문했다. 우리는 말을 아낀 채 "마일드로", "응 나도" 하며 서로의 편의를 봐줬다.

편한 웃음으로 반겨준 점주는 백발의 여성이었다. 귀여운 꽃무늬 앞치마와 짧은 커트 머리 스타일이 잘 어울렸다. 몇 년도부터 이 일을 하셨을까. 내 시선이 방해되지는 않는지 눈 한 번 마주치지 않고 그저 커피 두 잔을 만드는 데에만 신경을 쓰며 분위기를 이끌어가셨다.

옆에 앉아 나와 비슷하게 두리번거리던 홍구 씨가 대뜸 내 뒤편을 가리켰다.

"저거 뭐라고 적힌 거야? 강아지?"

클래식한 커피 잔 곁에는 설탕과 재떨이
그리고 투박하게 큰 라이터가 있다.

"강아지라니?"

냉큼 뒤를 돌아보니 '왕짱 메뉴'라고 적혀 있다(일본에서는 강아지 울음소리를 '왕왕!'이라고 하며, 우리가 '멍멍이'라고 말하듯 '왕짱'이라고 부르기도 한다). 그리고 메뉴 옆에는 물을 마실 수 있는 왕짱 컵도 여러 개 달려 있다. 이 공간에 대해 충분히 만족하고 있었는데 강아지 메뉴에 강아지 컵이라니. 게다가 왕짱 메뉴는 두 가지였다. 각각 250엔.

"와, 여기 끝내준다."

집에 있는 키키 생각이 났고(나와 같이 사는 친구로 올해 일곱 살이 된 슈나이저), 평소 키키와 나의 산책 생활이 떠올랐다. 키키와 나는 그저 집 앞 작고 더러운 놀이터를 서성이다가 동네 한 바퀴를 돌 뿐이고, 동네의 작은 카페는 몇 군데 있지만 데리고 들어갈 수는 없었다. 그런데 이 동네에는 함께 카페 생활을 즐기는 건 물

빨간색 컵이 여러 개.
밑으로 내리면 쏙 빠진다.

왕짱 메뉴
· 닭가슴살 구이 250엔
· 함바그 세트 250엔

론이고 산책하던 강아지가 허기졌을 때 배를 채울 수 있는 메뉴도 팔고 있다니. 놀이터를 한 바퀴 돌다가 동네 할아버지한테 혼나지나 않으면 다행인 나와 키키의 현실이 무척 안타까운 순간이었다.

왕짱 메뉴에 감탄하고 있을 틈도 없이 문이 끼익 열리며 정말로 동네 왕짱이 등장했다. 편안한 복장을 한 할머니가 머리에 핀을 단 복슬이 강아지와 함께 들어와 바 자리에 앉으셨고, 점주는 너무나 자연스럽게 미리 준비한 아이스커피를 건네며 안부를 물으셨다. 입장과 동시에 테이블에 놓이는 아이스커피라니. 우리는 온갖 추측을 해봤다.

"저 아이스커피는 언제 만드신 거지······?"

"혹시 매일 이 시간에 오시는 거 아닐까?"

오늘의 왕짱 복슬이의 등장과 함께 그제야 이곳에서의 내가 자연스러워져서 소파에 등을 기대고 편하게 앉았다. 어떤 공간에 자연스럽게 녹아드는 일이 쉽지 않은 나에게 이 편안함이 가능한 시간이란 얼마나 소중한지.

그렇게 편한 자세로 다시 한 번 카페 내부를 둘러보니 곳곳에 강아지 두 마리의 사진이 걸려 있다. 자세히 보니 내가 앉아 있는 소파에서 찍은 사진도 있었다. 아주 예전에 이곳에서 키우던 강아지인 것 같았다.

"아······."

왕짱 메뉴는 단지 귀엽기만 한 메뉴가 아니었다. 지금은 존재

오래되었지만 튼튼해 보이는 바와 의자.
강아지의 흔적이 여기저기 있다.

하지 않더라도 한때 사랑하던 마음을 간직하고 있다. 이제는 마치 없는 것처럼 여기게 된 나의 옛 왕짱 사랑이를 결국 떠올리고 말았다.

생각하는 것만으로도 미안해지고, 슬픈 기운이 솟구치는 존재.

중학생 때부터 두 번째 회사를 그만둘 때까지 내 곁에서 친구처럼 혹은 동생처럼 살던 사랑이는, 열여섯 살을 맞이하는 5월에 내 이불 위에서 생을 마감했다. 나는 사랑이를 늘 '임개'라고 불렀고, 내 생의 유일한 '임개'였다. 함께하는 동안 행복했지만 미안한 기억만이 남아버려서 사랑이를 떠오르면 눈물부터 차올랐다. 보통의 날들을 살며 선뜻 꺼내보지 못하는 사랑이였는데 나카무라 커피점에서는 어째선지 자연스럽게 떠올랐다.

이제는 없지만 마치 있는 것 같은 기분을 유지하는 것.

있었던 것을 계속 알며 지내는 것.

어렵지만 그게 일상이 된다면 슬픈 존재로만 여기지 않을 수도 있겠구나. 어쩌면 나는 그 작은 존재를 묻으며 내 마음에서도 보이지 않도록 묻어버렸는지도 모른다. 오히려 슬퍼하는 나를 염려했던 걸지도.

사진 속 강아지에 대해 물어보고 싶었지만, 그냥 조금은 슬프게 혹은 편하게 마저 자리에 앉아 있다가 웃음을 건네며 커피점을 나왔다. 다시 멍하게 걷던 골목에 서 있었다. 문득 산책하고 싶은 마음에, 예정에 없던 골목에 들어서서 다행이었다.

아직 여행 일정이 꽤 남아 있었지만 다음에 또 도쿄로 여행을 온다면 숙소는 꼭 이 근처로 해야겠다고 다짐했다. 모닝 서비스를 먹거나, 350엔 카레라이스로 늦은 점심을 해결하고 싶다. 딱히 일정이 없는 하루에는 동네를 산책하고 공원에 앉아 있다가 다시 나카무라커피점에 들어가 나머지 하루를 보내고 싶다. 어떤 왕짱이 방문할지 종일 기다리고 싶다.

어쩌면 이 다짐은 여행자의 가장 큰 찬사일지도 모르겠다.

 나카무라커피점 なかむら珈琲店 Nakamura Coffee Shop

주택가에 무심하게 숨어 있는 킷사텐(喫茶店)입니다. 이제는 쓰이지 않지만, 옛 킷사텐답게 마작게임기 테이블도 있습니다. 딱 보아도 오래된 느낌이라 밖에서는 선뜻 들어갈 마음이 들지 않을 수 있지만, 많은 킷사텐 중에서도 가장 편히 앉아 있던 기억이 납니다. 동물을 사랑하는 이의 공간이 사랑스럽지 않을 수 없지요.

—
도쿄 스기나미구 고엔지키타 3-31-21
3 Chome-31-21 Koenjikita, Suginami-ku, Tokyo
—

어쩌면 도쿄에서
제일 좋아하는
킷사텐

킷사 퍼블리크 팔러 산포
(喫茶 パブリックパーラー SAMPO)

喫茶

일본 여행의 좋은 점이라면 어디에 머물거나 어디론가 향하더라도 그 지역 그 동네 그 골목만의 킷사텐을 만날 수 있다는 점 아닐까. 넓은 도쿄에서 다종다양한 동네와 사람을 멀찍이 바라보며 그 안에 들어갈 수 있는 가장 가까운 방법은 거리의 킷사텐에 앉아 있는 것. 부담 없이 슬며시 녹아드는 느낌을 고작 몇백 엔만으로 지닐 수 있다. 동네에 존재하는 대화들을 듣고 있으면 그 동네의 표정이 그려진다.

게다가 커피뿐 아니라 각종 토스트며 나폴리탄 등 음식도 갖춰져 있으니, 배가 고파지면 곧장 식사 모드로 나를 고쳐 앉게 만들면 그만이다. 어느 킷사텐에서는 '졸음 금지' 메모를 보고 어떤 여유가 느껴져 오히려 꾸벅꾸벅 졸고 싶어진 적도 있다.

킷사텐이 갖추고 있는 매력이란 입장 전의 외관과 간판, 점내 분위기와 메뉴, 한 장소에 긴 시간을 담고 있는 점주, 그리고 어떤 그리움이 아닐까. 이방인이기 때문에 킷사텐이 이끌어온 그리움의 주인공이 될 수는 없다. 하지만 킷사텐으로 향하게 만드는 매력은 분명히 느끼고 있다.

도쿄의 친구와 시나가와 거리를 걸으며 킷사텐에 대한 이야기를 나눈 적이 있다. 그는 옛 시절의 도쿄타워 앞에는 오래된 킷사텐과 여러 가게들이 즐비했으나 이제는 볼 수 없어 슬프다고 말했다.

"서울도 그런가요? 많은 게 변하네요."

우리는 잠시 말을 접었다. 도시가 달라도 지금을 사는 우리가 느끼는 쓸쓸함은 비슷하지 않을까. 디자인 서울의 거리를 조성하기 위해 광화문 일대가 완전히 변하며 엄마의 카페가 없어지던 날이 생각났다. 도무지 그려지지 않았다. 도쿄타워 앞 옛 풍경이. 나는 알 수 없는 킷사텐 시절의 풍경일 텐데. 그의 말에 짐작만 할 뿐이다. 지금을 사는 일본인에게 킷사텐이라는 공간이 주는 감각에 대해서 말이다.

그 그리움을 간직한 사람이 만든 킷사텐이라면 어떨까. 신기하게도 옛 도쿄로 시간 여행이라도 온 것 같은 동네에서 만날 수 있다. 히가시쿠루메에 위치한 킷사 퍼블릭 팔러 SAMPO.

참으로 희한한 이름이다. 칭하는 이름으로 인해 부여받고 싶은 태도가 있는 듯하다. 보통 가게 이름에 장소에 대한 명칭은 하나면 충분할 텐데, 낏다(喫茶, 차를 마심)와 팔러(parlor, 응접실)가 함께 쓰인 게 의아했다. 희한한 건 이름뿐만이 아니다. 처음 구글맵에서 SAMPO를 검색했을 때 고개가 기울어졌다. 대체 여기 어디지? 가본 적도 없거니와 갈 이유도 없는 곳에 좌표가 덩그러니 찍혔다. 도쿄가 크긴 크구나. 신주쿠를 기준으로 도보로 4시간이 넘게 걸리며, 대중교통을 이용한다면 1시간이 조금 안 걸리는 곳. 기치조지를 기준으로 한다면 10시 방향으로 2시간은 걸어야 나오는 동네였다(가고 싶은 곳이 있다면 이동 시간을 체크해본다. 즐거운 일 중 하나).

다행히도 신주쿠와 이케부쿠로 사이에 있는 다카다노바바에서 일정을 마친 날에, 세이부 신주쿠선을 타고 30분 정도 달리자 하나코가네이역에 도착했다. 번잡했던 다카다노바바의 분위기와는 다른 느긋한 공기였다. 순간 이동의 기쁨은 잠깐 영혼을 끄고 서 있었던 덕. 하나코가네이역에 내리자마자 든 생각은 '도쿄에 왔구나'였다.

물론 내내 도쿄에 있었다. 하지만 나에게 도쿄는 그런 곳이다. 간다강 근처에서 검은 양복의 회사원들이 담배를 뻑뻑 피우는 모습을 지나칠 때에도 도쿄에 왔다는 걸 실감한다. 번잡한 공기에서 빠져나와 조용한 동네에 도착한 후, 침착한 풍경을 마주할 때에도 나는 같은 생각을 한다. 도쿄를 좋아하는 만큼 좋아하는 도쿄의 모습 또한 정리할 수 없는 만큼 다양하다.

하나코가네이역에서 버스를 한 번 더 타야 한다. 이미 열 명이 넘게 줄지어 선 정류장에 자연스럽게 합류했다. 버스는 줄이 서 있는 방향에서 오기 때문에 모두가 고개를 돌려 내 쪽을 쳐다보고 있었다. 구글맵에서 알려준 버스 도착 시간이 되었는데도 버스는 오지 않았고 모두가 목이 빠지게 기다리고 있었다. 기다림 또한 여행의 과정이지. 나는 그 기다림을 구경했다.

"버스 온다!"

앞에 서 있는 작은 꼬마가 소리치자 모두가 일제히 내 쪽으로 고개를 돌렸다.

"아니네. 안 온다."

아쉬운 말투로 고쳐 말하는 꼬마의 목소리에 다들 조금씩 웃었다. 그리고 곧장 "온다! 온다!" 소리치자 다시 고개를 획, 획.

……버스는 그로부터 꽤나 한참 뒤에야 도착했다. 그런 작은 단합을 이룬 사람들과 함께 작은 동네의 버스를 타고 다시 20분 정도 달린 후 히가시쿠루메역에 도착했다. 긴 이동 시간이었으나 고요해서 마치 점같이 느껴졌다.

두근거렸다. 몰랐던 한산한 동네를, 도쿄더라도 어쩌면 절대 올일 없었던 골목을 걷는다는 사실은 찌릿하다. 웃긴 나는 일부러 SAMPO의 맞은편 인도로 걸었다. 도착했다는 사실을 좀 더 멀리서 알고 싶었고, 도착하자마자 2층 창문도 함께 한눈에 담고 싶었으니까.

가까이 있으면 오히려 볼 수 없는 것들이 있다. 한 치 앞을 보는 사람은, 한 치 뒤에서부터 괴롭기도 하지만 때로는 유용하다. 개인의 시간 안에서 이루어지는 한 치 앞의 설정은 당장 닥쳐올 지금을 예쁘게 만들 수 있다. 맞은편에서 마주한 장면은 당연히 좋았다. 그렇게 짧은 도로를 사이에 두고 SAMPO에 도착했다.

고요한 동네에 덩그러니 있는 곳. 2층 창문이 보고 싶었던 이유는 창문에 빨갛게 붙어 있는 글씨 喫茶(킷사) 때문이었다. 그 매력이 나를 히가시쿠루메로 이끌었다.

차는 물론이고 사람도 없는 거리에서 곧장 건너면 되지만 다시 왔던 길로 돌아가 횡단보도로 건넜다. 길을 건너 아주 조금 다르게 보이는 같은 거리를 눈에 담는 시간. 그런 시간까지 포함하며 생각보다 긴 시간을 써서 도착했다. 간판은 없었고, 유리로 된 문에만 귀여운 손 글씨로 이름이 적혀 있었다. 그리고 문 앞에 둔 작고 긴 입간판에는 빨간 글씨로 'coffee'라고 쓰여 있을 뿐이다. 입간판 사진을 찍고 싶어서 핸드폰을 드는 순간 문이 열리며 한 남자가 나왔고, 나를 보자마자 문을 연 채로 인사를 건넸다. 아무도 없는 거리에서 이렇게나 존재감 있게 입장하다니.

안으로 들어가니 2층으로 향하는 계단이 바로 눈앞에. 네다섯 개 정도의 테이블이 놓여 있고 안쪽으로 주방 겸 카운터가 넉넉히 자리하고 있다. 이번에는 주방 안쪽의 여자 점주가 나를 반겼고, 자리를 안내해주기에 2층에 앉아도 되는지 물었다. 표정으로 먼저 아쉬워하며 이벤트가 있어서 지금은 입장할 수 없다는 답변이 돌아왔다. 그렇구나. 킷사 글씨가 크게 적힌 내부를 볼 수 없다는 소식에 아쉬웠으나 앉을 수 있는 자리가 있음에 만족하기로 한다. 주방과 가까운 가장 안쪽에 자리를 잡았다. 그리고 주문한 것은 아이스카페오레와 작은 도넛, 마롱 케이크. 여행 중이기에 이런 넉넉한 주문이 가능하다.

2층의 낮은 건물이 이어지는 가운데 1, 2층을 차지하는 SAMPO 부분이 돋보인다.
간판은 따로 없지만 1층 유리에 귀여운 그림이 대신한다.
이전 점포의 간판을 떼어낸 자국이 그대로 남아 있다.

"도넛도 먹고 갑니까?"

과하지 않지만 아마도 사는 내내 품고 있었을 친절함이 느껴지는 표정과 말투로 물어왔다. 물론 먹고 간다고 대답했다. 곧장 아이스카페오레와 도넛이 먼저 차려졌고, 포크 없이 물티슈 한 장이 함께 놓였다. 맞지. 도넛은 손으로 먹어야 맛있는 빵이었지, 참.

작은 도넛이라 작은 손에 쏙 잡혔고 잡자마자 맛있었다. 적당한 기름기. 먹고 가냐고 물어본 이유를 손끝에서 찾았다. 딱 먹기 좋게 데워진 도넛을 한입 물자마자 비로소 찾아오는 여유. 이곳에 당분간 녹아 있어도 되는구나 싶은 한입이었다. 우유가 든 커피를 주문한 나를 칭찬했다. 점잖은 도넛은 단 몇 입만에 사라졌고, 도넛만을 위한 은쟁반이 덩그러니 빛나고 있었다.

케이크 한입을 먹자
슬픈 듯한 표정이 지어졌다.

마롱 케이크는 오래 걸렸다. 점주가 내 쪽에 와서 "케이크도 곧 나올 겁니다"라며 조심스럽고 친절하게 알려주었다.

"(커피를 다 먹어가지만) 괜찮아요."

마롱 케이크가 늦게 나온 이유도 물론 있었다. 마치 얇고 파삭한 크렘 브륄레의 표면처럼 그을린 케이크의 윗면이 아직도 보글거렸고, 포크를 세로로 세워 갖다 대기만 했을 뿐인데도 맛을 짐작할 수 있었다. 조금 힘을 주자 또각 소리를 내며 바스러졌고, 이 소리는 심장에 무척이나 해로울 수도 있다는 생각이 들었다. 괜히 심장을 부여잡고 심호흡. 그러고는 찬찬히 심장에 갖다 댔던 손으로 입을 막으며 한입의 케이크를 들어 올렸다. 밤 맛이 주는 단맛으로 만든 산이 있다면 아마 정상에서 손을 흔들고 있을, 그런 맛이었다.

맛있다. 너무 맛있다! 혼자 먹는 걸 좋아하는 나지만, 혼자 먹기에 너무나 외로울 정도로 맛있다! 이 외로움마저 맛있다.

이 모습을 지켜보던 점주는 아이패드를 만지작거리며 나에게 말을 걸었다.

"한국 사람입니까?"

"네? 아, 네!"

오물거리다 차렷 자세를 하고서 대답했더니 점주는 부끄러워하며 자신이 보던 아이패드 화면을 보여주었다.

"이 사람 알아요?"

팔로어 수가 어마어마한 한국인의 계정이었다. 잠깐 보았을 뿐이지만 온통 흰색 고양이 사진뿐. 순간 조금 남아 있던 작은 긴장들이 사라지는 걸 느끼며 하하하 웃었다. 고양이의 힘이다. 어딜 가든 귀여운 게 최고다.

"귀엽네요! 그런데 모르는 사람이네요. 저도 인스타를 하고 있지만 본 적 없어요."

"인스타를 합니까?"

그렇게 우리는 그 자리에서 인스타그램 친구가 되었다.

점주는 내 곁에서 내 계정을 보며 사진마다 실시간으로 코멘트를 입으로 달듯이 말했다. 좋아하는 뮤지션인 오누키 타에코의 노래를 듣고 가사와 함께 낙서를 한 사진을 나에게 보여주며 자신도 좋아하는 곡이라고 말했고, 키키 사진을 보더니 "슈나!(슈나우저)"라고 반색을 하며 귀여워했다. 내가 올린 사진을 누군가의 아이패드로 함께 보는 일이란 꽤나 부끄러운 일이지만 지금 이 순간만큼은 아니었다. SAMPO의 점주는 처음부터 편한 자세로 나를 대해주었고 작은 취향이 겹치는 과정에서는 분명한 친근감을 표현해주었기에 긴장하지 않고 일본어를 내뱉을 수 있었다.

"그림을 그리네요? 귀여워요. 신경 쓰이네요(気になりますね)."

그가 내 그림을 보고 말했다. 신경 쓰이다니? 어떤 느낌일까. 그에게 할 이야기가 생각났다. 도쿄의 서점에서 내 책을 판매하고 있다는 이야기를 꺼내며, 끝이 날 것 같은 대화를 이었더니 마침 그 서점 중 하나인 포포타무(ポポタム)도 알고 있었다. 아직 남아 있던 경계심이 후루룩 풀어졌는지 그는 아이패드를 내려놓았다.

"괜찮다면 2층, 구경할래요?"

입장할 때만 해도 거절당했던 2층의 입장을 점주가 먼저 권했다. 조금 전에 나갔던 남자 점주는 다시 들어왔고, 나와 여자 점주는 나란히 2층으로 올라갔다. 삐거덕삐거덕하는 계단을 올라가 보니…… 세상에. 너무나 아름다운 공간이다. 계단에 있는 작은 창문은 주황빛 유리였고 그 덕에 실내가 절로 그윽했다. 올라오지 않았다면 좋은 줄도 몰랐겠지만, 못 봤다면 슬펐겠다 싶었다.

주인은 웃으며 바깥으로 난 창문을 열었고, 킷사 글자가 하나로 합쳐졌다.

"원래 2층은 오래된 킷사텐이었어요. 이 글자는 그전부터 붙어 있던 거예요. 우리 부부가 영업을 시작한 건 몇 년 전부터였어요."

창문을 열자 喫茶(킷사) 글자가
뒤집어진 채 겹쳐 보인다.

어쩌다 보니 자연스럽게 공간에 대한 소개를 듣는다. 알려고 하지 않으면 절대 알 수 없는 것들을 알게 된다는 것. 그런 정보들에 왠지 마음이 뜨거워졌다. 나는 킷사 두 글자 때문에 이렇게 시간과 돈을 써가며 오게 되었으니, 신경 쓰인다는 의미는 이런 것일까. 조금 전 내 그림을 보고 말한 신경 쓰임도 어쩌면 비슷한 의미일지도 모르겠다.

"저 앞에 굴뚝 보이나요? 오래된 센토(銭湯, 목욕탕)가 앞에 있어요. 센토 알아요?"

"네. 센토. 한국에도 있어요."

"헤, 그렇구나. 저 센토는 정말 오래된 곳이에요."

우리 둘은 아무도 없는 2층에 서서 한동안 말없이 창문 밖을 바라보았다. 분명 이 풍경이 좋아서 나에게 보여주고 싶었겠지. 고작 2층인데 시야에는 낮은 집들과 그 사이에 우뚝 솟은 센토 굴뚝만이 보였고, 마치 쇼와 시대의 어느 오후 같았다. 노을이 진한 늦은 저녁이라면 그때와 다를 것도 없지 않을까. 아마 많은 문인들은 2층 작업대에 앉아 이런 풍경을 보며 글을 썼겠지. 영화 「인간 실격」을 보았을 때 무엇보다 감탄했던 건, 그 시절 일본의 2층 창밖이었다. 낮은 위치에서 마주하는 붉은색의 둥근 하늘. 지금은 절대 마주할 수 없는 하늘의 무게감이 아닐까.

"2층에서는 종종 이벤트라든지 그림 전시를 해요. 언젠가 같이 전시하면 좋겠네요."

"정말요? 기뻐요."

말 그대로였다. 기뻤다. 공간을 가진 사람으로서 누구에게나 던지는 인사말이라 해도 말이다. 유일한 손님인 나에게, 게다가 이방인인 손님을 마음으로부터 편하게 대하는 주인이라니.

더 이상 사용하지 않는 바 형태의 주방을 바라보았다. 한때 동네 주민들이 빼곡히 둘러앉아 있던 날이 있었겠지. 센토의 굴뚝과 벌건 노을을 바라보면서 사이폰 커피나 맥주 따위를 마시며 담배를 피웠을까.

1층에 내려가자마자 여자 점주는 곧장 남자 점주에게 내 이야기를 전했고, 마치 놀러 나갔다 돌아온 참새처럼 너무나 사랑스럽게 재잘거렸다. 간략한 반응을 보이며 내 쪽을 보는 남자 점주에게 엉덩이를 조금 들며 꾸벅 인사했다. 말수도 표정도 적었지만 부드러운 인상이었다.

"진아라고 합니다."

웃음을 보이며 인사를 하더니 조용히 무언가를 내왔다.

"머랭 쿠키. 괜찮다면 드세요."

과한 말이 없는 응접. 과연 이곳은 팔러가 맞구나. 두툼한 도자
그릇에 놓인 머랭 쿠키에는 다진 땅콩이 붙어 있었다. 이렇게나
아름답게 만들다니. 사진을 찍으려는데 안쪽의 여자 점주가 뒤꿈
치를 들며 계란 알레르기는 없는지 물어보았다. 지금 나는 이 세
상에 없는 사분사분한 인물들과 대화 중인 건 아닐까. 이미 머랭
쿠키를 입에 갖다 댄 채 웃으며 대답했다.

"없어요. 엄청 좋아해요!"

사실 머랭 쿠키는 처음 먹어보는 거였으면서. 남자 점주를 바
라보며 맛있다고 외쳤고, 그는 꽤나 자연스럽게 얼굴 근육을 움
직이며 웃어주었다.

긴 시간 걸려 찾아온 만큼, 더 앉아 있고 싶었다. 이 근처에 숙
소가 있다면 좋았을 정도였다. 오래된 센토도 가고 SAMPO의 음
식 메뉴도 먹고 싶었다. 다시 찾아오기에는 확실히 먼 곳이었으
니까(어쩌면 서울에서 도쿄를 오가는 것만큼).

창밖이 어두워졌기에 슬쩍 일어나며 계산을 마쳤고, 여자 점주
는 주섬주섬 내 손에 무언가를 쥐여주었다. SAMPO의 명함과 친
분이 있는 다른 가게들 명함, 그리고 봉지에 든 사탕.

"레트로 캔디. 레트로라는 의미를 혹시 알고 있나요?"

아마도 주인이 어렸을 적부터 먹었을 옛 캔디들이 예쁘게 담겨
있었다.

"레트로! 압니다. 고맙습니다."

레트로라는 단어가 사탕에도 쓰이는구나. 역시 도쿄 언어의 폭은 재밌다. 문 앞에서 끝날 줄 모르는 인사를 꾸벅꾸벅 나누며 다시 찾아오겠다고 말하며 퇴장했다. 바로 근처에 미카타역으로 향하는 버스 정류장이 있기에 자연스럽게 문 앞에서 사라질 수 있었다.

좁은 골목에 들어가 걷다 보니 다시 도로가 나왔다. 그 도로에는 큰 패밀리 레스토랑이 곳곳에 있었다. 한적한 동네에 있는 큰 패밀리 레스토랑의 풍경을 좋아한다. 옛 강서구 같달까. 어렸을 때 발산동에 처음 생긴 빕스 1호점에 갔던 날이 생각났다.

킷사텐 시절의 킷사텐에 가본 적은 없지만, 이렇게 지금의 킷사텐에 종종 머물고 있다. 수십 년이 지났을 때 누군가에게 말할 수 있을 것이다. 그때의 도쿄에는 킷사 두 글자만큼의 그리움을 마음에 담아둔 그 시절만의, 아니 히가시쿠루메에 갔던 내 하루만의 킷사텐이 분명 있었다고. 히가시쿠루메에서 느끼는 이 그리움. 출처가 이상한 그리움이지만 온전히 내가 만든 그리움으로 마무리한 킷사텐이었다.

킷사텐이었던 공간에서 남길 것은 남기고, 자신들만이 구현할 수 있는 모습을 새롭게 선보이며 조용히 지켜나가는 모습. 이 공간에서 언젠가 꼭 전시를 하겠다고 다짐하며 아무도 없는 버스에 올라탔다.

온몸에 머금은 기운이 오래도록 달게만 느껴져서, 혹시라도 빠져나갈까 입을 꾹 다물었다. 미카타역으로 향하는 내내 창문에는 내 얼굴이 비쳤다. 오랜만에 내 얼굴이 부끄럽지 않았다.

킷사 퍼블리크 팔러 산포 喫茶 パブリックパーラーSAMPO

'SAMPO'는 산책(さんぽ, 산포)을 뜻합니다. 산책하듯 가게에 들러주길 바라는 마음으로 정한 이름으로, 오픈을 준비하면서 2층에서 보이는 센토를 볼 때면 목욕 후 자신의 공간에 들러 시원한 한 잔을 들이키는 손님을 그리며 즐거운 망상을 해보았다고 합니다. 가게를 준비하고 꾸려나가는 귀엽고 성실한 마음이 느껴집니다.
SAMPO가 생기기 전에는 에코 양과자점(エコー洋菓子店)이었고, 전 주인이 물려준 메뉴판을 보관 중입니다.

—

도쿄 히가시쿠루메시 주오초 1-1-47
1 Chome-1-47, Chuocho, Higashikurume-shi, Tokyo

인스타그램 @sampo_higotaro
—

03

재즈 마을의
단팥토스트

재즈와 킷사 하야시(Jazzと喫茶はやし)

시모키타자와에서 도쿄의 친구 둘과 술 약속을 잡았다. 저녁 일정만 있는 하루라 느지막이 일어나 느긋하게 외출했고, 짧은 일과를 보낸 후 이른 오후에 다시 호텔 방에 돌아오니 그새 방은 정돈이 되어 있었다. 매일이 이런 삶이면 어떨까. 하루가 일찍 끝난 것 같기도, 어쩌면 두 번 시작하는 것 같기도 했다.

여행의 시간이 계속되면 될수록 마치 느리게 가는 시계에 조금씩 적응하는 기분이 든다. 느려진 시계를 인정했다는 듯이 약속 시간을 기다리며 침대에 한참을 누워 있다가 슬며시 잠이 들었다. 얼마나 잤을까. 켜두고 있던 텔레비전 소리가 들려 벌떡 일어났다. 약속 장소에 가기 전에 가려던 곳이 생각나 부랴부랴 나갈 채비를 했다.

'재즈와 킷사 하야시'라는 이름의 재즈 킷사(재즈+킷사텐)였다. 여행 중에 킷사텐을 즐겨 가면서도 재즈 킷사는 부러 찾아가 본 적이 없었다. 재즈 킷사라 하면 왠지 재즈에 대한 남다른 애정을 마음에 품거나, 재즈에 밝아야 한다는 부담이 있었다. 눈앞의 커피 한 잔과 귓속 깊게 들리는 재즈를 감미하며 시간을 보내는 일. 평소 재즈를 즐겨 듣지 않는 내가 겪어도 되는 시간인지 의심이 드는 건 왜일까.

재즈는 분명 좋다. 하지만 일상적으로 들으며 음반으로 수집하는 곡들과는 별개로 대했다. 우연히 재즈를 듣게 되는 공간은 쉬이 좋아진다. 재즈는 언제 어디서든 좋은 분위기를 선사하는 음악이라고만 생각한 채로 재즈 킷사를 상상하며 시모키타자와로 향했다. 전철 안에 서서 차창 밖을 내다보며 낮아진 하늘에 눈을 두었다. 귀에는 평소 듣는 노래가 들려왔다.

시모키타자와역은 어째서인지 늘상 공사 중인 역이라 일단 밖으로 나가자는 생각에 비교적 한적한 출구로 나왔다. 재즈 킷사 하야시까지는 도보로 그리 멀지 않았으나 생기 있는 거리를 지나는 동안에 고개를 숙여 구글맵만 쳐다봤다. 좁은 골목에 들어오니 목적지에 도착했다고 표시되는데도 쉽게 보이지 않는다. 내 키에 맞는 시선으로만 찾다가 고개를 다양하게 움직이니 작은 간판 하나가 눈에 들어왔다. 음악이 있는 공간이라는 게 단번에 느껴지는 간판. 오기 전까지는 몇 층인지도 몰랐는데 3층이라 적혀 있었다. 좁은 계단에 발을 디디며 오르니 내부가 전혀 보이지 않는 철문 하나가 나왔다.

용기를 내고 문을 열자 진하고 선명한 음악 소리가 문틈으로 삐져나왔다. 과연 내가 재즈 킷사에 온 것이 맞구나. 쿵 하며 닫힌 문으로 외부의 소리가 차단되자 온몸에 강한 음색이 감겼다.

잘린 듯한 테이블들이 벽에 붙어 있어서
좁은 점내가 쾌적하게 느껴진다.
나는 왼쪽 테이블에 앉았다.

점주가 웃으며 맞이해주었고 다행히 자리가 있었다. 당연히 있던 것인지도 모르겠다. 평일에 한가한 사람들에게 주어지는 낮의 시간이 끝나갈 무렵이었으니까. 그래서일까 모두 평안한 얼굴이다.

반쯤 잘린 테이블의 반듯한 면이 벽에 붙어 있었고, 두 테이블에 손님이 앉아 있었다. 한 테이블에는 노년의 부부 혹은 취향 친구로 보이는 남녀, 또 한 테이블에는 남자 둘. 재즈 킷사에서는 흘러나오는 음악에 귀를 기울이고만 있어야 할 것 같았는데 딱히 그렇지 않았다. 오히려 재즈 킷사이기 때문에 다분히 떠들 수 있는 분위기였다. 흐르는 음악에 대해 이야기를 나누고, 직전의 매력적인 악기에 대해 굳이 설명하려 드는 사람들의 표정에는 생기가 있었다. 재즈가 지나가는 허공을 손가락으로 가리키며 "지금"이라고 말하면 상대방은 끄덕이며 웃고, 말한 사람도 함께 커피 잔 가까이에 코를 박고 웃는다. 재즈가 이렇게 재미있는 장르던가?

아직은 어색함을 느끼며 나 역시 반쪽짜리 테이블에 앉았다. 가방은 창을 향하도록 두고, 나는 점주가 있는 바를 향하도록 앉았다. 메뉴는 볼 것도 없었다. 홈페이지에 있던 메뉴판 PDF 파일을 보며 진작부터 메뉴 구경을 마친 나였다. 따뜻한 블렌드 커피와 단팥 토스트를 주문하니 점주는 익숙한 듯 웃으며 물었다.

"어떤 잔으로 드릴까요?"

당황할 수밖에 없는 질문이었으나 이내 이해하고 차분하게 대답했다. 나는 갑작스런 서브에도 공을 받아 칠 줄 아는 사람일지 모른다.

"마사코로 부탁합니다."

내 대답에 점주는 눈을 진하게 감고 고개를 끄덕이며 알겠다고 답했다. 질문을 이해하고 대답함으로써 생기는 유대. 내가 원하는 잔은 '마사코(マサコ)'라고 적힌 다소곳한 흰 커피 잔이었다. 이곳에 오게 된 건 단팥 토스트의 힘도 컸지만, 마사코 커피 잔을 테이블에 두고 싶은 마음이 강했다.

그새 잊고 있다가 점주의 물음 덕에 기억났다. 점주는 시모키타자와를 지키던 오래된 재즈 킷사 '마사코'의 직원이었는데 시간의 흐름에 마사코는 결국 폐점했고, 이후에 같은 지역에 자신만의 재즈 킷사를 새로 열었다. 폐점한 마사코를 작게라도 이어가고 싶은 마음으로 그때의 잔을 사용하고 있다. 이곳에 와서야 알게 된 건 모두에게 마사코 커피 잔을 제공하고 있지 않다는 것. 추억을 부탁하고 싶은 사람에게만 마사코 커피 잔을 제공한다. 재즈 킷사이면서도 어쩌면 재즈 킷사 그 이후를 보여주는 곳일까. 재즈 마을이었기에 생겨날 수 있었던 재즈 킷사. 작은 잔으로 하야시를 존재하게 한 옛 장소를 잊지 않고 내내 보여주고 있었다.

이곳을 알게 된 건 다분히 우연에 가까웠다. 시모키타자와에 작은 레코드 숍 오토노마도(オトノマド)가 있었다. 언젠가 매장을 철수한 후 온라인 운영만으로 영업을 이어오다가, 일명 '떠돌이 레코드'라는 콘셉트로 결이 맞는 가게에 작은 팝업 매장을 꾸리고 있었는데 그중 한 곳이 하야시였다. 그렇게 음악을 통해 하야시를 알게 되었다.

음악은 빈틈없이 강하게 흘렀다. 공간은 재즈로 꽉꽉 채워졌다. 곧 마사코 커피 잔에 담긴 따뜻한 블렌드 커피와 두툼한 단팥 토스트(이쑤시개에 꽂힌 토마토와 피클 포함), 설탕과 크림이 한데 담긴 나무 트레이가 앞에 놓였다. 단 한 잔의 커피와 재즈만을 즐기는 시간을 상상했는데 푸짐한 한 상이 차려졌다. 두툼한 토스트의 모습에 뒤늦게 걱정이 들었다. 곧 카레에 맥주를 마셔야 하는데⋯⋯.

하지만 한입 깨물고 알아차렸다. 두꺼운 토스트는 양보다 질을 표현 중이라는 것을. 두툼히 발라져 있는 단팥 덕에 많이 씹을 필요도 없이 입에 쉽게 녹아들었다. 바삭한데 부드럽다는 건 단팥 토스트이기에 가능한 식감이었다. 그러고 보니 단팥 토스트라는 메뉴명, 어째선지 재즈 킷사라는 말과 꽤 닮았다. 함께 존재하고 싶은 마음만 있다면야 어울리게 만드는 일은 얼마든지 가능하다는 점에서.

나무 트레이에 담겨 나온 단팥 토스트와 블렌드 커피.

어느새 흐르던 곡이 끝나고 경쾌한 곡이 새롭게 시작되었다. 시작은 경쾌했으나 점점 과하게 달아올랐다. 가벼울 경(輕) 자가 없어지고 엄청나게 쾌했다. 부서질 듯이 쾅쾅거리는 악기의 선율은 과한 선을 자꾸만 넘으려 했다. 그 선에 다다르며 시끄럽게 울어댈 때마다 옆자리의 손님들은 크게 웃었고, 웃을 때마다 마치 '맞죠?' 하는 얼굴로 자꾸 나를 쳐다보기에 그 분위기가 재미있어서 꾸벅 인사하며 같이 웃었다. 이 시끄러움이 웃긴 걸까? 점잖지 못한 재즈의 선율이 웃긴 걸까?

이유는 모르겠지만 모두가 함께 웃어버릴 수밖에 없어 졸지에 음감회 분위기로 이어졌다. 점내는 꽤 어두웠고 바깥은 실내보다 뒤늦게 어두워지려는 참이었다. 끝끝내 갖은 난리를 쳐대며 곡은 끝이 났고, 옆자리의 손님은 그만 목청 높여 와하하 웃으며 테이블에 얼굴을 갖다 대며 몸을 숙이고는 어깨를 들썩이며 마저 웃었다. 웃는 과정조차 재즈와 같았다. 기승전결이 있는 웃음이었다.

재즈 킷사의 분위기라고 단정 짓기엔 이곳만의 분위기 같았다. 와하하 웃는 소리와 함께 끝나는 재즈에 왜인지 박수를 치고 싶은 기분이 들었으나 손에는 단팥 토스트가 아직 들려 있었다. 재즈라는 건 이렇게 큰 웃음을 선사하기도 하는 음악이었다.

그때, 곧 만날 친구에게 메시지가 왔다. 조금 일찍 도착할 것 같다며 같이 일러스트레이터 초 신타의 티셔츠를 사러 가자고 말이다(당시에 디자인 티셔츠 스토어 그라니프(Graniph)에서 초 신타의 그림으로 티셔츠를 만들었다). 헉 소리가 나며 너무너무 가고 싶었으나 당장의 욕구를 헤아려보니 지금의 시간을 한 곡이라도 더 즐기고 싶은 마음이 컸다. 친구와 옷을 구경하며 서로의 몸에 대보면서 떠드는 시간을 잃었지만, 대신 마음에 쏙 드는 한 곡을 얻었다. 눈앞에는 지금 흐르는 LP 커버가 놓여 있었다(실내가 많이 어두워 자세히 보이진 않았다). 약속 시간까지 평생 들어볼 일 없던 음악을 마저 들으며, 지금쯤 혼자 티셔츠를 고르고 있을 친구에게 손 편지를 쓰며 하야시에서의 시간을 마무리했다.

짐을 챙겨 나가려는데 멀리 점주와 눈이 마주쳤다. 계산을 위해 빠져나오며 웃어 보이는 표정에 마음이 편했다. 과연 재즈 마을에서 살아온 사람이랄까. 어디서 왔는지, 어떻게 왔는지에 대한 물음 없이 평소같이 대하는 태도였다. 재즈를 혹은 재즈 킷사를, 아니면 그저 음악이 주된 킷사를 좋아하니 방문했겠지 하는 대강의 짐작은 좋은 편견이다. 음악은 강하다. 긴 대화를 하지 않더라도 같은 음악 안에서는 잠시라도 한 무리가 된다. 하야시를 빠져나와 문을 닫으니 재즈도 끝이 났다.

3층 계단을 내려와 골목을 벗어나니 번잡한 거리가 나왔다. 마침 레코드 축제 중이어서 길가에는 LP들이 빽빽하게 꽂힌 종이 박스가 줄지어 있었다. 서브컬처라고 하기엔 나에게는 설명 가능한 이 나라의 건강한 문화가 한 마을 여기저기에서 계속되고 있었다. 단팥 토스트와 따뜻한 커피 그리고 웃음이 나는 재즈가 있는 마을에 완전히 녹아든 채로, 친구들과 떠들며 카레에 맥주를 마셨다.

카레 가게를 빠져나와 시모키타자와역까지 걸었는데 전철을 타야 하는 사람은 나뿐이었다. 한 명은 이 동네가 집이고, 한 명은 자전거로 돌아간다고 했다. 그렇게 둘의 손을 번갈아 잡고 인사를 하면서 복잡한 역 안으로 들어왔을 때는 마치 공항에서의 작별처럼 공허했다. "다음에 또 만나요"라는 인사에 "응응! 다음엔 서울에서!" 하면서 헤어져서 그랬을까. 갑자기 말도 못 하게 적적해졌다. 새삼 느끼는 휘휘한 마음에 좀처럼 전철에 오르지 못했다. 쓸쓸함으로 끝내는 시모키타자와의 밤. 재즈 킷사에서의 큰 웃음과 역 앞에서의 생소한 쓸쓸함이 버무려진, 다분히 재즈 마을다운 하루였다.

호텔로 돌아가는 전철에서는 좋아하는 밴드 키세루(キセル)가 부르는 핫피엔도(はっぴいえんど)의 노래 '신신신(しんしんしん)'을 들으며 서서히 시모키타자와를 벗어났다. 재즈는 시모키타자와역에 두고 왔다.

재즈와 킷사 하야시 Jazzと喫茶はやし Jazz & Cafe Hayasi

커피 메뉴도, 커피 외의 메뉴도, 디저트 메뉴도, 식사 메뉴도 잘 갖춰져 있는 재즈 킷사입니다. 무엇보다 술 메뉴가 꽤 많아서 다음에는 커피가 아닌 기분 좋아지는 찬 술을 두고 재즈를 감상하고 싶습니다. 모든 테이블이 벽에 붙은 느낌이 묘하게 좋습니다. 시모키타자와에서 진한 재즈를 만나고 싶다면 3층 계단을 올라 무거운 철문을 열어보기를 추천합니다.

—

도쿄 세타가야구 기타자와 2-9-22 에이코 빌딩 3층
3F, EIKO Building, 2 Chome-9-22, Kitazawa, Setagaya-ku, Tokyo

홈페이지 jazz-kissa-hayasi.jimdo.com
인스타그램 @jazz.kissa.hayasi
트위터 @JazzKissaHayasi
—

04

노면전차를 타고
멜론 파르페

아사히야파라(旭屋パーラー)

"일단은 킷사텐이기 때문에 음료 주문도 부탁합니다."

호기롭게 멜론 파르페를 주문했는데 긴 대답이 돌아왔다. 예상치 못한 말에 당황했고, 무언가 잘못을 저지른 기분이 들었다. 볕 좋은 낮에 찾은 아사히아파라에서의 대화였다.

"그럼, 커피를 주문하면 될까요?"

뭘 묻고 있어. 돌이켜보니 점주와 내가 생각하는 파르페의 카테고리가 달랐다. 아니, 내가 생각하는 파르페의 카테고리가 틀렸다. 메뉴판을 다시 들여다보니 음료 메뉴의 이름 앞에는 커피 잔이 그려져 있고, 파르페 메뉴의 이름 앞에는 케이크가 그려져 있다. 가만히 두면 언젠가 녹아 액체가 되는 메뉴여서 음료 카테고리로 생각해버린 걸까. 아니면 유리잔 가득 아이스크림과 과자, 과일이 담겨 있는 파르페 한 잔으로도 충분했던 여타의 킷사텐 때문인 걸까. 음료 메뉴는 '따뜻한 마실 것'과 '차가운 마실 것'으로 나뉘어 있고, 파르페는 '디저트'로 케이크와 함께 나열되어 있었다. 그리고 그 옆에는 샌드위치나 토스트 같은 식사 항목이 있었다.

"그럼 블렌드 커피로 부탁합니다."

"블렌드 커피는 두 종류인데요. 어떤 걸 드릴까요?"

첫 번째는 아사히야 블렌드 커피, 두 번째는 후카미 블렌드 즉, 깊은 맛 블렌드 커피였다.

"그럼 후카미 블렌드 커피 부탁합니다."

어쩌다 보니 자세히 보게 된 메뉴판을 다시 건네며 주문을 마쳤다. 왠지 머쓱한 채로 자리에 앉아 물을 홀짝이며 조금 전의 말을 다시 떠올렸다.

'킷사텐이기 때문에.'

마시는 곳에 왔으니 마시는 게 나의 할 일이었다. 당연한 사실에서 내가 갖춰야 할 태도를 배웠다. 카페를 운영한다면 따뜻한 커피와 차가운 커피, 그리고 우유를 넣어 만드는 커피 종류를 준비하고, 그 외에 플로트(얼음이 든 찬 음료 위에 아이스크림을 올려내는 메뉴)라든지 차이티, 아이스티 따위의 메뉴를 갖추는 게 첫 번째 준비일 것이다. 그러고 나서 함께 곁들일 만한 메뉴를 준비하는 것은 점주의 미덕과도 같은 일. 그 미덕만을 홀라당 빼먹으려고 했다니.

파르페는 디저트. 파르페는 디저트. 파르페는 디저트.

초록 잎으로 우거진 창밖을 보며 노래를 부르듯 중얼거렸다. 잠시 뒤 테이블 위에 차려진 커피 한 잔과 멜론 파르페 하나. 이로써 인생 처음으로 파르페와 따뜻한 커피를 함께 먹는 테이블 시간이 시작되었다.

멜론 파르페는 하루 종일 걸어 지친 피로를 완벽히 씻어주었다. 첫입부터 끝 입까지의 모든 과정을 맛있도록 배분해놓은 맛. 보통의 세심함이 아니었다. 받침에는 멜론을 찍어 먹을 포크와 파르페를 즐길 수 있는 긴 찻숟가락이 놓여 있고, 파르페치고는 낮은 유리잔에 조각 멜론과 바닐라 아이스크림, 그리고 맨 위에는 구름 같은 생크림과 초록색의 포인트 풀잎으로 장식되어 있다. 찬 메뉴이기 때문에 금방 물이 고일 것이므로 받침과 유리잔 사이에 깔려 있는 한 장의 휴지는 분명한 센스이다.

생크림과 아이스크림을 숟가락으로 떠먹다가 멜론을 잘라 함께 입에 넣는다. 이따금씩 포크를 이용해서 큰 멜론 덩어리를 입

물잔.

무광의 넓은 커피 잔이
좋았다.

멜론 파르페.
유리잔 안에 쌓여 있는 모습이 보기 좋다.

에 넣으며 찬 기운과 함께 당도를 느낀다. 아이스크림 밑에는 한 번 더 생크림이 존재하고, 유리잔 바닥이 보이기 직전에는 마지막 멜론 조각과 함께 옐로우 멜론 셔벗의 등장. 맨 밑이 왜 붉은 가 했더니 옐로우 멜론 셔벗이었다. 한 방 먹었다. 그 덕에 멜론 고유의 힘을 유지하며 마지막까지 행복하게 진행시킨다. 아무리 맛있는 음식이어도 첫맛의 진함을 유지하기란 어려운데, 같지만 조금 다른 당도들이 순서에 맞게 입에 들어오니 감탄 또한 쉴 틈 이 없다.

먹는 사람의 시간을 상상하며 만든 게 분명해.

'내가 먹는다면 이렇게 먹어야 행복할 거야'라는 만든 사람의 마음이 느껴졌다.

실은 파인애플 파르페와 멜론 파르페 중에 어느 쪽을 먹을지 고민했는데 완벽한 정답이었다. 그야 당연하지. 파인애플보다 멜론을 좋아하는 사람이니까. 파르페를 싹 비운 후 남아 있던 커피를 입에 쏟았다. 그 덕에 파르페의 시간이 선명하게 끝났다. 느린 박수를 치고 싶은 기분.

2층짜리 독채 건물 카페에서 메뉴 주문을 받고, 만들고, 서빙을 하고, 계산을 하고, 자리를 정돈하는 건 점주 한 명뿐이었다. 그 모든 일을 멜론 파르페 만들듯이 하고 있는 걸까. 둘러보니 충분히 그런 공간이었다. 독채 건물이지만 마치 나무 안처럼 작고 조용했다. 점주가 있는 자리에서는 1층도 2층도 모두 보이는 특이

한 구조이니 혼자여도 가능할 테다.

2층 자리도 있지만 1층에 앉은 건 남아 있던 자리에 내려앉은 빛 때문이었다. 손뜨개질한 흰색 천이 커튼처럼 걸려 있는데 뚫려 있는 모양대로 테이블에 앉은 그림자를 보니, 나도 테이블과 함께 앉아 나른한 그림자에게 덮이고 싶었다. 자리에 앉아 손바닥에 내려앉은 예쁜 그림자를 자꾸만 만져보았다.

고요한 자리를 만나게 된 건 노면전차 덕이 컸다. 호텔에서 나와 마냥 걷다가 지도를 보니 근처에 마쓰바라역이 있었는데, 역 표시가 노면전차 아이콘이었다. 그 작은 전차를 타고 조금만 가면, 과거의 내가 표시해둔 빵집 하나가 나오기 때문에 마쓰바라역까지 조금 더 걷기로 했다. 이미 3시간 이상을 걸었기에 더 이상 걷고 싶지 않았으나 몸을 움직였다.

작은 역이 나왔고 기다리는 사람이 많았다. 도쿄에서 노면전차라니. 노면전차에 올라타니 도쿄보다는 일본의 어느 소도시의 풍경이 그려졌다. 아니, 이게 도쿄의 모습일지도 모르겠다. 장바구니를 들고 탄 사람, 집으로 돌아가며 떠드는 학생들, 창밖을 내다보고 있는 노인들로 가득했다. 모두 이 근방에 사는 사람들 같아 그 안에 앉아 있는 내가 이상했다. 다리가 너무 아팠기에 감흥 없이 창밖을 내다볼 뿐이었지만, 노면전차가 지나는 길가의 나무와 즐비해 있는 낮은 집들과 지붕을 보고 있자니 왠지 안정이 되었다. 누군가의 창문, 누군가의 빨래, 누군가의 정원, 누군가의 단골 가게를 지나니 금방 쇼인진자마에역에 도착했다.

그렇게 빵집에 도착해 오후에 만날 친구를 위해 식빵 하나를 샀고, 조금 더 걸으면 곧장 만날 수 있는 아사히야파라에 앉아 있게 된 것이었다. 파르페는 음료로 치지 않는 간결한 고집을 가진 사람의 과하지 않은 응대. 테이블 위에 올린 메뉴와 공간이 주는 응대만으로 충분했다. 나는 그만큼의 값을 지불했다. 어째선지 이름도 모를 이 동네가 좋아질 것 같았다.

노면전차에 다시 오르고 싶었으나 시간을 줄이기 위해 근처의 버스 종점에서 버스를 타고 교도역으로 이동했다. 시모키타자와에서 저녁 늦게 만난 친구에게 오늘의 일을 이야기해줬더니, 깜짝 놀랐다. 깜짝 놀랄 만도 하지. 아침부터 3시간을 걸었고, 알지도 못하는 동네에서 너를 위한 식빵을 샀고, 독채 카페에서 멜론 파르페를 먹고 온 나. 그 어느 날보다 열정적인 날이었다고.

"대단해. 나 교도역에 한 번도 가본 적이 없는데."

아 그쪽이나! 하며 일본 예능에서 종종 보던 리액션을 하며 웃었다. 교도역에 가본 게 놀라웠다니 이상한 지점을 굳이 집어내는 친구와 한껏 웃었다.

사실 깜짝 놀란 건 나였다. 좋아하는 드라마 「수박(すいか)」에 나오던 노면전차가 바로 내가 어쩌다가 탔던 도큐 세타가야선이라는 사실을 서울에 도착해서야 알았다. 스무 살에 보기 시작해서, 여름만 되면 늘 생각이 나 수없이 많이 봤지만 이 세상에 없는 이야기라고 생각해 찾아가려고 하지 않았다. 내가 놓여 있지 않

기에 완벽한 세상이라 그랬을까. 식빵 가게를 들르지 않고 그대로 달리면, 드라마 속 주인공들이 살던 산겐자야에 도착했을지도 모른다. 다시 찬찬히 노선도를 보며 구글의 노란 사람을 통해 거리의 풍경을 보았다. 드라마 속 주인공들이 보이는 듯도 했다.

좋아하는 걸 얼마큼 더 좋아해야 알고 싶은 모든 걸 다 알게 될까. 무언가를 좋아함에도 에너지가 필요하고, 나는 쉽게 지치는 나이를 살고 있는데.

또 한 번 노면전차에 오르기로 했다. 도쿄는 늘 나의 미래에 있으니 언제든 도큐 세타가야선을 다시 만날 수 있지 않을까. 그때는 산겐자야까지 다다르겠노라 다짐했지만, 산겐자야로 향하던 중에 멜론 파르페가 생각난다면 도중에 내려버릴지도 모르겠다. 그렇게 다시 아사히야파라에 도착한다면 호기롭게 메뉴를 주문해야지.

"후카미 블렌드 커피와 멜론 파르페 부탁합니다."

아사히야파라 旭屋パーラー Asahiya Parlor

2016년 봄이 오기 전에 쇼인 신사 앞에 생긴 독채 킷사텐입니다. '아침 햇빛의 집'이라는 뜻을 가진 이름 그대로 아침에 문을 열어 해가 지기 전까지만 열어두기에 빛과 함께 존재합니다.

이름에 '팔러'가 붙는 만큼, 동네에 존재하는 다수를 위한 응접실처럼 여겨집니다. 언젠가 오픈 시간에 맞춰 방문해 커피와 단팥 토스트를 먹으며 아침의 햇볕을 쬐고 싶습니다. 그 어느 호텔의 조식 시간보다도 행복하지 않을까요? 독채 킷사텐을 점주 혼자서 운영하고 있습니다. 느긋함을 가지고 방문한다면 좋겠습니다.

—
도쿄 세타가야구 와카바야시 4-16-13
4 Chome-16-13 Wakabayashi, Setagaya-ku, Tokyo
—

05

울고 싶은 시간에
울 수 있는
레이블

쇼안분코(松庵文庫)

매일이 즐거울 리가 없다.

즐겁지 않아도 된다는 것에는 동의하지만, 때때로 반드시 슬퍼야 한다는 것에는 동의할 수 없다. 그런 나의 의지와는 상관 없이, 단 며칠의 여행에도 종종 울고 싶은 날은 찾아왔다.

무리해서 떠난 건 무리해서라도 떠나지 않으면 안 된다는 메시지를 느꼈기 때문이었다. 나를 읽어낼 줄 안다고 생각하면서부터 조금씩 내 안정만을 꾀하며 지내자고 다짐했다. 나를 위하고 나를 돌보는 하루가 쌓이면서 단단한 개인이 만들어진다고 생각했기에, 무언가를 원하는 마음이 보이자마자 냉큼 나를 챙기고 싶었다. 하지만 내 감정에 대해 오독할 수 있다는 사실은 뒤늦게 파악했다.

어째서 이번 여행을 무리라고 생각했던 걸까. 그런 판단에는 이유가 있었는지 여행의 빈틈마다 이내 울적해졌다. 한번 가라앉은 마음을 다시 들뜨게 하기 위해서는 어쩔 수 없이 흙탕물처럼 가라앉도록 기다리는 과정을 거쳐야 한다. 그 과정에서 자꾸만 고개가 꺾이고 내 삶의 슬픈 이면만이 보였다. 이런 시기에는 반드시 통장 잔고가 적다. 어쩌면 이런 감정은 재정적 무리에서 출발했는지도 모르겠다.

전철을 잘못 타서 신코엔지역에서 내린 밤. 삽화비 입금 예정일이라는 걸 깨닫고 현금 인출기에서 엔화를 인출하려 했는데 아직 입금 전이었다. 눈에 들어온 작은 공원에 들어가 한참을 고개 숙이고 앉아 있다가 호텔로 들어간 밤. 무의식의 예감이 작동되었는지, 겨우 잠든 심야에 묘한 꿈을 꾸었다. 어린 시절의 나와 오빠가 거실에 앉아 있고, 그 곁에는 할머니가 함께 있었다. 내가 스무 살 때 너무나 일찍 떠난 우리 할머니. 보고 싶을 때는 그렇게 나오지 않더니 어째서 도쿄의 호텔 방에 찾아온 걸까.

슬픈 꿈은 아니었다. 아무 일도 일어나지 않던 날처럼, 오빠와 나 그리고 할머니는 조용한 한낮을 보내고 있을 뿐이었다. 어린 시절 그대로의 옛집 마루에서 오빠와 나는 철퍼덕 앉아 무언가에 열중해 있었다. 할머니는 그 곁을 지나다니며 웃는 얼굴을 자꾸만 보여줬다. 그런 할머니에게 말을 걸어보려 하는데 할머니는 자꾸만 거리를 두었다. 일어나 다가가려는데 웃으며 환한 문으로 사라졌다. 손에 잡힐 것 같았던 할머니가 눈앞에서 사라지고 말았다. 이제는 없는 일상과 사람을 먼발치에서 지켜본다는 건 가슴 안쪽을 두드려 맞은 듯한 고통이었다.

꿈에서 깼더니 다른 도시의 낯선 방. 벌떡 깨자마자 아기처럼 울어버렸다. 할머니의 부재가 여전한 현실이 호텔 방에 떠다녔다. 엉엉 울었는데도 시원치 않았다. 핸드폰을 보니 이미 정오가 지난 시간. 엄마에게 메시지를 보냈다.

엄마. 별일 없죠? 오늘 꿈에 할머니가 나와서 울었어요.

답장은 오지 않고 방은 계속 조용했다. 목적지가 없는 하루로 지내고 싶었으나 우선은 어디로라도 이동하고 싶었다.

도망치듯 호텔을 빠져나오니 날이 꽤 흐렸다. 앞서 걷는 이의 손에 장우산이 들려 있다. 준비성 좋은 사람으로 살고 싶어서 맑은 날에도 우산을 챙기는 나지만, 가방을 바꿔 메고 싶은 날이면 꼭 우산을 빠뜨렸고 그날은 비가 왔다. 다시 올라가기 귀찮아서 갑작스러운 비 때문에 우산을 사는 것도 여행의 순간이라고 생각해버렸다.

아사가야역 근처에서 어슬렁거리다가 니시오기쿠보로 건너갔다. 너무 멀리 가고 싶지 않았고, 고엔지나 기치조지에 가고 싶은 마음은 들지 않았다. 방금까지 운 사람의 표정으로 걸어도 괜찮은 골목이 니시오기쿠보에는 꽤 있다.

어슬렁 걷다가 궁금했던 식당 하나가 생각나서 들어갔으나 대실패했다. 몸에 좋은 재료로 건강하게 만든 정식을 파는 식당이었으나 온몸이 화들짝 놀랐다. 흙을 먹는 기분이었다. 구운 무를 잘라 먹었는데 흙 맛이 났다. 우리 집 냉장고에 있는 생무를 잘라 입에 넣어도 이것보다 맛있을 것이다. 상태가 좋지 않아 미각을 잃은 걸까. 플레이트에 나온 갖가지 채소들을 전부 괴롭게 썹었다. 입을 썻고 싶어 마신 미소시루에는 정체 모를 향신료의 기운이 강하게 느껴졌다. 앞서 있던 손님은 나가고 나만 남겨지자 직원 둘이 시끄럽게 떠들기 시작했다. 이방인은 손님으로 세지 않는 공간이었을까. 배가 부르지도, 고프지도 않은 아주 기분 나쁜 상태가 되었다. '아, 지금 나는 덜 익은 김치 같아'라는 어쩔 수 없는 한국인의 감상을 해대며 가게를 빠져나왔고, 곧장 보상받고 싶어졌다.

맞아. 쇼안분코.

한 것도 없는데 슬퍼서 다 끝나버린 하루.

좋음이 확정된 곳에서 마저 고여 있다가 내 손으로 하루를 끝내자.

쇼안분코로 향했다. 조금은 괜찮아질지도 모른다는 기대를 갖고 흙탕물에서 빠져나오려는 순간, 엄마에게 답장이 왔다.

아빠가 어제 다쳤어. 그래서 할머니가 꿈에 나왔나 봐.

아무도 없는 골목길에서 이내 몸이 굳었다. 나는 꿈을 믿고 싶지 않는 사람. 할머니를 만난 것에 안 좋은 의미를 부여하고 싶지 않았지만, 이미 상황은 벌어져 있었다. 엄마는 이어서 말했다. 크게 다친 건 아니니까 걱정하지 말라고.

할머니가 어떻게 나왔니? 안 좋은 꿈이었어? 오늘은 조심히 다녀라.

오히려 나를 걱정하는 엄마였다.

이미 알게 된 이상 슬퍼할 길밖에 보이지 않았고, 자책을 하기 시작했다.

앉아서 슬퍼하자. 슬픈 나를 앉히자.

진정이 되는 공간에 앉아 엄마에게 전화를 걸고 싶었다. 엄마의 목소리를 잘 듣고 싶었다.

쇼안분코의 문을 여니 손님 신발이 놓여 있었다. 신발 수를 보니 손님은 많지 않았다. 그 곁에 조심스럽게 신발을 벗고 슬리퍼로 갈아 신은 뒤 나무 바닥에 발을 디뎠다. 앉고 싶었던 자리에는 이미 두 명의 손님이 기분 좋은 표정으로 대화를 나누고 있다. 정원에 심긴 나무가 보이는 자리여서 언젠가 오게 되면 꼭 앉아야지 다짐했으나 오늘은 날이 아니었다. 눈을 돌려 제일 안쪽의 테이블에 앉았다. 숨을 고르면서 안정되기를 기다렸지만 얼굴은 자꾸만 울 준비만 할 뿐이라 결국 눈물이 삐죽 나왔다.

다가온 점원에게 눈물을 들켰지만 주문만은 씩씩하게.

"블렌드 커피 그리고, 따뜻한 커피랑 어울리는 케이크 추천해 주실 수 있을까요."

보기 모두 정답인 퀴즈였지만 친절하게 답을 골라주었다.

"모두 어울린다고 생각하지만, 크림이 든 초콜릿 케이크 어떠세요?"

"크림은 무슨 크림인가요?"

"아이스크림이에요."

어린 시절에 울음이 터진 나에게 아이스크림을 주던 엄마가 생각났다. 꺼억꺼억 울던 목이 금세 차분해지며 귀 안쪽이 식어가던 기억이 흐릿하게 남아 있다.

추천대로 주문을 마치자, 곧장 테이블 위에는 따뜻한 커피와 케이크가 놓였다. 웃으며 돌아가는 점원의 뒷모습을 보니 이제 됐다는 생각이 들어 테이블에 얼굴을 박고 본격적으로 울었다.

뭐가 미안한지 하나도 모르겠지만 미안함만이 가득 차서 버거운 시간. 어차피 늘 공석에 이름표만 붙어 있던 딸이었으면서 마치 엄청난 빈자리를 제공한 사람처럼 슬퍼졌다. 나오는 눈물을 참지도 않고 엄마에게 전화를 걸었다. 넓은 그릇에 하얀 아이스크림 위에 오렌지 그리고 초콜릿 케이크가 있다. 아이스크림이 녹는 걸 바라보며 엄마랑 통화를 했고, 전화를 끊으니 이내 안정이 찾아왔다.

나에게 엄마는, 울면서도 할 말을 할 수 있는 사람. 아빠에게는 차마 연락도 못 했다.

투박한 커피 잔에 커피가 가득.
그림자가 귀엽다.

코스터 없는 커피 잔. 그러고 보니 테이블에 긁힌 자국이 많다. 그럼에도 코스터를 쓰지 않는구나. 상처 따위 자연스러운 채로 두는구나.

뚝 그친 얼굴로 아이스크림과 초콜릿 케이크를 떠먹었다. 찬 기운을 조금씩 삼키니 아직도 울듯이 흥분되어 있던 속이 식어갔다.

아마도 내가 마지막 손님이었는지 점내는 하나둘 손님이 나가며 비워지고 있었다. 정원이 보이는 자리에 앉은 손님만이 끝끝내 남아 있다. 좋은 풍경을 조금이라도 더 보는 건 값지니까.

케이크를 반쯤 남겨놓고, 자리에서 일어나 점내를 어슬렁거렸다. 과연 북카페답게 쇼안분코와 어울리는 책들이 놓여 있다. 괜히 이름에 분코(문고)가 들어가는 게 아니구나 싶다.

언젠가 평일의 한낮에 다소곳하게 나오는 런치 메뉴를 먹은 후 커피를 마시며 쇼안분코에 놓여 있는 책들을 넘겨보는 하루를 기대해보며, 선 채로 몇 권의 책만을 훑어보았다.

폐점을 30분 남기고 계산을 하며 사진을 찍어도 되냐고 물었더

정원의 철쭉나무가 보이는 창가 자리.

니 흔쾌히 승낙해주었다. 나도 기쁘게 감사하다고 말하며, 이제는 아무도 없는 공간을 카메라에 담았다.

남은 케이크를 마저 입에 넣고, 생각을 자르듯이 오물오물거리다 몸을 일으켰다. 마음 안의 먹먹함이, 공간의 적막함에 조금 진정한 기분이었다. 고요함에 한껏 진정이 되었다.

울어도 되는 집에서 퇴장하듯 홀가분하게 나오니 그제야 쇼안분코의 외관이 눈에 들어왔다.

'사적인서점'의 오너 지혜 씨와 이곳을 방문한 적이 있었다. 허나 기나긴 휴무로 인해 입장하지는 못했다. 아쉬운 마음에 근처를 떠나지 못하고 서로 번갈아 사진을 찍어주면서 한껏 웃던 날. 그때의 웃음을 기억하면서 마저 걷다가 작은 공원을 만났다. 정말 작아서 이름조차 없을 것 같은 공원에 어린 여자아이와 아이의 아버지로 보이는 두 사람이 자전거를 타며 놀고 있었다. 아이는 자꾸만 내 쪽에 와서 웃었다. 웃는 소리가 어찌나 맑은지, 나도 조금 웃어볼까 싶어 아이를 쳐다보며 웃으려는데 갑자기 쏟아지는 비. 아이와 아빠는 와하하 웃는 소리와 함께 비를 가리며 눈앞에서 사라졌다.

왜 하필 지금 비일까.

어째서 이 공원에 온 걸까.

어쩌면 사람마다 인생 서사가 모두 정해져 있는 게 아닐까 하는 아찔한 생각마저 들었다. 오늘만큼은 반드시 슬퍼야 하는 페이지이기 때문에, 세상이 열심히도 마련해준 오늘에 내가 놓여 있는 게 아닐까 하고.

그렇다면 내 쪽에서도 열심히 해야지. 벤치에 앉아 내리는 비를 맞으며 제일 하기 싫은 슬픈 생각을 끝내 해버렸다.

아. 집에 가고 싶다.

쇼안분코 松庵文庫 Shouan Bunko

대표 메뉴는 반찬과 국이 함께 나오는 쌀밥 정식입니다. 점심시간에 들러 차분한 밥을 먹고 철쭉나무를 보며 커피를 마시며 책을 읽는 시간을 보낸다면, 오후에 어떤 일이 있든 상관없이 좋은 하루로 매듭을 지을 수 있을 겁니다. 점내에 비치된 책은 오기쿠보의 '책방 타이틀(本屋 Title)'에서 맡아주었다고 하네요. 좋아하는 책방 주인이 작은 서가를 꾸려주는 일은 마음 벅찬 일이 아닐 수 없겠지요. 책을 보고 있노라면 쇼안분코와 책방 타이틀의 목소리가 들리는 듯합니다.

—
도쿄 스기나미구 쇼안 3-12-22
3 Chome-12-22 Shoan, Suginami-ku, Tokyo

홈페이지 shouanbunko.com
인스타그램, 트위터 @shouanbunko
—

06

체인점이어서
고마워요

우에시마커피점(上島珈琲店)

아무리 여행이라도 매 순간 특별할 수 없다는 걸 알지만, 지금 주어진 이 시간이 마치 선불 결제로 얻어낸 것 같은 기분은 어째서 틈만 나면 미운 얼굴을 하고서 내밀까. 지쳐서 들어간 식당에 앉아 괜히 '한 정거장 더 가면 있는 카레집에 갔으면 더 행복했을까' 따위의 생각을 하느라 눈앞에 차려진 시간을 보지 못한다. 그런데다 이 미운 심정을 동행자에게 말하기라도 한다면…… 둘 중 한 명이 조금이라도 긍정적인 마음을 먹지 못한다면 그늘진 분위기가 되는 건 시간문제다. 어딘가에 도착하기만을 위해 이동하는 게 여행은 아닐 텐데 말이다.

그럼에도 불구하고 특별함을 찾고 싶어서 스스로를 괴롭힌 순간이 있었다. 점심을 먹고 다음으로 계획했던 킷사텐에 갔더니 휴무일도 아닌데 문이 닫혀 있었다. 이런 일은 수없이도 많이 겪지만 당할 때마다 낙심하는 마음에는 좀처럼 적응이 되지 않는다. 인간 세상이니 일어날 수 있는 일인데도 있을 수 없는 일이라는 듯 지쳐버린다. 여행 전부터 완벽하게 짜여 있던 몇 안 되는 일정이었는데, 머리가 새하얘졌다. 이 근처에 어쩌면 있을 마음에 드는 어딘가를 찾을 에너지는 없었다.

한국의 더위와는 사뭇 다른 일본의 무더위 속을 헤매며 구글 맵에 손수 찍어둔 컵 모양의 아이콘들을 체크해보았으나 대부분 도보로 움직이기가 선뜻 내키지 않았다. 일단은 더위를 식히고자 눈앞의 반찬 가게 체인점에 들어갔다. 이럴 때 나에게 음식을 보여주는 나는 이 세상 누구보다도 나를 잘 아는 사람.

좋겠다.

작게 포장된 교자 하나를 보며 중얼거렸다. 누군가의 저녁 반찬 혹은 누군가의 맥주 안주가 될 교자를 보니 이곳에서 혼자 사는 사람들의 생활이 잠깐 그려졌다. 불 앞에 설 힘이 없는 저녁, 딱 이만큼의 교자가 필요한 날이 나에게도 무수히 많았다. 천천히 발걸음을 옮기며 반찬과 도시락들을 구경하다 보니 이 반찬 전문점, 생각보다 자주 마주친다는 생각이 들면서 문득 역 앞에서 스친 커피 체인점이 떠올랐다. 단지 점심을 먹기 위해 온 낯선 동네에서 마주친 '우에시마커피점'이었다.

내 옆모습이 비칠 것 같아서 무의식으로 쳐다본 큰 통창으로 혼자 온 손님들로 가득했던 장면. 가보진 않았어도 그곳의 컵과 흑설탕 밀크 커피(黒糖ミルク珈琲)가 특별하다는 것 정도는 알고 있는 사람이 또 나다.

왔던 길을 돌아서 우에시마커피점에 도착했다. 아는 메뉴는 흑설탕 밀크 커피 하나였기 때문에 주문만 하면 되지만 문득 흑설탕이라는 단어를 모른다는 사실에 스스로 놀라며 문 앞에서 사전앱으로 검색한 후 몇 번 연습을 하고 들어갔다. 코쿠토오 미루쿠코히. 코쿠토오 미루쿠 코히.

흑설탕을 자꾸만 발음했더니 입이 단 걸 당기기 시작했다. 드디어 우에시마커피점 데뷔. 당당하게 주문을 하니 곧장 후다닥 만든 커피와 함께 빨대 그리고 잔돈을 담은 작은 쟁반을 건네받았다. 혼자만을 위한 진갈색 쟁반이 좋다. 내 것이 가득 담긴 작은 쟁반을 들고 창가 자리에 앉았다.

구리로 된 컵은 무더위에도 춥게 느껴질 만큼 손이 시렸다. 흑설탕 밀크 커피의 맛은 어떨까. 기대를 하며 쪽 빨았는데, 맛있다. 한국의 믹스커피를 아이스로 마시는 맛과 어떤 점에서는 비슷하지만 달랐다. 확실히 흑설탕의 기운이 존재했다. 도쿄 거리에서 참 많이 봤는데 무심코 지나친 순간들이 이제 와서 아쉽게 느껴지기까지 했다(지난 시간을 아쉬워하지 않는 성격으로 다시 태어나고 싶다).

땀을 식히며 창밖을 바라보니 조금 전에 멀뚱멀뚱하게 쳐다보며 지나갔던 내가 그려졌다. 여기에 올 생각은 전혀 못했던 조금 전의 내가 어느새 들어와 앉아 있다. 빨대를 휘휘 저으며 커피를 더 차갑게 만들고 있는데 중년의 여성이 따뜻한 커피가 담긴 작은 쟁반을 익숙하게 들고 오더니 나와는 두 개의 의자를 사이에 두고 앉았다. 그러고 보니 지금 이 실내 꽤 춥다. 좋은 선택이군요.

작은 쟁반 위의 흑설탕 밀크 커피.

　조금 전에 쇼핑을 했는지 영수증 몇 장을 꺼내 체크하더니 수첩에 글씨를 적는 모습. 장을 본 후에 영수증 정리를 하러 잠시 들르신 걸까. 귀갓길에 작은 빈틈을 낼 줄 아는 좋은 일상을 지켜본 기분이었다. 커피 체인점은 잠시 쉬기에 최적이다. 간단한 주문과 동전 몇 개로 지금 필요한 음료와 테이블을 마주할 수 있다. 아주 잠깐이라도 아무 생각 안 하고 고여 있는 시간이야말로 낮잠만큼이나 필요한 시간이 아닐까. 어째서 나는 여행만 오면 커피점을 단지 목표지로만 삼으려 드는 걸까. 빈틈을 위해 언제든 들어갈 수 있는 체인점을 만들어둔 세상을 제대로 이용할 줄 몰랐다.

　손 시림이 일품이었던 구리 컵이 꽤 마음에 들었는데 살 수 없는 가격이었다(마음을 먹으면 사겠지만 그 마음을 먹기가 어려웠다). 다음 도쿄행 계획을 벌써부터 세우며 좋아하는 동네의 우에시마 커피점 위치를 구글에 저장하려다가 생각보다 지점이 많아 그만

두었다.

　지내는 곳에 우에시마커피점이 있다면 분명 좋을 것이다. 어떤 날이면 모처럼 일찍 일어나 출근을 앞둔 회사원들 사이에서 모닝 세트를 먹거나, 조금 늦게 나온 날이면 우선 커피를 홀짝 마시고 출발하기 좋을 것이다. 일정을 마치고 돌아오는 길에 괜히 들러 그날 하루를 정리하며 잠시 고여 있고 싶기도 하다. 그러고 보니 나의 원래 삶에서도 충분히 만들 수 있는 틈이 아닐까. 여행을 다니면서 생긴 나를 향한 시선이다. 이 여행 이후로 내 생활 속에서 음료 한 잔에 기대어 잠시 동안 오늘의 나를 덜 작동하는 시간을 종종 만들게 되었다.

　나는 어디든 내가 아는 나를, 내가 아는 생활을 이어가게 해주는 체인점을 좋아한다. 낯선 도시에서 스타벅스를 만나면 내가 아는 휴식을 할 수 있으리라는 안도를 느낀다. 바쁜 하루에서 뭘 마시고 먹을지 정하기 어려울 때에도 쉬운 보기를 제시해준다. 가면 무엇이 있다는 걸 아는 장소로 향하는 발걸음은 가볍다. 도쿄를 여행하며 부러 체인점을 향하게 된 이유도 마찬가지다. 모든 하루가 특별할 수 없다고 인정한 어떤 하루에는 체인점이 제격이다. 우에시마커피점과 함께 도토루커피점, 데니즈나 조나산 같은 패밀리 레스토랑도 그런 점에서 더없이 소중하다.

　돌아가 한국의 여름에서도 구리 컵에 잔뜩 담긴 흑설탕 밀크 커피의 생활을 이어가고 싶은 건 욕심일까. 구리 컵을 샀어야 하나 종종 생각이 들었지만 흑설탕 밀크 커피가 담겨 있지 않다면 무슨 소용일까 싶어졌다. 결국은 특별하지 않기에 좋아했던 것조차 특별하게 여기는 나였다.

우에시마커피점 上島珈琲店

우에시마커피점은 역시 흑설탕 밀크 커피가 맛있습니다. 규슈 철도 여행을 할 때 기차를 타기 전에 역 안의 우에시마커피점에서 간단하게 아침밥과 커피를 마시며 생각했습니다. 무엇을 마주하고 어디에 도착하든 아주 좋은 여행이 될 것 같다고요.

—
홈페이지 www.ueshima-coffee-ten.jp
—

07

눈앞에서 구워지는
핫케이크

코히닛끼《珈琲日記》

그림으로 그리고 싶은 걸 마음에 들게 그려내지 못할 때 외로워진다. 눈앞에 그려진 그림은 마음에 그려진 한 장을 따라가지 못한다.

마찬가지로 먹음직스러운 음식을 다 먹지 못할 때에도 비슷한 감정을 느낀다. 음식을 섭취할 수 있는 최대치가 아주 낮다. 어린 시절에는 늘 한입씩 남긴다는 이유로 엄마에게 곧잘 혼이 났다. 음식에 대한 것과 학교를 결석하는 것에는 엄하셨다. "조퇴를 하더라도 일단 학교는 가"라던 엄마면서 식탁에서는 "그럴 거면 처음부터 먹지를 마"라니. 마지막까지 식탁에 남아 있던 나였다.

고등학생 때 매일 같이 밥을 먹던 친구에게 이런 말을 들은 적이 있다.

"너는 한 음식만을 먹지 못하는 것 같아."

이 음식 저 음식 넘나들며 먹어야 먹는 행위를 계속할 수 있던 나의 식습관을 알아챈 친구였다. 음식 하나를 함께 먹을 때는 잘 모르는 나의 나약한 식습관이 각자의 음식을 먹을 때면 도드라졌다.

"그렇지만 어쩔 수 없는걸. 일정 시간이 지나면 그 음식에 대한 입장이 제한되는 기분이 들어. 마치 셔터가 내려진 문처럼. 내 잘못이 아니라 몸의 신호야."

엄마에게도 친구에게도 하지 못한 나의 항변이다.

그런 나에게 들이닥친 시련은 핫케이크였다. 마음 깊은 곳에서부터 부풀어오르는 기대감을 따라가지 못하는 촌스러운 식사량 탓이었다. 하타가야에서 머물 때였다.

아침에 숙소를 나와 우연히 마주한 동네 카페 앞 간판에 두툼한 핫케이크 사진을 보고 냅다 들어갔다. 종류는 두 장과 네 장으로 나뉘어 있었고 토핑도 여러 가지였다. 내가 고른 건 적은 양의 두 장짜리 핫케이크와 아이스크림 토핑 추가.

흘깃 옆의 손님을 보니 무려 네 장의 핫케이크에 과일 토핑이 쏟아져 내리듯 뿌려져 있었다. 아침부터? 혹시 아침밥일까. 아침밥으로 핫케이크만을 저렇게나?

놀라면서도 네 장으로 주문할 걸 그랬나 후회 같은 착각도 잠시, 두툼한 한 장만으로도 벌벌 떠는 나였다. 푹신하던 첫 입을 지나 두 장째에 진입하니 씹을 때마다 밀! 가! 루! 하며 외치는 밀의 살덩이에 그만 져버렸다.

"이제 핫케이크는 그만!"

위의 문지기가 호루라기를 불며 신호를 보냈고 입이 막혔다. 케이크 한 조각의 템포가 나에게는 딱 맞는 디저트의 무게감이었나 보다.

핫케이크로 위를 찔려본 그날이 있기에 여간해서는 핫케이크 사진에 휘둘리지 않았다. 그러다 어라, 조금 다른 핫케이크가 눈에 들어왔다. 다이칸야마에서 가구라자카로 이전해 조금은 더 친숙한 분위기로 손님들을 맞이하는, 카페 코히닛끼(커피일기). '후르츠산도(과일 샌드위치)'로 유명하지만, 내 눈에는 모처럼 핫케이크만이 반짝.

전시차 방문한 도쿄에서 중요 일정을 마친 후에 오로지 나 혼자만의 하루가 생겼을 때 너무 이르지도 그렇다고 너무 늦지도 않은 오후 2시에 방문했다. 역에서부터 꽤 가까워서 곧장 도착했지만 두 팀이 대기 중이었다. 핫케이크를 위한 공복의 시간이 늘어나는 건 어쩌면 행운이었다. 금방 내 뒤에 남성 손님이 줄을 이었고, 어느덧 두 명만이 대기 중. 우리는 이제 막 더워지는 날씨 속에서 벤치에 나란히 앉아 아무 말도 없이 곧 마주할 테이블만을 상상하고 있었다. 나도 모르게 "아쯔이데스네(덥네요)……" 하고 내뱉을 뻔했다. 일본 드라마를 너무 많이 본 탓이다.

"오래 기다리셨습니다. 한 명 손님 들어오세요. 스탠드석에 앉아주세요."

반가운 소리에 껴안고 있던 가방을 그대로 안고 꾸벅꾸벅 인사하며 입장. 그리고 뒤에서 또다시 들려오는 소리.

"오래 기다리셨습니다. 한 명 손님 들어오세요."

내 뒤에 있던 손님도 불렀다. 스탠드석에 가니 두 자리가 나란히 비어 있다. 벤치에서 기다린 그대로 앉게 되다니. 속으로 웃었다.

스탠드석 외에 테이블은 두 개 있다. 가족 단위나 두 명 이상은 테이블로 안내받았다. 2층으로 올라가는 계단이 있었으나, 손님이 오가는 걸 보지 못했다. 나는 핫케이크가 구워지는 걸 보고 싶었기에 내 자리에 크게 만족했다.

먹을 건 정해져 있었다. 메뉴판에는 '커피집의 핫케이크'라 적혀 있었다. 이곳만의 특별함이 느껴지는 메뉴다. 이제 마실 것을 골라야 한다. 아이스커피를 마실지 우유가 섞인 걸 마실지 고민하다가 마주한 의외의 고민, 카페오레도 있고 카페라테도 있다. 고개를 들어보니 사이펀과 함께 에스프레소 머신도 있었다. 과연 그렇구나. 커피의 종류가 나뉘는 건 손님의 커피 취향을 꽤나 고려하고 있다는 것. 일본 여행에서는 주로 킷사텐을 찾는 나이기에 아메리카노가 그리워질 때가 있다. 카페오레는 우유에 핸드드립이나 사이펀으로 추출한 커피를 넣은 것이고, 카페라테는 우유에 커피 머신으로 추출한 에스프레소를 넣은 것. 두 가지 사이에서 나의 취향을 가려본 적은 없지만, 직접 커피를 볶고 있는 곳이니 카페오레로 정했다.

"호또 케이크와 카페오레 아이스로 부탁합니다."

이제 옆의 손님 차례였다. 고민하던 옆 손님도 덩달아 핫케이크를 주문했다. 커피는 싱글 오리진 커피로 만델링을 골랐다. 따뜻한 커피와 따뜻한 핫케이크. 그것도 나쁘지 않지요. 하지만 이럴 때에는 우유와 먹어야 쉽게 삼킬 수 있다는 사실! 나는 꽤나 진중한 태도로, '이번만큼은 핫케이크 혼자 다 먹기'에 도전 중이었다.

핫케이크 주문과 동시에 눈앞의 동판에 불이 켜졌다. 핫케이크를 만드는 도구치고는 꽤나 투박하다. 호떡 혹은 붕어빵이 자꾸만 생각났다. 수많은 핫케이크가 구워진 동그란 자국이 있는 동판 밑으로는 푸르고 붉은 불이 타오르고 있다. 바로 눈앞에서 곧 먹을 핫케이크의 탄생을 지켜보는 것. 나의 속도 서서히 뜨겁게 구워져갔다.

어느 정도 열이 올라오자 핫케이크 담당 직원은 오른쪽에 놓여 있던 물을 수저로 떠서 한 방울씩 동판에 떨어뜨렸다. 찬물이 뜨겁게 달궈진 동판에 떨어지자 한껏 동그란 형태로 움츠러들더니 통통 튀어 올랐다. 같은 행위를 반복하더니 미리 준비해둔 반죽을 쇠 국자로 떠서 동판에 부었다. 반죽이 어찌나 되직한지 국자

2인분의 핫케이크가 구워지는 중.
핫케이크의 빈자리에는 둥근 자국이.

핫케이크를 위한
작은 도구들.
물과 국자.

에 계속 있겠다는 걸 억지로 떨어뜨리고 있는 것 같다. 어마어마하게 거친 반죽이었다. 나와 옆의 손님 것까지 딱 네 장 분량의 반죽이 떨구어졌다. 아직은 퍼져 있는 반죽을 보니 이게 언제 내 앞에 올까 싶다. 적당한 시간이 지나자 핫케이크가 뒤집어졌다. 그게 끝이었다. 작업대에는 두 개의 접시. 그 위에는 메이플 시럽과 하얀색의 무언가가 작은 그릇에 빼곡히 담겨 있다. 크림일까? 버터일까? 멀리서는 알 수 없었다.

먼저 카페오레가 도착. 특이하게 커피가 아래에, 우유는 나머지의 부분을 차지하고 있었다. 점주는 환하게 웃으며 손으로 빨대를 돌리는 시늉을 하며 "잘 섞어서 드세요"라고 말했다. 그 말 그대로 잘 섞어서 한입 먹었다. 맨 밑에 깔려 있는 커피로 인해 쓴맛이 들어올 줄 알았는데, 묘하게 진한 단맛이 퍼졌다. 달기보다는 고소하고 차분한 맛이었다. 정확한 맛을 알고 싶어서 핫케이크를 잊고 몇 번이나 쪽쪽 마셨다.

그리고 등장한 핫케이크. 언제 완성이 되었는지 모를 두툼한 핫케이크 두 장이 그릇에 다소곳이 놓여 있다. 하나의 핫케이크에 비스듬하게 기댄 채 놓여 있는 모습이 사이좋다. 조금 전 궁금했던 하얀색의 무언가를 포크로 눌러보았다. 아, 버터다. 잘 찔리지 않는 질감이 크림이 아닌 버터임을 알려주었다. 투박한 동판 위에서 달궈진 것치고는 표면이 너무나 반짝였다. 동판에서 달궈졌기 때문에 반짝이는 걸지도 모른다. 가장자리는 밝은 색, 앞면은 보기 좋게 익은 진한 빵 색에다가 묘하게 윤기가 난다. 그리고

완벽한 모습의 핫케이크.

바닥은 센베가 생각나는 질감. 버터와 메이플 시럽을 양껏 바르고 뿌려서 포크와 나이프를 사용해 먹기 좋게 잘랐다. 붕어빵의 빵 냄새가 나지 않을까 싶어서 냄새를 맡아보니, 비슷한 밀가루 향이 올라왔다. 크게 한입에 넣었다.

두 장 다 먹을 수 있겠는데 이거.

이전에 마주한 하타가야의 핫케이크와는 전혀 다른 풍이었다. 서로 갈 길이 다른 핫케이크였던 것이다. 푹신푹신하지도 그렇다고 빽빽하지도 않다. 하지만 먹으면서 중요한 사실 하나를 알게 되었는데, 따뜻할 때 먹어야 한다는 것. 평소 음식을 빨리 먹지 못하는 나이기에 마음이 급해졌다.

가져간 책을 들추며 읽는 둥 마는 둥 하며, 카페오레의 힘을 받아 한 장을 거뜬히 먹었다. 행복한 맛이었다. 옆 손님은 오래전에 두 번째 장에 돌입한 듯 보였다. 점주와 아는 사이인지 내내 대화를 나누었는데도 핫케이크는 금세 사라졌고, 다 먹은 접시를 내밀며 두 번째 커피로 카페라테를 주문하는 게 아닌가.

과연 커피 두 잔이 필요한 양이었다. 한 장 남은 핫케이크가 반쯤 남았을 때 카페오레는 얼음만이 남아 있었다. 이대로라면 또 남길 것이다. 그때 눈에 들어온 건 메뉴판에 적힌 아메리카노. 배부를 때면 아메리카노를 마시며 "이제야 소화가 되네" 하는 엄마의 말이 떠올랐다.

"스미마셍. 아메리카노 한 잔 부탁합니다."

"네. '호또'로 맞으시죠?"

"네. '호또'로."

호또로 제공받은 아메리카노로 다시 시작해보려 했지만, 이미 꽉 찬 위에 아메리카노를 붓는다는 건 더 먹을 배를 만드는 게 아니라 그저 꽉 찬 배를 안정시킬 뿐이었다.

여기까지구나.

한입 겨우 입에 물고 질겅질겅 씹으며 이렇게 또 핫케이크 다 먹기는 실패. 차게 식은 핫케이크는 혀 안쪽에서 떫은맛이 났다. 배부르기 전에, 따뜻할 때 먹어야 성공할 수 있다는 걸 또 한 번 배웠다. 역시 이름대로다. 핫(HOT)! 케이크.

아메리카노 맛도 무척 좋았다. 매일 먹고 싶은 맛이어서 과연 커피일기라는 이름이 적절하다 싶었다. 커피를 마저 마시며, 남은 핫케이크는 그릇 구석에 정리해두었다. 마지막 아메리카노 한 모금을 입에 털어 넣으며 또 한입만 남겼다고 혼날 것 같은 마음에 등짝을 준비해 계산대로 향했다. 점주는 여전히 웃으며 응대해주 었다.

"잘 먹었습니다."

계산을 마치고 인사를 하며 문을 열었다. 그러자 세 명의 직원 은 나에게 "잇떼랏샤이!(잘 다녀오세요!)" 하고 인사했다. 문 밖에서 나도 모르게 뒤를 돌아보았다. 그러자 점주가 이어 말했다.

"오키오츠케테!(조심히 가세요!)"

그제야 웃으며 빠져나왔다.

잘 다녀오라니. 여행객은 듣기 어려운 말이라 조금 놀랐다. 점 주가 들어간 걸 확인하고 나서야 입을 열었다.

"하이. 하이. 잇떼키마스(다녀오겠습니다)."

태어나길 이렇게 태어난 나는 1인분 핫케이크 접시를 빈 접시 로 만들 줄 모른다. 극강의 핫케이크에도 참패했으니 말이다. 하 지만 어쩌겠나. "이럴 거면 먹지를 마!"가 아닌, "남기더라도 일단 은 입에 넣어라"의 마음으로 핫케이크를 파는 커피집에 다시 방 문할 것이다.

코히닛끼 珈琲日記

카페보다 킷사텐을 좋아하는데, 깔끔한 분위기에서 커피의 맛을 제대로 느끼고 싶다면 코히닛끼가 제격입니다. 커피에 대한 자부심이 메뉴판에서도 보입니다. 직접 볶고 있는 커피는, 그 맛에서 신선함이 느껴집니다.
과일 샌드위치는 워낙에 인기라 금방 품절이 되지만 핫케이크는 안전한 느낌이네요. 의외로 스콘 주문도 이어집니다. 말차 팥 스콘은 말차와 팥이 함께 반죽된 스콘이 아니라, 안에 팥소를 머금고 있는 스콘이라는 점이 재밌습니다. 스탠드석에 앉아 있으면 주문하지 않은 메뉴도 볼 수 있어서 좋네요.

—

이전 준비로 임시 휴업 중.

인스타그램 @coffee_nikki

—

3。한 그릇씩의 틈

도 쿄 의

밥 과 술

01

한 사람을 위한
계란튀김 쇼

렌스케 (天すけ)

"계란 좋아하세요?"

살면서 한 번도 받아본 적 없는 질문이라 내가 나에게 던 진다면,

네. 너무 좋아합니다.

"역시 그렇군요. 어떤 계란 요리를 좋아하나요?"

또 한 번 관심 있는 척 질문을 던져본다면,

음…… 고민이 되네요. 계란으로 하는 요리는 너무나도 많으니까요. 일상적으로 먹는 계란찜도 있겠고, 라면에 넣는 계란 토핑도 있겠고, 찰랑거리는 오므라이스도 빼먹으면 아쉽죠. 무엇보다 일본 여행 중이라면 타마고산도(계란 샌드위치)는 꼭 먹어야 하고요. 사실 맛소금과 참기름을 더해서 부친 계란 프라이가 가장 기본에 충실한 맛이면서도 어떤 면에서는 제일 큰 만족을 줍니다. 하지만 단 하나를 고르라면, 계란 튀김 덮밥이라고 말하겠어요.

"계란 + 튀김 + 덮밥이요?"

설명해드릴게요. 활활 끓는 기름에 생계란을 톡 까서 넣고 껍

질은 뒤로 던져버려요. 그 사이에 뜨거운 기름 안에서 어쩔 줄 모르는 흰자와 노른자가 놀라지 않도록 긴 젓가락에 반죽 물을 묻혀서 파르르 파르르 떨구며 계란에 옷을 입혀주며 튀기는 방식이지요. 기술을 요하는 튀김입니다.

여기서 중요한 건 파르르 파르르. 그러면 기름 안에서 노른자를 품은 흰자가 허겁지겁 옷을 챙겨 입듯이 반죽 옷을 잡아끌며 입게 됩니다. 그렇게 기름 안에서 만난 생계란과 반죽은 과하지 않게 꽤 멋스러운 모습으로 튀겨집니다. 이렇게 완성된 계란 튀김을 미리 그릇에 담아둔 흰밥에 올리고 특제 간장 소스를 부어주기만 하면 끝!

"상상이 잘 안 돼요."

맞아요. 저도 먹어보기 전까지는 물음표만 있었는걸요. 그러나 눈앞에 이 그릇이 놓이면, 물음표나 상상은 필요 없어집니다. 먹기만 하면 되니까요.

그러면 어떻게 먹느냐가 제일 중요할 텐데…… 그릇 앞에 놓이게 된 개인의 기분에 따라 알아서 잘할 거라고 생각합니다. 계란이라면 많이 먹어봤을 테니까요.

"좋은 계란 이야기 고마워요."

좋아하는 음식에 대한 이야기는 역시 즐겁네요. 매사에 자신감이 없는 사람이지만, 이럴 때는 이상하게 자신만만해져서 신나게 떠들고 싶어집니다. 왜 맛있는지, 어떻게 맛있음이 진행되는지에 대해서는 확실한 의견을 말할 줄 아는 사람인가 봅니다.

군이 대화할 상대가 없더라도 신나게 머릿속으로 나와 내가 떠들게 되는 그 집. 고엔지에 위치한 텐스케다.

텐스케는 쉽게 찾을 수 있다. 쉽게 찾는 이유는 여러 가지가 있지만 그중에서도 줄 서 있는 사람이 많아서라는 슬픈 이유다. 모퉁이를 돌면 있다는 걸 알지만 어느 쪽에 어떻게 있는지는 몰라서 기웃거리며 모퉁이를 돌았는데, 가게보다 더 넓은 면적으로 사람들이 줄지어 있었다. 이런 경우라면 이상한 심리가 작동해서 마치 여기가 목적지가 아닌 사람처럼 자연스럽게 지나가버릴 때가 있는데 또 그런 식으로 획 하고 지나치며 너무 빠른 단념을 했다.

그대로 이어진 골목을 마저 걸으며 다른 식당을 찾으려 하는데, 뒤에서 나를 붙드는 강한 기운이 느껴졌다. "여기 꼭 가세요!"라는 누군가의 외침이 들리는 것만 같았다. 냉큼 뒤를 돌아 빠른 걸음으로 텐스케로 돌아가서 행렬에 합류했다. 그새 더 길어진 게 슬펐지만, 생각보다 빠르게 줄이 줄어드는 게 느껴졌다. 내 앞과 뒤에 서 있는 사람도 모두 혼자 온 사람. 묘한 동지애가 느껴졌다. 이 사람들과 같이 앉아서 먹게 될 테니.

드디어 입장. 계란 튀김 덮밥과 각종 튀김이 포함된 '타마고 런치 세트'를 주문하고 안내해준 자리에 앉았다. 그렇게 텐스케 타마고 런치 세트만큼의 시간이 시작됐다. 계란 튀김 장인인 요리사는 계란을 튀길 때마다 손님의 눈을 바라보며 계란 쇼를 선보였다. 매일의 계란 쇼. 누군가가 핸드폰이나 카메라를 들면 그쪽

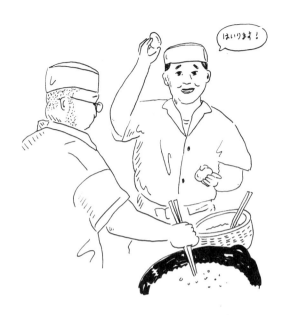

한 사람을 위한 계란 쇼의 시작을 알리는 시선.
"들어갑니다!"

을 보고 환하게 웃어 보였고, 그 웃음은 특유의 장기를 알리는 신
호와도 같았다. 연극적인 진지한 표정으로 계란을 까고 껍질을
버리고 파르르 파르르 반죽 물을 뿌렸다. 그 답례로 박수를 보내
는 사람들의 모습에 나도 아주 조금 웃었다.

　카운터 테이블의 제일 왼쪽에 앉았기에 계란 쇼의 무대와는 거
리가 있었다. 그래도 영상으로 남기고 싶어서 핸드폰을 들었더니
반갑게 내 쪽을 보며 웃음을 보이기 시작. 장인의 계란 같은 두 광

대뼈가 도드라졌다.

"하이리마스~(들어갑니다~)."

나를 위한 쇼가 시작되었다.

계란을 한 손으로 깨고, 손가락 하나를 쭉 내밀고는 한 번 더 깬다는 걸 알려주었다. 다시 한 손으로 계란을 깨더니 뒷벽으로 껍질을 와장창 던졌다. 다음 순서는 파르르 파르르! 반죽 물이 긴 젓가락을 타고 기름솥에 떨어졌다. 그렇게 나를 위한 쇼를 마치시고는 "카무사하무니다~" 하며 꾸벅 인사를 건네셨다.

한국인인 거 들켰다!

쑥스러워서 크게 박수를 치지는 못했지만, 활짝 웃으며 두 손 모아 소리 없는 감사의 박수를 보냈다.

계란 튀김 덮밥과 함께 튀김용 소스와 미소시루 그리고 갓 튀겨진 각종 튀김들이 놓였다. "저기 이제 그만 주세요!"라고 말할까 고민할 정도로 새로운 튀김의 등장은 계속되었다. 다양한 튀김이 나왔지만 그중에서 입이 가장 좋아했던 건 브로콜리 튀김. 어떤 맛이 나는가 하면, 소스에 풍덩 담가서 입에 넣어 씹으면 눈썹 하나가 반쯤 내려오며 묘하게 찡그리게 되는 맛이 난다. 너무 감동을 받아버리면 짜증 비슷한 기분이 드는 것이다.

옆에 나란히 앉은 손님들은 이 많은 걸 빠르게 순조롭게 척척 먹어치우는데, 나는 도무지 다 먹을 수가 없었다. 어째서 이걸 다 먹지 못하는가. 하나하나 튀겨진 튀김들은 남기기가 너무 아쉬워서 끝내 다 먹었지만 밥은 차마 다 비우지 못했다. 같이 줄을 섰던

튀기자마자 놓인다.

츠케모노.

튀김용 소스.

계란 튀김 덮밥.

미역이 든 미소시루.

타마고 런치 세트.

사람들은 이미 다 먹고 사라진 뒤였다. 다들 짧은 시간 동안 엄청난 식사량이다.

세상 행복하게 기름진 시간이 끝났다. 어느덧 내 땀조차 찐득하게 느껴졌다. 튀겨질 뻔한 노른자는 소스처럼 번지며 농후한 맛을 내었고, 내 손으로 노른자를 터뜨려 밥에 스며드는 것 또한 맛있는 과정이었다. 간장 소스와 쌀밥, 계란뿐이지만 최고의 한 그릇이었다.

도쿄에 가면 어느 날의 점심은 꼭 텐스케에서 먹었다. 일정을 마치고 서울로 돌아올 때 가장 맛있었던 걸 꼽아볼 때면, 자신 있게 텐스케를 외친다. 엄마, 아빠가 외출하고 안 계실 때면 마가린 계란밥을 만들어 먹던 그 어리고 귀엽던 내가, 어느덧 도쿄라는 낯선 도시에서 행복한 얼굴로 계란 튀김 덮밥을 먹으며 비슷한 행복을 느끼고 있다.

이따금씩 재미있게 폭식하고 싶은 날이면 고엔지를 떠올린다. 계란 튀김 덮밥과 튀김들을 다 먹고서 배를 두들기며 근처 공원에 앉아 있는 시간. 배부른 행복도 존재한다는 걸 알게 된다. 지구에 사는 것도 꽤 좋구나! 하는 생각이 들었다가 휙 부는 바람과 함께 사라진다.

이제 또 뭘 먹지 고민하며 공원에 꽤 오래 앉아 있었고, 배부름은 쉽게 꺼지지 않았다.

텐스케 天すけ Tensuke

딱 열두 명만이 앉을 수 있는 카운터석과 안쪽의 요리 공간이 존재하는 작은 튀김집입니다. 입구에서부터 줄을 서면 일행에 맞게 자리가 배정됩니다. 웃으면서 손님을 안내하고, 손님을 기억하며 눈을 맞추는 분위기는 아담한 공간에 제격입니다만, 그 맛은 여느 일식 전문점과 비할 수 없이 높습니다. 생계란을 튀겨내는 요리만으로도 충분히 방문할 만한 가치가 있는 텐스케는, 텐스케만의 고소한 문화를 계속해서 튀겨내고 있습니다.

—
도쿄 스기나미구 고엔지키타 3-22-7
3 Chome-22-7 Koenjikita, Suginami-ku, Tokyo
—

153

02

내가 지워진
파스타 가게

CITY COUNTRY CITY

언제 한번 밥 먹자는 말을 점차 하지 않게 되었다. 인사치레는 하는 쪽도 받는 쪽도 씁쓸한 건 마찬가지. 기대했다가 뒤늦게 민망해지기도 하고, 의미 없이 던진 말에 먼저 다가와버리는 사람에게 놀라기도 하던 나날. 진짜 마음이 담기지 않은 말은 듣지도 하지도 말자고 생각하는 사람이 되었다.

말하기 싫고 듣기 싫다고 해도 상대가 이미 해버리고 만다면 어쩔 수 없다. 들었으나 받아들이지 않는 건 나의 몫이다. "작업 잘 보고 있어요. 언젠가 일 같이 해요"는 그저 "당신의 작업이 좋다고 생각합니다" 정도로 받아들여야 한다. 이 정도의 의미라도 무척 고맙다. 그 이후에 뜻밖의 메일이 와 있다면 기쁜 일.

누군가에게 "언제 밥 먹어요"를 듣는다면 "반가웠어요. 우선은 각자의 하루를 마저 보냅시다"의 의미로 들으며 웃는 얼굴로 서로를 놓아주는 것이 좋다. 그 언젠가를 함께 상상해보는 것만으로도 충분히 좋다. 말하는 쪽에서 필히 이러한 의미를 담고 말하는 건 아니겠지만, 듣는 입장에서는 기대를 미리 저버리는 편이 편하다. 이런 나인데, 왜인지 인사치레 거름망을 빼버리고 싶은 말이 있었다.

"도쿄에 오게 되면 꼭 연락해요. 도쿄에서 만나요."

매해 연말에 열리는 서울아트북페어 언리미티드 에디션에서 만난 도쿄의 일러스트레이터 미노와 마키코 씨(이하 마키짱)가 행사 마지막 날에 나에게 건넨 말이었다. 마키짱과는 SNS를 통해 서로의 작업을 지켜보다가 만난 터라 반가움이 컸다. 행사 3일 동안 같은 학교의 다른 반 친구처럼 서로의 부스를 오갔고, 간단한 간식거리를 쥐여주고 응원의 표정을 건네기도 하며 어느덧 서로를 "지나짱", "마키짱"이라 부르게 되었다.

어느덧 마지막 날, 언제나 곧 도쿄에 갈 사람으로 살고 있는 사람이기에 곧장 "내년에 도쿄에 갑니다!" 하고 말했다. 언젠가 만나자는 인사말에 불쑥 한 걸음 먼저 내민 내가 부끄러웠지만 신나게 대답하고 서울에서의 아쉬운 인사를 건넸다.

그리고 몇 달 뒤, 도쿄행을 정하고 마키짱을 떠올렸다. 도쿄식 인사치레가 아니었을지, 정말로 간다고 말했을 때 부담스러워하지는 않을지, 나에게 내어줄 개인 시간이 있을지 골몰했으나 이미 내 손은 그에게 건넬 메시지를 작문 중. 답장이 늦는 나라라는 것도 옛말인 건지, 걱정하며 기다릴 시간도 없이 곧장 답장이 왔다.

지나짱! ♥ 오랜만이에요! 11일부터 16일 안에 시간을 만들겠어요.

기쁘다! 놉시다! ★

당신이 온다니 기쁘다. 놀자! 단순한 말에 걱정이 가라앉았다.

우리가 만날 장소는 서울에서부터 이미 정해져 있었다. 마키짱이 살고 있기도 한 시모키타자와. 그 안에 위치한 작은 가게.

언리미티드에디션 때 그는 나에게 두 장의 명함을 주었다. 작업을 알리기 위해 만든 명함, 집 주소가 적혀 있는 개인 명함. 건네는 그 손길에 사적인 친근감이 느껴졌다.

"여기가 내 집이에요. 도쿄에 온다면 놀러 와요. 무척이나 좁지만 작업 공간을 보여주고 싶어요."

"와, 가고 싶어요. 시모키타자와에 사는군요."

"와본 적 있어요? 시모키타자와."

"네. 좋아해요. CCC라든지."

"역시 아는구나. CCC!"

CITY COUNTRY CITY. "씨씨씨"라고만 말해도 통한다는 것은 즐겁다. 시티 컨트리 시티는 그런 곳이었다. 알고 있고, 함께 좋아하고 있다는 것만으로도 서로를 가깝게 만드는 장소. 개점에 도움이 되는 일은 일절 하지 않았으면서 여러 가게들을 그렇게 이용한다. 점주의 취향으로부터 시작이 된 일화들일 것이다.

시티 컨트리 시티는 밴드 '서니 데이 서비스(Sunny Day Service)' 멤버이기도 하며 인디 레이블 '로즈 레코즈'를 운영하는 소카베 케이이치 씨가 2006년에 문을 연 레코드 스토어이자, 생파스타를 중심으로 마시며 즐길 수 있는 메뉴가 꾸려진 카페 겸 바이다. 서니 데이 서비스의 음악을 처음 안 것은 고등학생 시절이었고, 서니 데이 서비스는 그보다 훨씬 전인 90년대에 등장했다. 따지자면 초등학생 시절에 나온 노래를 고등학생 때 듣게 된 것이었다.

한 시절의 감성을 충분히 담아낸 음악가는 훗날에도 끊임없이 들려지며 존재한다. 지난 시절을 한 곡의 노래로 기억하기도 하니까. 서니 데이 서비스가 96년도에 발표한 노래 「동경(東京)」을 듣고 있자면 내가 모르던 90년대의 도쿄를, 그것도 벚꽃이 피는 시기의 도쿄를 마치 알 것만 같은 기분이 든다. 「슬로우 라이더(スロウライダー)」를 들을 때면 서니 데이 서비스 노래 중에는 역시 이 곡이 제일이라는 생각이 확고하게 든다. 초등학교 정문을 통해 등·하교 하며 가끔 딴 길로 새고 싶을 때면 후문으로 나가는 게 전부였던 삶을 살 때에 이런 노래도 존재했구나 싶은. 음악의 힘은 강하다. 노래가 존재했을 당시의 나를 돌이켜보게 된다.

시티 컨트리 시티에 처음 방문한 때는 2007년. 대학을 졸업하자마자 입사한 회사에서 입사 두 달 만에 떠난 도쿄 출장이었다. 당시의 대표와 나는 비슷한 음악 취향을 지니고 있었다. 그 취향의 시작이 나보다는 훨씬 이르게 시작된 사람이었기에 부러 출장 중에 시티 컨트리 시티를 찾아간 것이었고, 나는 그저 그 곁에 있었을 뿐이었다.

출장의 일정은 꽤나 정신없었으나 시모키타자와에서의 시간만큼은 느긋했다. 중고 레코드 숍 디스크 유니온(disk union)과 빈티지 숍을 둘러보고 시티 컨트리 시티에 갔다. 쉬러 간 어떤 카페는 마침 라이브가 있어서 돌아 나오기도 했고, 한적한 골목에서는 밴드로 보이는 사람들이 사진 촬영을 하고 있었다. 시모키타자와는 그런 동네였다. 도쿄에 처음 도착한 코로 낯선 마을의 냄새를 킁킁대며 맡을 뿐이었다. 그리고 10년의 시간이 지났다.

거리를 지나는 사람들이 절대 호기심을 갖고 쳐다보지 않을 듯한 건물의 4층. 숨은 듯이 존재하는 약속 장소에 도착했다. 긴 틈을 두고 맞이한 두 번째의 시티 컨트리 시티. 마키짱은 가운데의 원형 테이블에서 웃고 있었고 누가 먼저랄 것도 없이 손을 잡았다. 웃으며 "도쿄에 오면 꼭 만나요"라고 말을 건넬 줄 아는 사람이라는 대목에서 이미 알아차렸어야 했다. 도쿄에 사는 현지인을 만나는 게 아닌, 그야말로 마키짱이라는 사람을 만나는 일. 서울에는 서울 사람, 도쿄에는 도쿄 사람만 있는 게 아닌 것을. 마키짱과의 몇 마디 대화로 긴장의 땀은 순식간에 식었다.

호감을 표시하며 적당한 예의를 가지고 상대방을 어려움 없이 대한다면 듣는 이 또한 비슷한 태도로 마주 볼 수 있다. 점내 한가운데에 앉은 우리는 서서히 데칼코마니 같은 형태로 적당한 흐름과 공백을 이어갔다.

저녁이기도 했고, 생파스타를 파는 곳인 만큼 우리는 파스타를 고르기로 했다. 조용하지만 어째서인지 밝은 분위기도, 따뜻한 목가구도 여전했다. 가구와 공간 배치가 10년 전과 같아 보였다. 그 자리에서 전체적으로 서서히 낡고 있는 듯했다. 돌이켜보니 10년 전에도 모든 게 새것 같아 보이지는 않았던 게 기억났다.

벽에 붙은 칠판 같은 판자에 그날그날의 파스타 이름이 적혀

흰색 나무 간판.
쉽게 지나칠 만한 빌딩 앞에 놓여 있다.

점내를 둘러싸고 있는 다양한 LP들.

있다. 파스타의 이름이 어찌나 긴지, 단 세 가지 메뉴뿐인데도 아는 한자가 눈에 들어오지 않아 한참을 들여다보았다. 그때 두 번째 파스타에 쓰여 있는 단어가 보였다. 양배추와 명란. 모르는 이름보다 아는 재료를 택하게 되는 순간이다.

"나는 두 번째 파스타로."

"아 나도. 맛있어 보이네요, 뭔가."

맛있어 보이는 이름인가 보구나. 양배추와 명란인데 물론 맛있겠지.

주문은 마키짱이 해주었다. 이것과 이것 주세요가 아닌, 긴 메뉴 이름을 전부 말하는 모습은 역시나 생소하다. 점원이 따뜻하게, 차갑게 먹을지 묻기에 순간 몸의 온도를 체크했다. 나는 (종일 돌아다녔으니) 차갑게, 마키짱은 (집에서 나온 지 얼마 안 됐을 테니) 따뜻하게 부탁했다. 몸의 온도가 급변하는 체질인 나는 취향에 따라 파스타 메뉴를 만들어내는 방식에 조금 감동했다. 우린 다른 온도를 가졌기에 같은 파스타를 다르게 먹었다.

음식을 부탁하고 서로 웃어 보이는 공백이 흐른 후 마키짱은 나에게 나이를 물었다. 인사치레만큼이나 하지 않게 된 말이 나이였는데, 마키짱의 물음에는 작은 허물이 벗겨지는 기분이다. 이상한 대목일지도 모르지만, 어떤 순간에는 조심스럽게 던진 질문 하나로 인해 함께 의자를 끌어 가까이 앉게 되는 상황이 오기도 한다. 나이를 묻는 정도의 실례이기에 가능한 분위기이겠지만 말이다(실례가 될 예정인 질문은 역시나 언제나 사양하는 바다).

　　내가 두어 살 적었으나, 우리는 여전히 서로를 친구라 불렀다. 같은 별에 떨어졌으나 도시는 다르게, 직업은 비슷하게, 성별은 같게, 음악 취향은 비슷하게, 그리고 시티 컨트리 시티를 좋아하는 사람으로서 만나게 된 친구.

　　"스물두 살에 여기에 온 적이 있어요. 그때는 일 때문에."

　　나의 말을 시작으로 긴 대화를 나누게 되었다. 그 역시 회사 생활을 겪은 후 프리랜서가 되었고, 그 흐름은 나와 꽤 닮아 있었다. 여성으로서 사회생활을 한다는 것, 그 이후에 자립하여 스스로 일을 받아 자신을 먹여 살려야 하는 삶은 징그럽게도 닮아 있었다. 마키짱은 회사 시절 이야기를 하며 고개를 저었다.

　　"회사 생활은 너무 힘들었어요. 잔업은 많고, 돈은 적고."

　　"한국과 같네요."

　　"하지만 지금도 힘든 건 마찬가지예요."

　　"일이 있다는 건 좋지만 바쁠 때는 너무 바쁘고, 일이 없을 때는 너무 없어서."

"그렇네요. 내 삶은 요즘 파도 같다고나 할까."

마키짱은 파스타를 먹던 손으로 파도의 물결을 그렸다. 웃으면서 말이다.

거절하면 일이 줄어들까 봐 무리해서 수락한 탓에 바쁠 때에는 힘들도록 바쁘고, 일이 없을 때는 바다 밑바닥까지 주저앉는 생계의 파도. 그 말에 슬프게 따라 웃으며 대답했다.

"하하하. 나도 나도. 파도입니다."

오랜만의 시티 컨트리 시티였기에 맥주를 마시고 싶어 두리번거리는데 마키짱이 먼저 맥주 이야기를 꺼냈다. 파스타와 함께 맥주를 마시고 싶지만 며칠 전에 치과 치료를 해서 마실 수 없다고.

"하지만 너무 마시고 싶어."

"그럼, 우리 다음에 만나면 술 마셔요."

인사치레를 싫어하는 자의 용기 낸 한마디. 이 말을 인사치레로 받아들이지 말아달라는 듯 상체를 앞으로 내밀고 가까이 다가가며 말했다. 언어의 다름은 상관이 없구나. 그 어디라 해도, 나의 말과 상대의 말이 같은 박자를 가지고 있다는 게 중요하다.

마키짱은 평소보다 천천히 이야기를 하는 듯했다. 두 번 이상 알아듣지 못할 경우에는 곧장 포기해버리거나 분위기가 가라앉거나 영어로 말해버릴 수도 있는데 마키짱은 느긋하게 다시 말해주고 기다려주었다. 그럼에도 내 표정이 '미안합니다. 못 알아들었습니다'일 때에는 웃으면서 번역기를 보여주었다. 그 태도는 '이 일본어 표현은 아직 배우지 못했구나'가 아니라, '내가 한국말을 못 해

둥글게 쏙 들어간 부분에 파스타가
자작하게 담긴다. 얇게 썬 김이
맨 위에서 중심을 잡고 있다.

이곳의 생맥주는 무게감이 느껴지는
투박한 유리잔에 담겨 나온다.

서 미안합니다'였다. 생각해보면 당연한 일이었다. 나의 노력으로 인해 마키짱의 언어로만 대화를 이어가고 있는 것이니까.

찬 온도의 파스타는 부드러웠다. 한겨울에도 충분히 맛있게 먹을 수 있었지만 맥주랑 먹는다면 따뜻한 파스타가 어울릴지도 모르겠다. 솔직히 말하자면 그릇째로 남은 것들을 싹 다 먹어버리고 싶은 맛.

마키짱이 화장실에 가느라 나 혼자 있는 잠시, 그제야 내부를 둘러보았다. 첫 방문 때 앉았던 자리를 쳐다보다가 이내 고개를 돌렸다. 서니 데이 서비스의 새 앨범이 나와서 온통 그 홍보 중이다. 그 장면에 시선을 두고 지금만을 생각하고 싶었다.

맥주 대신 늦은 밤의 아이스커피를 마시고는 시티 컨트리 시티에서 일어났다. 서울에서 와주었으니 고맙다며 계산을 해준 마키짱. 내가 만나자고 했기에 내가 사고 싶다고 말했더니 내 손을 잡으며 말했다.

"내가 서울에 가면 그때 사줘요."

계속해서 다음의 만남을 이야기하는 우리였다.

"이제 산책할까요?"

마키짱은 시모키타자와를 함께 걷자 했다.

시모키타자와의 밤. 마키짱이 안내하는 길로 걸었더니 지나가 본 적이 있는 거리가 나왔다. 어쩌면 스물둘의 내가 걸었던 길일 지도 모른다는 생각에 이상한 그리움에 빠지려는데 마키짱이 어 딘가 도착한 듯이 나를 툭툭 쳤다.

"이 카페. 내가 좋아하는 카페예요."

카페는 문이 닫혀 있어서 내부보다는 유리에 반사된 우리 얼굴 이 먼저 보였다. 아니 그보다 우리가 카페에 가기로 했던가?

"지금 문을 닫았다는 건 알지만, 보여주고 싶어서 왔어요."

마키짱은 그런 사람이었다. 닫았다는 걸 알지만 소개해주고 싶 어 하는 마음. 이런 감정을 호감이라고 부를지도 모르겠다.

커피를 이미 마셨지만 우리 둘 다 이야기를 더 나누고 싶어 또 한 번 마주 보기 위해 이동했다. 평소 마키짱이 자주 간다는 '카 페 토로와 샹브루(Trois Chambre, トロワ・シャンブル)'에 들어갔다. 어두운 작업 공간 같은 2층의 킷사텐이었다. 가장 안쪽 자리에 앉 아서 나는 비엔나 커피, 마키짱은 따뜻한 블렌드 커피, 그리 고 함께 먹을 치즈케이크를 부탁하고 아직 남은 이야기들을 나눴 다. 시티 컨트리 시티에서는 내 이야기를 주로 나눴는데, 이번에 는 그의 이야기를 주로 들었다. 그리고 지금을 함께 사는 우리가 좋아하는 음악가에 대해서도. 시티 컨트리 시티로 시작한 시간이 킷사텐에서도 비슷하게 흘러갔다. 좋은 공간의 여운은 장소를 이

동해도 희미하게나마 지속되었다.

시모키타자와역에서 가장 한산한 출구 앞까지 데려다준 마키짱은 또 보여줄 곳이 있다고 했다.

"이 역에서 나오면 여기에 로손이 있어요."

"응응. 로손이 있네."

"저기 맨션이 나의 집이에요. 다음에는 집으로 와요. 좁지만."

스물둘의 출장길에서 멋모르고 파스타를 먹던 시모키타자와의 기억은 이제 걷히려는 걸까. 인생은 길고 그래서 지루하지만, 구름이 걷히듯이 스케치북이 넘겨지면서 다시 시작되는 것들이 무수히도 많다. 모르는 것투성이기에 귀엽던 시절의 나는 조금씩 사라질 것이다. 같은 장소에서 맞이한 두 번째의 사소한 일들로 인해서 말이다.

"외울 수 있죠? 역에서 나오면 로손이 있고 바로 이 골목!"

나는 크게 웃으며 *끄덕*이는 것으로 대답을 대신했다. 역 개찰구까지 내려와 배웅해준 마키짱과 헤어지고 전철에 올랐다. 그제야 화장실이 급해졌다. 시간을 잊고 스스럼없이 지낼 수 있던 만남에서 빠져나왔더니 몸이 보내고 있던 신호를 느낄 수 있었다.

늦은 밤, 시모키타자와에서 기치조지 방향으로 달리던 전철에는 얼굴이 벌게진 젊은이들이 많았다. 그리고 그 안에서 닫힌 문을 바라보며 아주 조금 웃고 있던 나도 함께 달리고 있었다.

도쿄 안에서 돌아갈 집이 있고, 친구와 늦게까지 함께 실컷 떠든 밤. 술은 마시지 않았지만 어째선지 높게 올라간 긴장 상태와 급해진 화장실 사정에 꽤 흥분한 채로 이동한 밤이었다. 무슨 노래를 들으며 귀가할지 한참을 고민하다가 끝내 어떤 곡도 듣지 못했다.

20대 초, 시티 컨트리 시티에 앉아 있던 내 모습을 자꾸만 회상했다. 지우기 전에 다시 한 번 들여다보는 마음으로.

 CITY COUNTRY CITY

시모키타자와에 시티 컨트리 시티가 있다는 건 당연한 일처럼 느껴집니다. 음악이 있는 곳이라면 오래 머물고 싶습니다. 음반을 발견하거나, 술이나 커피 혹은 식사를 해결하며 자정까지 머물 수 있는 소중한 장소입니다.
역에서 나와 1분만 걸으면 되지만 이곳의 존재를 모른다면 지나칠 수밖에 없고, 부러 찾아간다 해도 작은 간판을 보지 못한다면 헤맬지도 모릅니다. 낯선 엘리베이터를 타야만 다다를 수 있기 때문입니다.
레코드 숍답게 중고 레코드와 함께 로즈 레코즈의 음반과 굿즈를 살 수 있습니다. 좋아하는 음악과 함께 맥주와 파스타, 혹은 커피와 케이크를 즐길 수 있다는 것은 역시나 시모키타자와다운 시간입니다. 점내는 전석 흡연이지만, 개점 시간부터 오후 6시까지는 어린이를 동반한 방문객을 위한 시간으로 금연입니다. 공간이 주는 따뜻함은 오너인 소카베 케이이치 씨를 말해줍니다.

—

도쿄 세타가야구 기타자와 2-12-13 호소자와 빌딩 4층
4F, hosozawa Building, 2-12-13 Kitazawa, Setagaya-ku, Tokyo

홈페이지 city-country-city.com
인스타그램 @citycountrycityshimokitazawa
트위터 @citycountrycity

—

03

핫도그를
신주쿠역 지하 개찰구에서

베르크〈ベルク〉

신주쿠역에서 길을 잃어본 사람 손?

와, 이렇게나 많이 손을 들 줄이야. 그중 한 명이 바로 나다.

처음 신주쿠역을 만났던 어린 임진아부터 근래의 임진아까지 신주쿠역은 여전히 무섭다. 누군가가 신주쿠역에 숙소를 잡았다고 말하면 동공 안쪽이 벌벌 떨렸고, 구글맵이 호기롭게 신주쿠에서 환승을 하라고 알려줄 때면 못 본 척하며 빠르게 화면을 넘기곤 했다.

"자, 버스가 있지 않을까 호호호. 버스가 없다면 내 다리가 있지."

그럼에도 어쩔 수 없이 신주쿠역에 가야 한다면 어느 때에는 정신을 바짝 차리는 반면, 어느 때에는 아예 정신이라는 게 없다는 듯이 설정하고는 그 시간을 보내곤 했다.

신주쿠는 좋은 곳이다.

문제는 사람이다. 필요 이상의 인구가 신주쿠역을 가로지를 수

밖에 없다. 갈 길이 정해진 수많은 사람들 속에서 잠시나마 길을 찾느라 모두의 길을 막는 사람이 되는 그 순간이 문제이고, 벽과 벽이 만나는 이상한 구석에 몸을 구기고 들어가서 핸드폰 한 번, 안내판 한 번 보다가 쉽게 주저앉고 싶어지는 내 영혼이 문제다. 미리 출구를 알아두지 않은 것도 문제. 갈아탈 전철은 알맞은 개찰구를 찾아 카드를 찍은 후에도 도보로 5분 이상 걸어가야 탈 곳이 나온다는 사실을 모르고 있던 준비성 부족도 문제. 멋대로 엉터리 개찰구에서 카드를 찍어서 정작 찍어야 할 개찰구에서는 나갈 수 없게 만든 내가, 바로 내가 문제였다.

언제나 개찰구 옆 역무원에게 꾸벅꾸벅 퍼포먼스.

"죄송합니다. 나가고 싶습니다."

이 무대가 바로 신주쿠. 나는 신주쿠역을 좋아하고 싶다. 늘 생각만 했다. 한편으로는 신주쿠라는 동네를 역에서부터 만나지 않는다면, 그러니까 전철을 타고 도착하지 않는다면 어떨까 궁금했다. 어쩌면 시작부터 싫지 않을지도 모른다.

그 실험은 이루어졌고 결과는 성공적. 처음으로 "신주쿠에서 지내보는 것도 좋을 것 같아"라고 말해버렸으니. 사람에게도 쉽게 빠져버리는 나인데, 싫어하던 장소에 빠져버리는 것도 장난 아니게 가볍잖아. 심지어 "퇴근하고 오고 싶어"라니. 내가 말하고도 놀랐다. 이게 다 신주쿠를 의미 있게 만든 어느 가게 덕분이다.

와세다대학에서 아주 맛 좋은 돼지고기 덮밥을 먹은 어느 저녁. 일행은 홍구 씨.

적당히 배부른 상태로 기분 좋게 걷다 보니 당연하다는 듯이 갈증이 느껴졌다. '이제 뭐 하지?'라는 생각이 들자마자 마음속 책상을 딱 치며 "맥주" 하고 말했다. 그런 밤이었기에 우리가 떠올린 건 이자카야보다는 맥주 한 잔이라는 말이 어울리는 곳.

신주쿠의 베르크.

커피를 파는 카페이기도, 끼니가 해결되는 메뉴가 있는 식당이기도, 술과 함께 안주가 될 만한 메뉴도 갖춰져 있으니 술집이기도 한 가게. 너무 소중하다. 가보기 전부터 좋아하게 될 거라는 환상만으로 완벽한 곳.

와세다대학에서 신주쿠까지 걷자고 한 건 홍구 씨였다. 역시나 좋은 선택의 일인자다. 어두운 길거리에서 타이야키(붕어빵)를 먹으며, 크레페가 나오면 크레페를 사서 입에 넣으면서 걸었다. 난생처음 걷는 도쿄의 길을, 도쿄의 저녁을 걸으며 캐치볼 같은 대화를 나누면서.

신주쿠로 향하는 길은 신주쿠 같지 않았다. 신주쿠 같은 건 대체 무얼까. 어쩌면 내가 마주했던 신주쿠역의 모습은 신주쿠답지 않을지도 모른다. 지하철로 도착하지 않으니 또 다른 곳이다. 그동안 역 안에서 늘 헤매던 내 탓이 컸다. 거리에 사람은 많지만 신경 쓰지 않을 수 있는 정도였다.

베르크는 신주쿠역 지하에 여러 상점과 음식점과 함께 있다. 전철로 오가는 수많은 사람들 사이를 쏙쏙 가로지르며 빠르게 몸을 움직였다. 밖에서 신주쿠역 안으로 들어와 목적지를 찾아가는 사람의 발걸음이란 이렇게 여유로울 수 있구나. 시원스럽게 베르크를 찾아냈다.

곧장 마주한 외관의 인상은 미간을 짚으며 탄성을 지르고 싶은 멋짐. 안이 보여야 하는 유리창에는 메뉴판이 빛을 내고 있었다(실제로 전광판이어서 빛이 난다). 근처에 도착했다면 어딘지 모르고 지나치기 어려운 외관이다. 좋게 말하면 멋이 있다(그 반대로 말한다면 요란했다).

입구에 적혀 있는 글자가
박력 있다.

베르크의 주문 방식이 패스트푸드점스럽다는 사실은 모르고 방문했으나, 입구부터 줄 서 있는 사람들을 보며 단번에 알아차렸다. 나는 어디서든 점내의 주문 방식을 단시간 내에 파악한다. 파악하는 시간이 즐겁다. 학생 때는 갖추지 못한 학습 태도를 이후의 삶에서는 내내 갖추고 있다.

줄을 선 순서대로 점원에게 주문을 하고, 계산을 하면 곧장 주문한 것이 쟁반에 담겨 나온다. 모두가 이미 먹을 것을 정해놓고 왔는지 척척 주문해버리는 모습에 우리도 금방 주문할 것을 정했다.

베르크의 명물인 베르크 핫도그(일명 베르크 도그). 그리고 흑맥주. 앞에 서 있던 양복 입은 남성들이 주문한 것들을 빠르게 받아 갔고, 나 또한 늘 오던 사람처럼 주문하고는 잽싸게 쟁반을 받아 돌아 나왔다.

작지도 크지도 않은 가게 안은 온통 사람뿐이다. 내 뒤에도 어느새 줄이 길어졌는데 테이블은 만석이다. 테이블 바로 옆에는 스탠딩 테이블이 있고 쟁반을 테이블 위에 올려놓은 사람들은 모두 벽을 보고 서 있다. 서서 마시는 곳에도 빈틈이 없다. 합석뿐만 아니라 어디든 작은 쟁반을 놓을 만한 빈틈이 있다면야, 그곳이 머물 자리가 된다. 놓을 곳이 없다면 자신의 쟁반을 테이블 삼아 베르크의 시간을 보내는 사람들. 또 다른 의미로 신주쿠역다운 분위기였다. 신주쿠역에서 느끼는 번잡함의 좋은 면들만 이곳에 모여 있는 것 같다.

딱 봐도 어리둥절한 한국인 둘이서 쟁반을 들고 쭈뼛거리고 있으니, 빈 쟁반 앞에서 남은 담배를 태우고 있던 중년 여성이 웃으며 자리를 비워주었다. 아직 자리를 마련하지 못한 채 서 있는 손님이 이렇게나 많은데, 가여운 외모가 덕을 볼 때가 있구나 싶다. 첫 방문 만에 의자와 테이블의 호사를 누리다니. 여타의 술집에서는 당연한 자리가 베르크에서는 특석이 되었다.

그 특석에서 마주한 핫도그와 흑맥주. 한입을 베어 물 때 터지는 소시지의 경쾌함과 경쾌하게 터지는 소시지를 점잖게 안아줄 뿐인 빵의 존재에 감동했다. 여럿의 퇴근길에 묻혀버린 두 명의 여행객은 소리 없이 각자의 감상을 나누며 입 안에 핫도그와 흑

흑맥주와 핫도그를 바라보는 홍구 씨.
이럴 때 가장 행복해 보인다.

다시 방문해서 먹었던
카레라이스와 커피.

맥주를 번갈아 넣었다.

사실 나는 소시지를 좋아하지 않는다. 으깨져 무엇이 들어 있는지 알 수 없는 음식에 대한 공포감이 있다. 하지만 베르크의 소시지는 믿음을 가지고 깨물었고, 깨물었더니 알게 되었다. 잘 만든 소시지는 맛있다. 맥주랑 먹으면 행복해진다. 감자튀김과 먹던 맥주와는 다른 장르다.

내가 주문한 건, 만화영화 주인공 소닉이 늘 먹었던 핫칠리소스 핫도그. 이곳의 모든 핫도그를 전부 먹어보고 싶었지만, 역시나 가장 맛있는 건 홍구 씨가 주문한 베르크 도그. 역시나 정답만을 선택하는 사람이다. 무엇이 더 필요할까. 빵과 소시지뿐인 조합이 가장 완벽했다.

베르크의 홈페이지에는 베르크의 커피 장인, 빵 장인, 소시지

장인의 Q&A가 있다. '소시지의 친구는 역시 빵'이라고 표현한 소시지 장인의 말에 끄덕끄덕. 그런 마음으로 핫도그에 들어갈 소시지를 만들고 있다니. 두 조합이 완벽하지 않을 수 없다. 아, 나도 무언가의 장인으로 살고 싶다.

내 뒤에서 줄 서 있던 젊은 남자 회사원은 자리를 잡지 못했는지 기둥에 기댄 채 커피를 마셨다. 얼마 후 스탠딩 테이블에 서 있던 누군가가 빠지자 그 빈틈에 쏙 들어갔다. 간발의 차로 내가 특석을 차지했기에 내내 신경이 쓰이던 터라 그에게 쟁반을 둘 공간이 생겼다는 것에 안심하는 이상한 끈끈함. 진한 검정 뿔테를 쓰고, 검정 양복을 입고 있는 젊은이는 아마도 퇴근길에 습관처럼 들른 분위기다. 커피 한 잔만을 서서 마시는 뒷모습을 보고 있으니 아무래도 이상했다. 서서 마시는 곳에서, 서서 마시기 위해 그 뒤의 기둥에 기대어 커피를 마시던 모습이 말이다.

딱 한 잔의 커피를 마시는 시간만큼은 조용하게 앉고 싶지 않을까. 굳이 베르크에 찾아와 서서 커피를 마시는 모습에서 베르크의 중요함을 느꼈다. '커피는 어디에나 팔잖아'라는 생각은 곧장 지웠다. 베르크의 커피는, 베르크에서의 시간은, 지금 여기에만 있다.

베르크를 소중히 여기는 사람들로 인해 베르크는 계속 이어진다. 짧은 시간에도 많은 변화가 끼얹어지는 신주쿠에서 자신의 가게를 유지하기란 어려울 것이다. 그걸 알기에 퇴근길의 사람들

은 부러 베르크로 모여들고 있는 게 아
닐까. 자신의 일상에서 베르크를 잃고
싶지 않은 아주 작은 행동이라면, 그곳
을 충분히 누리며 지내는 것뿐. 좁은 자
리마다 서로를 배려하고, 정신없이 붐
벼도 가게만의 방식을 지키며, 손님들
끼리 규칙을 만들어내는 모습은 원한
다고 해서 쉽게 설정할 수 없는 문화일
것이다.

서 있는 자리에 비치된
메시지 카드.

　베르크의 모닝 메뉴를 먹기 위해서
는 언젠가 필히 신주쿠에서 지내야 할 것이다(물론 아침 정도는 이
동해서 먹을 수 있지만). 베르크가 있는 신주쿠가 마음에 들기 시작
했다. 베르크의 덕이 크다.

　만약 내가 이곳에서 태어나 도쿄의 직장인으로 산다면, 나의
퇴근길에도 분명 베르크에서의 시간이 있었을 테다. 그렇게 베르
크를 좋아하는 사람으로 도쿄에서 살아가지 않았을까. 그날의 기
분에 따라 커피든 맥주든 당장 필요한 것과 함께 나를 놓아둘 수
있는 곳에서, 그런 하루를 소중히 여기는 사람들과 잠시 동안 공
존하는 시간. 어제보다 더 지친 오늘을 살았더라도 혹은 오늘은
겨우 무사히 지났는데 내일 또다시 힘든 일이 닥치더라도 조금은
버틸 수 있지 않을까. 하루를 마치고 내가 향할 곳이 있다는 것만
으로 말이다.

흑맥주를 한 잔 더 마시고 싶었지만 오늘을 퍼지지 않게 매듭 짓고 싶기도 했고, 이 특석을 기다리는 누군가에게 전하고자 서둘러 일어났다.

베르크에서 발행하는 신문을 챙겨 들고 야마노테선에 올라 환승 없이 이동했다. 사람 많고 밀도 높음을 인정하고 있으려니, 서 있을 만한 자리에 서 있을 수 있다는 사실만으로도 다행이란 생각에 까닭 모를 안정감을 찾았다. 신주쿠역에서 탄 야마노테선에서의 안정감이라니……. 베르크는 방문하는 사람들에게 철학을 가르치는 걸까. 혹시 소시지에 삶의 본질 따위가 으깨져 있는 걸까.

다음의 베르크를 생각하면 도쿄라는 도시의 번잡함이 두렵지 않다. 그저 내가 놓여 있고 싶은 공간들이 그대로 나와 함께 공존하기를 바랄 뿐. 도쿄에서도, 서울에서도 같은 마음으로 그 안에서 내가 있을 곳으로 향하며 살고 있다.

어딘가에 간다는 것보다 어딘가로 향한다는 말이 좀 더 나를 응원한다.

베르크 ベルク BERG

베르크에 도착한다면 매끄럽게 이루어지는 셀프 서비스 방식에 조금 놀랄지도 모릅니다. 긴 줄이라 해도 메뉴가 재빠르게 나오기 때문에 금방 주문할 차례가 됩니다. 그래서인지 베르크 외부에는 커다란 메뉴판이 준비되어 있습니다. 입장 전에 자신이 원하는 메뉴를 정해두는 것이 좋습니다. 자리가 없더라도 당황하지 말고, 그 어디든 자신의 자리를 만들 줄 아는 게 베르크 손님으로서 갖춰야 할 마음입니다.

신주쿠의 지하상가에 있어 지도에 잡히지 않을 때도 있습니다. 그럴 때는 신주쿠역 안의 푸드 포켓(작은 음식점이 모여 있는 식당가)을 찾아가면 됩니다. 베르크의 커피는 커피 장인이, 소시지는 소시지 장인이, 빵은 빵 장인이 손수 만들고 있습니다. 지금 이 순간에도 만들어지고 있을 걸 떠올릴 때면, 매일 좋은 음식을 만드는 사람이 있다는 사실에 이상한 안심이 되곤 합니다.

—

도쿄 신주쿠구 신주쿠 3-38-1 루미네 에스트 신주쿠점 지하 1층
B1, LUMINE EST SHINJUKU, 3 Chome-38-1 Shinjuku, Shinjuku-ku, Tokyo

홈페이지 www.berg.jp
—

04

직장가에서
건져 올린
여름의 맛

페킨테이 (北京亭)

계절 상관없이 좋아하는 음식이 있다. 바로 냉면.

나는 조금 분하다. 스스로 만든 입맛이 아닌, 태어나자마자 입에 수시로 넣어졌기에 길들여진 입맛이기 때문이다. 어린 시절 매주 일요일이면 아빠와 오빠와 함께 동네 산을 올랐고 내려오면 꼭 냉면을 먹었다. 앞서가는 아빠를 뒤따라 하산하며 좀비처럼 냉면을 중얼거리던 오빠와 나. 가족 외식을 하면 기필코 돼지갈비집이었다. 냉면을 꼭 주문했고 나와 오빠는 당연하듯 냉면을 먹었다. 마치 이 음식을 가장 좋아하기 위해 태어난 것만 같았다.

"냉면은 원래 겨울 음식이야."

겨울의 등산길 끝에 마주한 냉면 앞에서 들려오던 아빠의 비장한 말. 아빠를 따라서 계란을 먼저 입에 넣고 퍽퍽함을 이겨내기 위해 차디찬 육수를 입에 부으며 냉면 시간을 시작했다. 그렇게 냉면은 내 삶의 퍽퍽함을 잠재워주는 음식이 되었다. 답답함에 못 이겨 체한 기분이 드는 밤이면 부엌에 덩그러니 서서 냉면을 삶는다. 주 3회 정도는 시원한 음료를 마시듯이 물냉면을 부어 줘야 개운해지는 삶을 살고 있다.

조금이라도 길게 여행을 가면 혹여나 냉면 생각이 나지 않을까 걱정이 되기도 했다. 매번 도쿄에 있을 때마다 부러 나에게 묻곤 했다.

물냉면, 먹고 싶지 않아?

곰곰이 생각해보는 순간마다 늘 배가 부른 상태여서 그랬는지 오히려 서울에서보다 간절함이 없었다.

먹으면 좋겠지만, 꼭 먹지 않아도 괜찮습니다. 그보다 냉장고의 케이크…… 잊으신 건 아니지요?

존칭 섞인 딴청으로 에둘러 다른 음식 이야기를 꺼내다니. 어째서일까. 그 이유도 알고 있었다. 도쿄에는 내 입에 맞는 음식들이 앞다투며 입을 향해 줄을 서 있었고 그에 비해 위의 복지는 엉망. 게다가 차디찬 면이 생각날라치면 이때다 싶어 선택할 메뉴가 당당히 등장했다. 중화요리를 파는 대중식당 혹은 어느 편의점에서나 파는 일본식 중화냉면. 바로 히야시츄카(冷し中華)의 존재였다.

일명 차가운 중화. 중화가 차갑다는 의미만으로 이루어진 음식이라니 무척 묘하다. 중화요리하면 "아쯔이(덥다)!"가 아니던가. 그 편견을 일본식으로 차갑게 식혀버린다. 대체 어느 나라 음식인지 묻는다면 어쨌든 일본에서 맛볼 수 있는 중국식 면 요리라는 것. 무엇보다 한여름의 열을 식히며 체력을 보충할 수 있는 고마운 메뉴로, 일본의 여름 속에 서 있다면 "히야시츄카 개시"라는 문구는 여기저기서 쉽게 볼 수 있다.

넓적하고 깊지 않은 그릇에 참깨소스 혹은 쇼유(일본식 간장)와 식초를 섞은 소스와 면을 가지런히 가득 담은 뒤, 담아놓은 수고를 무시하듯이 면이 보이지 않도록 각종 고명을 산처럼 세워놓는다. 식당마다 고명 스타일은 제각각이다. 보통 오이, 햄 혹은 고기, 게맛살, 새우, 토마토, 달걀지단 등이 올라가는데, 이 재료들을 세로로 길게 썬다. 이 세로의 느낌은 무척 중요하다. 면의 생김에 맞춘 각종 고명들은 젓가락질에서부터 식감에까지 이르며 조화를 이룬다. 먹기 편하고 재밌다는 건 얼마나 중요한지. 먹는 내내 지루하지 않게 진행이 되는 음식을 먹을 때면 신이 난다.

그리고 히야시츄카의 중요한 포인트. 그릇의 한쪽에는 노란 겨자가 다소곳이 놓여 있다. 자작한 육수에 겨자를 풀어 먹다 보면 이따금 과하게 풀어진 겨자 덕에 코를 막게 되는 퍼포먼스를 하게 된다. 혼자 먹는 밥상에서 이상하게 웃음이 나며, 나 때문에 내가 싫어지는 코미디 같은 상황이 싫지만은 않다.

막 더워지는 도쿄의 5월에 진보초를 거닐고 있을 때였다. 공복의 여행자에게 불행한 시간, 12시였다. 인구에 비해 음식점이 모자란 듯이 식당마다 직장인들이 줄을 서 있었고, 나는 여러 가게들을 무심히 휙휙 지나쳤다. 배고픔보다 덥다는 생각이 들자 냉면을 향하던 레이더가 그만 도시에 맞춰 히야시츄카를 향했다.

미처 알아채지 못했다. 나의 메뉴 선택 레이더에는 즉각 위치 이동 설정이 가능하다는 것을. 새삼 다국적 호환이 가능한 잔기능에 심심한 박수를.

구글맵에 뭐든 좋아할 만한 장소를 체크해두는 취미를 가진 덕에 진보초의 히야시츄카 집을 쉽게 찾을 수 있었다(과거의 내가 웃고 있다. 거기 갈 줄 알았다며). 나중으로 미뤄두지 않기 운동이 이렇게나 유용하다.

곧장 찾아가 보니 마침 양복 입은 남성 한 명이 나오며 바 자리에 빈 의자가 딱 하나 있다. 서둘러 나의 입장을 알렸고 점원은 나에게 인사를 하며 경쾌하게 행주질을 해주었다. 점심시간이라 어마어마한 분위기. 멈춤 없이 음식을 만들어내고, 새로 나온 음식은 요리하는 사람의 손과 서빙을 하는 사람의 손을 오가며 사람들 머리 위를 넘나들었다. 근방에서 일하는 직장인이 된 것만 같아 심장 부근이 뜨거워졌다. 기왕이면 흰색 셔츠를 입고 올걸!

건네받은 물을 마시며 메뉴판을 보았다. 메뉴판은 두 장이었다. 한 장은 다양한 단품 메뉴와 점심 특별 세트 메뉴가 나열되어 있고, 한 장은 히야시멘이라는 차가운 면 카테고리였다. 차디찬 면의 종류가 이렇게나 많다니…… 그중 당당히 히야시츄카라고만 적힌 4번 메뉴를 발견했고, 또 한 번 내 머리 위에서 음식을 받아가는 점원에게 외쳤다.

"히야시츄카 오네가이시마스!"

그러자 점원은 나의 당당함까지 건네받은 듯한 말투로 주방에 외쳤다.

"하이!! 하야시츄카!"

하야시츄카? '히'에서 '하'로 바뀐 메뉴명에 당황했지만 깊게 생각하지 않기로 했다. 그 사이에 옆자리 남자의 테이블에는 음식이 채워져 있었다. 레바(간)와 채소를 함께 볶은 요리에 국과 흰밥을 먹고 있었다. 간을 먹는 정오를 나도 모르게 힐끔거렸다.

히야시츄카는 놀라울 정도로 빨리 나왔다. 준비해둔 것들을 차곡차곡 쌓으면 되니까 당연한 시간이었다. 주방에서 점원의 손을 거치지 않고 곧장 나에게 도착했다. 요리를 하던 분이 "히야시츄카데스네?" 하며 나에게 직접 주었기 때문.

히야시츄카라고 했어…… 여기만 하야시인 건 아니었구나.

안심하며 받았다. 겨드랑이가 보일 정도로 모처럼 손을 높이 들고 히야시츄카를 받으며 올려다보고 있자니 묘하게 우러러보게 되었고 침이 꼴깍. 내 손으로 직접 받아 테이블에 내린 히야시츄카의 모습은 한눈에 입꼬리가 바짝 올라갈 정도로 아름다웠다.

토핑 전부를 섞지 않고, 그때그때 내 기호에 맞춰 토핑을 골라잡는 재미에 면이 없어지는 줄도 모르고 내내 즐겁게 먹어댔다. 첫 입에서부터 딱 맞는 새콤짤콤함(새콤달콤을 빌려와 만든 말. 새콤함과 짠맛이 공존한다)에 그만 한 손을 머리에 갖다 댔다. 이 순간만큼은 물냉면의 존재를 잊게 된다(냉면아 미안해).

히야시츄카는 첫 맛에 간이 딱 맞고, 끝으로 갈수록 짠맛의 기운이 올라와 뒷걸음칠까 고민하던 찰나에 더 이상 건져 먹을 게

맨 위 새우를 중심으로
세우듯 올려져 있는 토핑들.
면은 안에 숨어 있다.

없어 식사를 종료하게 된다. 아쉬워 헛젓가락질을 몇 번 해댔다.
그제야 젓가락의 나무 맛이 짜게 느껴진다. 이 얼마나 깔끔한 음
식인가.

　남은 물로 짠 기운을 씻어내고 개운하게 자리에서 일어났다.
입구의 계산대로 향하는 길에 보니 모두가 고개를 숙이고 자신의
선택에 빠져 있다. 조용하게 뜨거운 직장가의 점심시간. 나도 이
점심시간만큼은 마치 열심히 일하다 온 사람처럼 누구보다도 적
극적으로 식사를 했다. 마치 곧 어딘가로 복귀해야 하는 사람처
럼 여느 때보다 빠르게 먹어댔으니 말이다.

　모두 어딘가로 다시 돌아가야 할 테지. 계산을 하며 다시 그들
을 쳐다보았다. 부디 별일 없이 오늘 하루를 마무리하시기를. 배
부름의 여유를 받아들이는 셔츠를 입고 있기를. 스스로 돈을 써
여행 운을 탑재한 여행가가 보내는 작은 응원이었다.

"맛있었다."

내 귀에 들릴 정도로 혼잣말을 하며 빠져나왔다.

가게의 간판이 눈에 보이도록 정면에 섰다. 잠시 쉬며 입구 사진을 찍으려는데 한 남자가 팔짱을 낀 채 가게 앞을 기웃거린다.

맛있어요. 들어가봐요.

속으로만 말했는데, 남자는 금방 가게 앞을 떠났다. 아마 자신의 기호를 들으며 늦은 점심을 상상하고 있을 테지. 몸이 보내는 말을 기울여 듣고 부디 무엇보다 정답인 한 그릇을 만나기를 바라며 역을 향해 걸었다. 아직 입에는 짜고 신 기운이 남아 있는데도, 내일 즈음엔 편의점 도시락 히야시츄카와 캔 하이볼을 사 먹기로 결심한다.

도무지 물냉면이 놓일 여름의 식탁이 없구나. 미안 물냉면 씨. 이 도시에서만이라도 너에게 매달리지 않는 날들을 살아보고 싶어.

페킨테이 北京亭

준비되어 있는 메뉴가 셀 수 없이 많은 대중식당은 참으로 즐겁습니다. 입구에서부터 어마어마한 메뉴 사진에 입이 벌어집니다. 무얼 고르게 될지 궁금한 시간은 왜 이리 맛있을까요.

페킨테이에는 히야시멘의 종류 또한 많았습니다. 퇴근길에 방문해 맥주와 함께 교자와 히야시츄카를 먹어도 좋을 듯합니다.

—
도쿄 지요다구 니시칸다 2-1-11
2 Chome-1-11 Nishikanda, Chiyoda-ku, Tokyo
—

05

돈가스 먹는
기계가
되어보자

돈가스 이모야(とんかつ いもや)

스물다섯 살이 되자 두 번째 퇴사를 한 인물이 되어 있었다. 끝이라는 좋은 시작을 기념하며 고등학교 때 친구와 도쿄 여행을 계획했다. 두 번째 퇴사와 두 번째 도쿄. 동행한 친구는 고등학교 시절 미술부의 친구로, 꽤 마니악한 노래를 함께 듣고 자랐다. 마음속 깊게 자리한 취향 전부를 공유할 수 있는 친구가 곁에 있어서 건강한 학창 시절을 지낼 수 있었다. 고등학교 1학년 때부터 틈만 나면 머리를 맞대고 일본 여행을 꿈꿔왔기에 함께 떠나는 도쿄는 의미가 컸다. 친구는 여행 중에 몇 번이나 같은 말을 외쳐댔다.

"천 번을 말하면 이루어진다는 말이 맞나 봐!"

천 번을 말했던가? 어쩌면 정말 그랬는지도 모르겠다.

그때의 나는 도쿄에서 무얼 했던가. 신오쿠보의 저렴한 한인 민박에서 지내며 시부야, 신주쿠, 기치조지, 시모키타자와 등을 다녔다. 그 동네에서 무엇을 하며 웃고 떠들었던가. 부지런한 친구 덕분에 아침 8시에 숙소를 나서고는 했는데.

지역을 이동할 때마다 드러그스토어에 꼭 들르는 친구에게 "있잖아. 드러그스토어는 이제 그만 가자. 더 이상 살 게 없어"라고 말했고, 하라주쿠에 즐비한 길거리 간식들에 반응하지 않는 나에게 친구는 진심으로 "에잇. 재미없어!"라고 외쳤다. 친구는 초콜릿을 듬뿍 묻힌 바나나를 샀고 나는 사지 않았다. 같이 들고 사진을 찍어야 한다고 칭얼거리는 친구가 귀여웠다. 함께여서 즐거웠고, 그리운 기억으로 남아 있다.

그렇게 짧은 도쿄 여행을 마치고 한국에 돌아온 뒤에는 사람들을 만날 때마다 도쿄 여행 이야기를 나눴다. 그때만 해도 선물로 사온 무인양품 카레를 나눠주고는 했으니. 그다지 긴 시간이 흐른 것 같지 않은데도 벌써 몇 뼘만큼의 옛이야기가 되었다.

이제 막 도쿄 여행에서 돌아온 자의 모습으로 여느 때처럼 서점 유어마인드에 놀러 갔던 날. 유어마인드의 점주인 이로 씨가 여행의 안부를 물었다.

"너무 좋았어요!"

들떠서 대답하는 나에게 이로 씨가 세상 진지한 표정으로 물어보았다.

"돈가스 드셨어요?"

"네? 돈가스요?"

이제 막 도쿄 이야기를 하려는데 돈가스요?

순간 멈칫했다. 짧은 시간 동안 지난 여행을 들춰보았다. 기억 어디에도 돈가스는 없었다. 아침을 먹으러 들어간 식당 메뉴판에서 본 기억은 있으나 그때의 나는 연어구이 정식을 골랐다. 돈가스에 대한 기억은 메뉴판의 사진뿐이었고, 게다가 돈가스 전문점도 아니었다.

"돈가스…… 안 먹었어요."

이로 씨는 아쉬운 표정을 지었다. 그때만 해도 알지 못했다. 어째서 돈가스의 안부를 물었는지를.

그리고 몇 해 뒤에 유어마인드분들과 도쿄 일정이 겹쳤던 날, 함께 메구로의 돈키를 방문했다. 그날 최고의 돈가스를 먹으며 '일본 여행 중 돈가스를 먹는 시간'을 처음 맛보았고, 그제야 알게 되었다. 왜 돈가스를 물었는지를(이로 씨는 2018년에 돈가스에 관한 이야기를 담은 책『어떤 돈가스 가게에 갔는데 말이죠』를 쓰기도 했다).

이로써 도쿄 여행을 하게 되면 나도 모르게 '일정 중에 돈가스는 먹을 수 있겠지' 따위의 생각을 저버릴 수 없게 되었고, 그야말로 돈가스를 챙기게 되었다. 돈키의 돈가스는 돈키만의 힘이 있었다. 환하게 다 보이는 키친의 분위기와 상당수의 직원들이 만들어내는 산뜻하고 쾌적한 느낌이 돈가스에도 배어 있었다. 그럼 다른 돈가스집은 어떨까. 도쿄 내에서 다른 돈가스를 경험해보고 싶었다. 그렇게 점찍어둔 곳이 진보초의 이모야였다.

이모야는 두 곳으로 나뉜다. 덴뿌라(튀김)를 파는 이모야와 돈가스를 파는 이모야. 덴뿌라를 파는 이모야는 영화「카페 뤼미에르」에도 나오는 곳이라 궁금했지만 그간 덴뿌라만큼은 열심히 먹어왔다. 지금 나에게 진보초의 이모야는 돈가스집뿐이라고 외치며,

마치 돈가스를 먹기 위해 진보초에 온 사람처럼 굳은 의지를 품었다. 온갖 고서점을 지나치며 이모야를 향해 걸었다. 이제 길만 건너면 이모야가 나타나는 거리에서 고개를 들었더니 한산한 거리 가운데 유일하게 줄 서 있는 가게 하나가 보였다.

처음 왔으면서 와본 적 있는 사람처럼 놀라는 표정 없이 자연스럽게 줄에 합류했다. 동행한 홍구 씨도 이쯤이야 하는 덤덤한 표정을 지어 보였다. 안일했다. 내부를 들여다보니 돈가스를 먹는 사람들 뒤로 더 많은 사람이 앉아 기다리고 있었다. 설마 대기 의자가 안에 있을 줄이야. 가게가 작아서 예상하지 못했다.

그래. 돈키도 이랬으니까……. 마저 기다리기로 했다. 돈키보다 훨씬 좁은데도 이상하게 무서운 속도로 줄이 줄어들면서 금방 내부의 대기 의자에 앉게 되었다. 돈가스와의 만남이 한 단계 가까워졌다. 자리가 날 때마다 긴 벤치의 가장 오른쪽에 앉은 사람부터 빈자리에 채워졌다. 이런 식이라면 말이지…… 머리를 굴렸다. 이곳의 시스템은 어떠한가. 같이 앉아서 못 먹는 것인가. 2인으로 온 손님을 배려하는가.

불안한 듯 눈동자를 움직이며 분위기를 살피는데 요리하는 곳에 있던 나이 지긋한 직원이 갑자기 나에게 소리를 쳤다. 오른쪽 손님에게 바짝 붙어 앉지 않았다며 당장 제대로 앉으라고 화를 냈다. 온몸에 힘이 들어가는 동시에 자세를 고쳐 앉는데 눈물이 핑 돌았다. 가뜩이나 낯선 곳에서는 아무 일이 일어나지 않아도 주눅 드는 성격인데 말이다. 기합이 들어간 채로 낯선 아저씨의 허벅지에 몸을 붙였다. 밥을 먹는 사람도, 기다리는 사람도, 그 누구도 나를 쳐다보지 않았다. 언성이 잦아들자 돈가스를 먹는 소리와 만드는 소리만이 들렸다. 혼날 일인가? 아니다. 내가 혼내도 되는 사람인 것이다.

내내 인상을 쓰며 가게를 살피던 직원은 아마도 매니저 격의 인물. 할머니라고 말하기에는 할머니라는 호칭이 너무나 다정하다. 나이 많은 여성이 훨씬 어린 여성을 무시하는 일. 나는 아주 쉽게 그 대상이 되곤 했다. 그제야 눈치를 챘다. 이곳에 여자 손님은 나 혼자였다. 여자뿐만 아니라 여행자는 우리뿐이고, 모두 이 근방 어딘가에서 일을 하는 사람들로 보였다. 이 돈가스집은 먹는 사람과 요리하는 사람, 그리고 기다리는 사람들로 이루어져 있다. 그 외의 어떤 행동도 용납되지 않고, 그 흐름을 깨는 자가 있으면 안 되었다.

드디어 내 차례가 돌아왔다. 직원은 무뚝뚝하게 빈자리를 가리키며 나를 쳐다봤다. 돈가스 앞으로 끌려가는 기분. 눈치 없이 "둘이 같이 앉으면 안 되나요"라고 물어보는 자가 되어선 안 된다. 순순히 빈자리에 앉았고, 돈가스가 바로 눈앞에 놓였다. 이제 웃을 수 있는 시간이겠지.

경건하고 조심스럽게 핸드폰을 가로로 들어 소리 나지 않게 사진을 찍었다. 아차, 조금 흔들린 것 같아서 한 번 더 찍으려는 순간, 또 한 번의 불호령. 거의 내리치려는 동작과 함께 찍지 말라는 호통에 온몸이 굳으며 그만 그토록 기다려온 돈가스 위에 핸

일터에서 막 나온 듯한 남자 손님들이
소리 없이 돈가스를 씹고 있다.

드폰을 떨어뜨릴 뻔했다. 오른쪽에는 모르는 할아버지, 왼쪽엔 더
모르는 노란 티셔츠를 입은 청년이 아무 일도 없는 듯이 돈가스
를 입에 넣고 있었다. 뒤에서 자신의 순서를 기다리며 호되게 혼
나는 나를 지켜봤을 홍구 씨도 곧바로 빈자리로 끌려가듯 사라졌
다. ㄱ 자의 카운터 끝과 끝에 앉게 되자 서로의 얼굴이 마주 보였
고 왠지 웃음이 났으나 더 이상의 소통은 하지 않았다. 그런데 왜
이렇게 웃고, 웃고 싶은 것인지.

　부들부들 떨리는 가여운 팔을 들어 돈가스를 뒤집어 보았다.
젓가락으로 잡아보면 대충 안다. 분명히 합격이다. 돈가스로서 정
답에 가깝다. 하지만 나에게 이 돈가스는 단 한 번도 겪어보지 못

197

흰밥.
그릇에 붙은 밥알이
정겹고 급하다.

녹차.

재첩이
가득 깔려 있는
미소시루.

기름기를 가득
머금고 있는 듯한
윤기가 느껴진다.

한 경험이었다. 먹는 동안 이따금씩 핸드폰을 들어 SNS를 확인하거나, 씹는 시간 동안 가방 속 책을 꺼내 읽거나 천천히 먹는 여유 따위는 절대 있을 수 없었다.

돈가스를 입에 넣는다.

씹는다.

맛을 느끼는 건 잠시 접어두고 조개가 가득 담긴 된장국과 흰 고봉밥을 수시로 넘나들며 입에 붓는다. 이 과정을 쉴 틈 없이 해야 했다. 먹는 내내 입 안이 빌 틈이 없어야 한다니.

밥을 먹는 시간에 밥만 먹는 게 얼마나 힘든지 처음 알았다. 옆의 노란 청년은 고봉밥 위에 밥만큼이나 많은 노란 단무지를 올려 또 하나의 노란 덮밥을 만들어 먹고 있었다. 곁눈으로 배운 후 나도 똑같이 단무지를 올려서 한입 먹었다. 뽀득뽀득. 성실한 단무지가 씹혔다.

그렇구나……(뽀득뽀득).

기계 같은 템포로 빈자리가 나고, 그릇이 순식간에 채워지며, 가장 오른쪽의 사람이 신나게 채워지는 가운데 혹시라도 너무 늦게 먹으면 또 혼나는 게 아닐까 하는 새로운 공포가 찾아왔다. 그렇다면 나도 똑같이 화를 내자고 다짐하며 '왜 저한테만 그러세요? 제가 여자라서요? 여기서 제일 어려서요? 외국인이라서요?' 따위의 일본어 회화를 연습하면서 초점 없이 돈가스를 씹었다. 그런데 오른쪽의 할아버지마저 주섬주섬 동전을 준비하기 시작했다.

안 돼요. 할아버지. 같이 가요.

떠날 채비를 하는 할아버지를 본 직원은 곧장 앞으로 와 돈 받을 준비를 하는데 좀처럼 동전이 모아지지 않는 할아버지. 짜증 섞인 태도로 할아버지의 빈 그릇을 구태여 소리 내며 포개더니 먼저 수거했다. 무서워라…….

조심히 고개를 들어 제일 멀리 앉은 홍구 씨를 쳐다봤는데 역시나 정신없이 먹고 있다. 친한 사람이 온전히 개인이 된 시간을 보내는 모습은 왜 이렇게 웃긴 걸까. 고개를 숙이고 웃는 듯한 표정으로 돈가스를 씹었다. 어서 이곳에서 나가서 울거나 웃거나

둘 중 하나를 하고 싶은 마음에 씹는 템포는 빨라져만 갔다.

딱 한 점의 돈가스를 남기고 자리에서 일어나 동전을 건네고 후다닥 나왔다. 왜 남겼냐고 혼이 날 것만 같았지만 돈을 받을 때만큼은 친절했다. 새 부품이 들어올 자리를 내주는 헌 부품처럼 힘없이 가게를 빠져나갔고 왠지 피우지도 않는 담배를 피우고 싶어졌다. 돈가스 먹는 기계에서 해방된 기분은 아주 좋았다. 기름진 서러움은 곧 콜라가 해결해줄 테니까.

잠시 후 문이 드르륵 열리며 밖으로 나온 홍구 씨. 보자마자 웃음이 나왔다. 할 말이 너무 많았다.

우리는 이제야 느긋하게 진보초의 거리를 걸으며, 내가 그렇게 혼날 짓을 했는지에 대해 이야기를 나눴지만 대화의 끝은 하나였다.

"맛있었어, 근데……."

"응, 맛있었어……."

돈가스 이모야 とんかつ いもや

입장해서 나갈 때까지 입을 열어야 하는 일은 돈가스를 먹는 것 외에는 필요치 않습니다. 점심에는 단일 메뉴이기 때문에 "돈가스 주세요"라는 말도 불필요합니다(하지만 말하는 사람이 있더군요). 먹는 사람들을 바라보며 대기하다가 조금 뒤에 그 자리에 앉아 먹게 될 사람들의 풍경은 흡사 좁은 은행 같기도 합니다.

바 형태의 테이블에 착석하면 따뜻한 차, 재첩이 든 된장국, 듬뿍 쌓인 양배추와 함께 담긴 돈가스를 받게 됩니다.

같은 이름으로 튀김만 파는 덴뿌라 '이모야'가 가까이에 있습니다. 영화 「카페 뤼미에르」에서 카페 에리카로 들어오는 튀김 가게 직원이 바로 이 덴뿌라 이모야의 직원입니다. 실제로 덴뿌라 이모야와 카페 에리카는 바로 옆 건물에 있습니다. 현실의 시간을 그대로 담아낸 한 장면입니다.

이모야는 2018년 3월에 폐점했습니다. 혼이 나면서까지 맛있게 먹었던 터라 아쉬움이 큽니다.

06

복도에서
맛보는
뜨거운 맛

쟈포네 (ジャポネ)

12월 초의 도쿄는 그다지 춥지 않다. 도쿄의 겨울 정도면 추위라는 것도 반가울 것 같다. 춥지 않은 것뿐 당연히 덥지도 않다. 볕이 좋은 낮에는 어느 계절인지 알 수 없는 바람이 분다. 그 바람을 따라 아직 노란 은행잎이 날아다닌다.

땀이 나지 않는 계절의 도쿄 여행은 이토록이나 좋은데, 저녁도 야식도 아닌 애매한 시간에 식사를 하던 나는 땀을 줄줄 흘리고 있었다. 어째서 이토록이나 온몸에 땀이 흐르고 두 볼이 빨개진 상태로 식사하지 않으면 안 되는 건가. 하지만 멈출 수 없다. 땀도, 포크질도, 행복감도.

우연히 알게 된 스파게티집에서 이제 막 퇴근한 사람들과 나란히 앉아 경쾌한 포크질. 유라쿠초의 한 쇼핑센터 복도에 위치한 쟈포네는 그야말로 대중식당에 가까운 스파게티집이다. 쟈포네를 알게 된 건 우연이었지만 우연을 가장한 필연이었을지도 모른다. 미식 탐방 관련 잡지를 들추기만 하면 작게라도 꼭 실려 있었다. 스파게티 관련 특집에 등장, 대중식당 특집에 등장, 도쿄

맛집 소개에도 당연히 등장. 이미 먹어본 것 같은 기분이 들 지경이었다.

잡지에 실린 음식은 굵은 면을 짭짤하게 볶아 내가 아는 스파게티랑은 묘하게 달랐다. 둥글지 않고 길쭉한 그릇에(흡사 떡볶이 그릇 같은) 예쁘게 담겨 있지도 않은 사진에 오히려 눈이 갔다. 기운차게 면을 볶고 있는 동작과 기름진 표정에 마음속 무엇인가가 뜨거워졌다. 가장 인상 깊은 건 위치. 실내이긴 한데 지하상가로 보이는 복도 구석에, 스탠드바 형태의 카운터가 있을 뿐이었다.

혹 유라쿠초의 어느 건물 지하에는 쟈포네 같은 식당이 줄지어 있는 건 아닐까? 백화점 식품관처럼 말이다. 더 생각하기 귀찮기도 했고, 가보면 알겠지 하는 마음으로 일단 호기심의 셔터를 내렸다.

어느 건물의 몇 층인지도 모르는 상태로, 그보다 12월의 도쿄행 그 첫날에 가게 될 줄도 몰랐다. 도쿄에 도착하자마자 우동 체인점에서 뜨거운 우동 한 그릇 뚝딱 비우고, 커피와 함께 딸기 쇼트케이크와 몽블랑을 먹은 후, 여행 내내 입을 잠옷을 사기 위해 무인양품 유라쿠초점에 들렀다. 역시나 일행은 홍구 씨. 따로 또 같이 쇼핑을 한 후에 다시 만났다.

"이 근처에 스파게티집 있다지 않았어?"

무인양품에서 나오자마자, 먼저 쟈포네 도전을 제안한 홍구 씨. 오! 용기가 대단한데. 나는 후후 웃으며 호기롭게 지도를 켜보았다. 지도 위 쟈포네는 우리가 서 있는 곳 근처에 덩그러니 찍힌다.
도보로 금세 도착한다기에 지도가 알려주는 대로 발걸음을 움직
이다가, 상상이 정보화되어 '어느 건물, 지하, 구석'을 떠올리며 눈
앞의 지하도로 내려갔다. 지하상가에 즐비한 여러 식당과 카페들
이 보이며 이제 곧 나오겠거니 했으나 쉽사리 보이지 않았다. 어
느덧 영업시간이 한 시간도 채 남지 않았다.

우동과 케이크를 먹었기에 배가 고프지는 않지만 어느덧 힘들
고 지친 상태가 되어버린 순간, 가고 싶어서 체크해둔 킷사텐 '로
얄(ローヤル)'을 난데없이 발견했다.

"세상에. 여기 가고 싶었던 곳인데."

쟈포네 먹기 도전도 전에 쟈포네 찾기조차 성공이 불명확해지
며 판단이 흐려지기 시작했다. 눈앞의 킷사텐에 들어가고 싶어졌
다. 찾지 않아도 도착하는 곳이 있다는 것에 엉뚱한 감동을 느끼
며 유리창에 얼굴을 대고 아련하게 바라보았다.

"이것 좀 봐. 너무 멋져."

"응 정말 멋지다. 진아야. 우리 조금만 더 찾아보자."

쟈포네 먹기 도전을 상기시켜주는 다정한 둘리 말투에 정신을
차리고, 다시 지상으로 빠져나왔다.

다시 무인양품 유라쿠초점 앞. 이미 잔뜩 어두워진 유라쿠초의
밤거리.

길치는 아니지만 가끔 길치가 될 때가 있다. 그럴 때면 알던 정
보를 지우고, 다시 시작해 새로운 단서를 찾아보면 된다. 지하상

가라는 건 작은 로망이었을지 모른다. 다시 지도를 들여다보다가 첨부해둔 쟈포네 사진을 확대해보니 맥도날드 로고가 반쯤 걸려 있다. 여행자의 친구 맥도날드!

그렇게 맥도날드를 단서 삼아 움 직이니 근처의 쇼핑센터 건물 긴자 인즈 1층에 도착했다. 상가에 슬쩍 들어가보았을 뿐인데 돌연 쟈포네 등장. 난생처음으로 지하이길 갈망 하던 마음 탓에 몸이 고생해버렸다.

"스파게티 쟈포네".
복도에 달린 간판이 반가웠다.

쇼핑센터 1층 입구에서 곧장 만나게 될 줄이야. 복도 그 자체인 곳에 쟈포네가 존재했다. 어째서 복도의 스파게티이지 않으면 안 되는 것인가. 여행을 하는 내 몸 덕분에 이토록이나 넓은 식문화 를 마주한다. 덩달아 마주한 건 긴 대기 줄이지만 이제는 먹기 전 의 작은 쉼표로 받아들이기로 한다.

카운터석에는 동그란 의자가 있고, 발이나 가방을 올리도록 턱 이 있다. 막 퇴근해 집에 돌아가기 전인 사람들의 등이 보인다. 안 쪽에는 좁은 주방에서 끝도 없는 스파게티를 볶고 있는 직원들. 겨울도 이겨버릴 것 같은 화력이다. 그리고 눈에 확 들어오는 메 뉴판이 카운터석 위에 큼지막하게 붙어 있다. 빨간색 바탕에 음 식 사진과 이름이 시원시원하게 쓰여 있으니, 아무리 복도에 있 다고 해도 스파게티를 파는 곳이라는 것쯤은 어렵지 않게 알 수 있다. 오른쪽부터 쟈포네(쇼유맛), 멘타이코(소금맛), 나폴리탄(케첩맛), 쟈리코(쇼유맛), 바지리코(소금맛)……. 이름이 쟈포네인 만큼 쟈포네라 이름 붙인 스파게티를 아니 먹어볼 수 없었다.

생각보다 스파게티 종류가 많았고, 세 가지 카테고리로 분류했다. 일식, 양식, 중식. 양식에는 '기무치스파'가 있다. 면을 먹고 싶긴 한데 김치가 그리워지는 날이라면 도전해볼 만하겠지만…… 글쎄. 그것보다 양식에 김치가 있다니, 과연 자유분방한 카테고리의 나라!

돈가스 가게 이모야의 경험으로 둘이 나란히 앉아 먹는 건 일찌감치 포기했다. 이번에는 홍구 씨를 먼저 서 있으라 했다.

"나, 또 혼나기 싫어."

이모야 때처럼 홍구 씨는 ㄱ자의 카운터 제일 끝으로 안내받았고 내 자리는 그 정반대가 되었다. 이렇게 또 멀찌감치 서로의 얼굴을 보며 개인의 식사를 준비한다.

건강한 웃음기를 머금고 자리를 안내해주는 직원분에게 인사하며 자리에 앉았고 곧장 주문을 했다.

"쟈포네 레규라, 오네가이시마스!"

쟈포네 찾기 도전에는 조금 버벅거렸으나 도착과 동시에 주문은 호기롭게 이루어졌다. 만족감을 느끼며 편히 앉으려는데 예상치 못한 상황을 만났다. 다리를 올리는 턱에 방금 가버린 손님의 가방이 놓여 있는 게 아닌가. 아마도 퇴근한 회사원의 크고 무거운, 가로로 긴 갈색 가방.

우선, 가방 양옆에 다리를 쫙 벌리고 앉아서 생각했다.

이게 어떻게 된 일일까?

왜 하필이면 나에게 이런 상황이 닥친 걸까. 가방을 직원분에게 줘야 할까? 뭐라고 해야 하지.

와따시노 가방쟈아리마셍(제 가방이 아니에요).

와스레모노가 아리마스가(분실물이 있습니다만)?

어느 쪽이 자연스러우려나. 그렇지만 직원분이 너무 바쁜걸.

생각에 생각을 얹어 생각하고 앉아 있다가 가방을 들어 안고, 나도 모르게 옆자리 남자를 툭툭 쳤다. 지금 내 난처한 상황을 당신도 봤잖아요. 그 전에 가방을 놓고 가는 사람에게 왜 건네주지 않은 거냐고요!

하지만 현실은 개미 소리로 입을 열 뿐.

"죄송합니다. 혹시 당신의 가방입니까?"

이어폰을 끼고 쟈포네를 후루룩거리던 남자는, 개인의 시간이라는 그릇이 나 때문에 깨진 것처럼 서늘한 표정으로 대답했다 (그 표정은 내 쪽을 향하고 있었지만, 시선은 내 얼굴까지 도착하지 않았다).

"치가이마스(아닙니다)."

낮고 느린 목소리. 세상에나, 나 '치가이마스'라는 말을 들었어…… 틀리다…… 나 틀렸어.

같이 가방에 대해 고민하고 싶었을 뿐인데 또다시 울고 싶어진 나. 그때 후다닥 내 쪽으로 달려오는 사람. 가방의 주인이었다. 곧

장 가방을 들며 "가방!"이라고 외쳤고, 가방 주인은 세상 환하게 웃었다. 가방은 일본어로도 가방(かばん)이라는 점에서 참 좋은 단어라 생각했다. 시원한 숨을 쉰 후 물을 마셨는데 전혀 차갑지 않았다. 직원이 따라준 물에는 분명 얼음이 있었는데 말이다.

가방 때문에 난처해할 동안 나의 쟈포네는 쉴 틈 없이 만들어졌다. 곧장 눈앞에 놓인 쟈포네. 조금 전 가방 사건을 잊어버릴 만한 비주얼이다. 스파게티 면은 불어 있는 것처럼 보일 정도로 굵었고, 재료는 돼지고기와 코마츠나(소송채), 그리고 양파. 담백한 재료군. 긴 그릇에 가득 담긴 쟈포네는 제일 작은 레귤러 사이즈 치고는 양이 꽤 많았다. 배고프지 않지만 그저 먹는 시간을 겪고 싶어 시작한 식사였기에 내 몸에게 억지 부리는 건 아닐까 하는 걱정이 조금 들었다.

면의 굵은 기운이 꽤나 벅차게 느껴졌다. 면에 딸려 들어오는 고기와 코마츠나의 존재감도 확실했다. 면이 굵고 크기 때문에

넓적한 그릇에 어울리는 쟈포네.

오히려 그릇의 바닥이 쉽게 보였다. 바퀴가 큼지막한 자전거가 작은 바퀴인 자전거를 추월하는 장면을 상상하며 입으로 들이마셨다.

생각보다 짜지 않고, 무엇보다 입에 맞다(입이 맞다고 한다). 입에 들어간 면이 바깥 면을 끌어당기는 느낌이 들어 포크질이 계속되었다. 조금 버거워지려는 순간마다 코마츠나를 먹어댔더니 다시금 들이부을 수 있는 개운함이 만들어진다. 시금치와 열무의 중간 식감이랄까. 고열에 익혀져 바짝 긴장하고 있는 코마츠나의 식감이 너무나도 좋았다. 투명에 가까운 아름다운 초록이 어찌나 아삭아삭하던지. 과연 가방을 놓고 갈 만한 식사다.

완벽한 개인의 시간으로 먹다 보니 옆자리의 서늘한 청년은 이미 사라지고 없다. 빈 그릇을 치우려 손을 뻗는 직원 때문에 알아챘다. 이렇게 코를 박고 식사를 한다는 건, 옆자리 사람이 가방을 두고 가도 모를 수밖에 없네…… 오해해서 미안합니다. 개인의 시간을 건드려서 송구스럽습니다.

양념 같은 반성을 하며 쟈포네를 쉼 없이 들이마시는데, 직원분이 나를 부르고 저만치의 홍구 씨를 가리켰다. 목을 쭉 빼고 내쪽을 보며 쟈포네를 씹고 있는 모습. 일행이 함께 앉아 나머지 식사를 함께 할 수 있도록 배려해준 것이었다. 바쁘게 면을 볶고, 주문을 받고, 물을 따르고, 손님을 안내하면서도 줄 서서 조잘거리던 우리를 보았구나.

감사하다고 말했더니 환히 웃는 직원분의 미소. 나머지 쟈포네가 더 맛있을 예정이었다. 하지만 혼자 먹는 이 시간에 충분히 집중하고 있었기에 이대로 각자 먹고 끝이 났어도 충분히 만족스러웠을 것이다. 모두가 우리를 쳐다보는 바람에 나는 또 얼굴이 빨개졌다.

내 옆자리에 도착한 홍구 씨는 할 말이 많아 보였다. 주문은 내가 알려준 대로 "쟈포네 레규라데스!" 하며 멋지게 해냈고, 스스로가 듣기에도 좋은 억양이었다며 만족스러워했는데, 갑자기 직원이 끝도 없는 일본어로 말을 걸며 내 쪽을 가리켰고, 전혀 못 알아듣다가 내 옆에 빈자리를 보고는 눈치로 알아들었다고 한다. 그때 본 나는 너무나도 열심히 먹고 있었다고.

나란히 앉아 남아 있는 쟈포네를 싹싹 긁어 먹었다. 잘 먹고 있다며 내 등을 툭툭 두드리는 홍구 씨는 눈이 동그래졌다.

"헉, 왜 이렇게 땀을 흘렸어?"

"너무 더워. 근데 맛있다. 너는 안 덥니?"

홍구 씨가 가져온 물을 뺏어 먹었다. 아니, 이렇게나 시원할 수가. 불의 기운이 가까운 자리에 앉아 미지근한 물을 먹고 있었으니, 만드는 사람처럼 땀이 날 수밖에.

어느덧 폐점 시간이 지났지만 줄은 계속 이어졌다. 퇴근한 도쿄의 직장인들을 위한 운영 연장일까. 그 덕에 누군가는 조금 늦더라도 한 그릇의 쟈포네로 저녁 시간을 보낼 수 있다.

"쟈포네 쟘보데스."

내 그릇은 거의 비어가는데, 옆자리 새 손님에게 점보 사이즈의 쟈포네가 놓였다. 엄청난 양이다. 사이즈는 레귤러, 점보, 그리고 요코즈나(橫綱, 씨름꾼의 최고위라는 뜻으로 1인자 혹은 왕이라는 의미로 사용된다) 이렇게 세 가지. 점보 사이즈는 공복 중의 공복이라 할지라도 나에게는 더없이도 많은 양이다. 점보 윗단계는 대체 어떻게 나오는 걸까.

과연 쟈포네, '로메스파(ロメスパ)'를 이끄는 집이다. 로메스파는 노점의 면 요리를 줄인 '로메'에 스파게티의 '스파'를 붙여 만든 신조어다. 로메스파에서 볼 수 있는 몇 가지 특징이 있다.

스파게티 면은 굵은 면을 쓸 것.

면은 미리 삶아두었다가 주문이 들어오면 빠르게 볶아 손님 앞에 낼 것.

어마어마한 양을 선택할 수 있을 것.

그리고 실내도 실외도 아닌 1층 입구에 곧장 보이는 복도에 위치해 있다는 점은 로메스파로서 완벽한 조건을 갖춘다. 요리 스타일 면에서는 즉석 스파게티라고 해야 더 잘 어울릴 듯싶다.

만드는 사람도, 먹는 사람도 온통 땀투성이인 복도. 한여름에는 어떤 온도에서 먹게 될지 상상해보니 왠지 아찔해졌다. 복도에 에어컨이 있을 리가 없지만 또 모를 일이다. 우선은 12월에 먹었다는 사실에 조금 안심했다.

근처 사무실에서 조용히 일하다가, 곧장 퇴근해서 쟈포네를 입

속에 들이붓는 사람은 어떤 마음일까. 스트레스를 불태우는 기분이 조금은 들지 모르겠다. 먹어본 사람으로서 확실히 말할 수 있는 건, 먹는 동안만큼은 눈앞의 스파게티 외에는 아무 생각도 안 하게 된다. 하루 중 단연코 필요한 시간이다.

땀과 함께 흘려보낼 건 흘려보내고, 눈앞의 쟈포네는 되도록이면 빨리 들이마시자!

쟈포네 ジャポネ Japone

흰 셔츠를 야무지게 껴입고 하루 종일 일한 사람이 뜨거운 한 끼를 해결할 수 있는 스파게티집입니다. 면 요리는 일식, 중식, 양식으로 나뉘어 총 10가지로 준비되어 있습니다. 대부분은 쟈포네 혹은 쟈리코 그리고 멘타이코(명란)를 주문하는 모습이었습니다.

그리고 무려 카레를 끼얹은 스파게티도 존재합니다. 이럴 거라면 카레우동집에 가는 게 낫지 않을까 싶었지만 누군가에겐 전혀 다른 메뉴일 것입니다. 카레가 준비되어 있으니 당연히 카레라이스도 있습니다. 포장이 가능하니 점보 사이즈로 주문해 숙소에서 캔 맥주와 먹는 것도 꽤 야무진 야식 차림이 될 것 같은데 어떠신가요?

—
도쿄 주오구 긴자 1-2 긴자 인즈 3 1층
1F, Ginza Inz 3, 1 Chome-2 Ginza, Chuo-ku, Tokyo
—

07

혼자
일어나는
술집

카페&바 로지(Roji)

여행이라고 해서 아주 거창한 경험을 얻게 되거나, 삶에
대해 새로이 깨닫게 되진 않는다. 비행기 타기 전과 비행
기에서 내린 후가 완전히 다른 시간은 아니라는 말이다. 하지만
다른 게 있다면 주어지는 시간이 내 것이냐 아니냐의 차이. 여행
에서의 매일은 온전히 나를 위해 시작된다.

그런 하루에서 선명해지는 건 혼자일 때의 나. 늘 혼자 잘 노는
사람이라고 생각하긴 했지만 별거 아닌 하루만으로도 만족할 수
있는 개인이라는 발견은 새삼 기쁘다. 배고프면 짜증부터 내던
내가, 아무렇지도 않게 끼니를 거르며 몇 시간 동안 걷고 있는 걸
볼 때면 내가 알던 임진아가 맞나 싶다.

이게 가능하구나…… 힘들긴 하지만 짜증 나지는 않아. 배고픔
보다 이 자유. 모든 게 다 내 것이라니.

지금 당장 편의점으로 달려가 주먹밥을 사서 근처 공원에 앉아
먹어도 되고, 멀리 보이는 체인점에서 뭐든 주문해버려도 상관없
는 나의 지금. 곁에 아무도 없는 것뿐만 아니라 아는 사람 하나 없

는 도시란 어떤 연유로 이토록 자유로울까(한국에서 왕성히 활동하는 연예인도 아닌데 왜 이런 마음이 드는가)!

혼자의 시간이 필히 필요한 사람이지만 최근 독립하기 전까지는 내가 머무는 장소 그 어디에서도 온전히 혼자가 되는 공간이 없었다. 셰어 작업실을 쓰고 있으니 누군가는 꼭 오고 간다. 이제는 집을 나와 혼자 살고 있지만, 30년을 넘게 부모님 집에서 신세를 지며 살 때에는 내일도, 내일모레도, 당분간은 누군가가 올 일 없는 집에 산다는 기분을 알지 못했다. 혼자 사는 지금도 며칠 내내 온전히 혼자인 상태로 지내기는 쉽지 않다. 그렇기에 여행을 통해서 내 삶을 새로이 그려보기는커녕, 그동안 혼자 있지 못했던 시간을 보상받으려 급급했을지도.

무작정 혼자 다닌다고 해서 혼자의 기쁨을 느낄 수 있는 건 아니다. 어느 공원에서 우연히 본 오리 한 마리로 인해 바다 건너에 있을 연인을 떠올리기도 하고, 근사한 식사 앞에서 엄마, 아빠에게 괜스레 죄송스러워지고는 한다. 골목길에서 산책하는 강아지를 보면서 두고 온(데리고 올 생각이 없었으니 솔직히 두고 온 건 아니지만) 키키가 생각나 울적해지기 마련이다(때맞춰 엄마가 보내온 키키 사진에 와르르 무너지기도 한다). 또 옆 테이블에서 왁자지껄 떠드는 단체 손님을 볼 때면 감자튀김 한 접시에 생맥주 몇 잔이든 비울 줄 아는 친구들이 생각난다.

그래서 혼자이기에 좋은 공간들을 찾아다니게 된 걸지도 모르겠다. 혼자서 잘 지내는 사람이 되려면 잘 지낼 만한 장소가 필요하다. 혼자이기에 좋은 공간은 무얼까. 둘이서도, 여럿이서도 가본 공간이지만 혼자 방문하게 된 어느 날, 전과 다른 시간을 맞이하게 될 때가 있다. 어느 쪽이 더 좋다고 말할 필요는 없지만 혼자일 때의 시간이 나와 맞을 때면 그쪽을 택하게 된다. 나에게는 아사가야의 카페 & 바 로지가 그랬다.

로지는 밴드 세로(cero)의 보컬이 운영하는 작은 가게이다. 술과 음식을 팔고 때때로 공연을 한다. 그 작은 곳에서의 시간을 필요로 하는 사람들이 모여든다. 음악으로 이어지는, 가깝고 먼 관계의 사람들이 오고 가는 분위기. 가게를 지키는 스태프도 매일 달라서 트위터를 통해 당일의 스태프 이름이 공지된다(내 몸은 서울에 있는데도 트위터에 올라온 소식을 볼 때면 '오늘은 이분이구나' 하며 멀리서 반가워하고는 했다).

로지의 시작은 밴드 세로였지만, 어느덧 로지에서 저녁 시간을 보내기 위해 도쿄를 떠올린다. 호텔을 아사가야로 잡은 건, 스타로드 초입에 불이 켜진 로지 창문을 볼 때 그제야 내가 아는 도쿄에서 생활 중이라는 걸 실감하기 때문이다.

로지는 밴드 세로를 좋아하는 지인과 간 게 처음이었다. 그리고 그 이후 여럿이 간 것도 밴드 세로를 좋아하는 지인들 덕분. 단하나의 취향으로 모였다가, 자연스레 흩어져버렸다. 관계라는 모양은 꽤나 제각각이지 않을까. 각자 떠돌며 흩날리던 먼지였는데, 어떤 바람에 의해 한순간 같은 지점에 공전하게 되는 때. 그 한때가 있다는 것만으로도 꽤 의미가 있다. 처음의 관계로 오래 유지

했다면 동그랗게 만져지는 관계의 모양이 되었겠지만 말이다. 지난 일이 된 관계도 나쁘지 않다.

쉴 틈 없이 일하고 사람을 만나며 살다가 도망치듯 타게 된 비행기. 도착하자마자 해방감에 취해 눈앞의 편의점에서 샀던 담배는 늘 그대로 가방 안에 있었다. 언제든지 피워도 된다는 작은 여지는 느슨한 태도를 만든다(그렇기에 점내의 흡연 허용은 비흡연자에게 간혹 좋기도 하다).

혼자 보내는 로지에서는 생맥주로 시작하길 좋아한다. 좀 더 귀엽게 시작하고 싶다면 밴드 세로의 노래 제목이기도 한 음료 '썸머 소울Summer Soul'을 주문한다. 여름에 마시기 그만이다. 스태프가 누구냐에 따라 컵에 라임이나 레몬이 꽂혀 있기도 하고 아예 없기도 하다. 어느 쪽이든 좋다. 밥을 안 먹었다면 나폴리탄이나 가파오라이스를 주문할 수 있고, 밥을 먹은 지 얼마 안 됐다면 살라미 샐러드 혹은 믹스 넛츠를 주문한다. 나는 굶주린 채로

Summer Soul.
여름에 걸맞는 한 잔.

나폴리탄이 맛있다.

가파오라이스와 생맥주.
두툼한 나무 스푼이 올려져 있다.

로지에 도착했기에 맥주와 동시에 요깃거리를 주문했다.

주방은 아주 좁은데, 그 안에서 기대 이상의 요리가 등장한다. 혼자 가면 바에 앉아 종종 주방의 모습을 들여다본다. 나를 위한 나폴리탄을 볶고 있는 모습을 바라보며 첫 잔을 마시는 시간.

지나간 오늘을 떠올리기도 하고 지워버리기도 하며 그저 눈앞의 술을 마시기만 하는 시간은 어쩌면 서울에서는 가지지 못하던 시간이다. 하루의 매듭을 지을 시간이 도무지 주어지지가 않으니까.

가방 속에는 담배뿐만 아니라 작은 책과 수첩과 펜, 그리고 굳이 가져온 원고가 나를 기다리고 있다. 밥을 다 먹고 다음의 술을 마실 때쯤이면 뭐든 꺼내 곁에 두고, 사물을 일행 삼을 수도 있다는 가정을 두기도 한다. 중요한 건, 나와 술을 마시는 시간이라는 것.

그런 시간을 지내다가 문득 고개를 들면, 좋아하는 뮤지션이 담소를 나누고 있다. 오슈(Oh Shu)와 알프레드 비치 샌들(Alfred Beach Sandal)이 앉아 있어도 처음 보는 사람처럼 상관하지 않으며 내 술을 마시는 늦은 저녁. 평소에 즐겨 듣는 뮤지션들이지만 아직 공연을 본 적은 없다. 허나 로지에서는 몇 번 마주쳐 같은 바에 앉아 각자의 시간을 보낸다. 특별하다고 할 수도 있겠지만, 의외로 모든 것에 덤덤한 나는 그저 곧 지나갈 하루로 여기며 앉아 있을 뿐이다. 어떤 마음으로 노래를 만들고 부를지에 대해 팬으로서 궁금하다가도 어떤 하루의 짧은 시간이 겹쳐 같은 공간에서의 시간을 보내게 됐을 때의 덤덤함. 그저 서로가 자신의 삶을 살고 있구나 싶으며 의외의 덤덤함을, 아니 담담함을 느낀다.

어느 날은 소중한 친구 유진이가 처음으로 혼자 도쿄로 떠났고, 나의 영향으로 아사가야에 숙소를 잡았다고 하기에 근처의 여러 곳을 구글맵으로 알려주었다. 물론 로지도 포함. 누구보다도 혼자의 시간을 예뻐하는 유진이기에, 그의 첫 도쿄 시간이 기대되었다.

유진은 매일 다른 동네에서 시간을 보내다 늦게 귀가하는 바람에 로지에서의 밤을 미루다가, 돌아갈 날이 얼마 남지 않았던 어느 밤에 별 기대 없이 로지에 올라갔다고 한다(로지는 2층에 있다). 그러고는 곧장 문자가 왔다. 호텔에 들어가기 전에 잠깐 들러 맥주와 간단한 안주와 함께 여행의 일기를 적어 내려가는 이 시간이 너무나 좋다고. 왜 이제야 왔는지, 왜 꼭 가보라고 했는지를 알 것 같다는 말에 작은 설렘이 느껴졌다. 나는 주변의 사람에게 내가 좋아하는 장소를 추천할 때면 속으로 생각한다.

목적지에 도착한다면, 나를 잊어요. 나를 잊고 그 공간을 즐기면 좋겠어요.

누군가의 추천을 받고 도착한 장소를 온전히 자신의 시간으로 만들 수 있다면, 혼자일 때의 즐거움을 아는 사람일 것이다.

유진은 잠시 후 또다시 문자를 보내왔다. 언젠가 나와 함께 로지에 앉아 있고 싶다고. 한순간에 나까지 아사가야에 있는 기분.

도쿄에 가고 싶어질 때마다 도쿄에서 지내는 동안 나는 또 어떤 시간에서 외로워할지, 나를 기다릴 강아지를 그리워하며 또 얼마나 울고 싶을지, 혼자가 아닌 둘이 같이 왔으면 좋았을걸 하며 혼자의 시간을 저버리는 건 아닐지 걱정부터 시작된다. 하지만 그렇게 찾아온 외로움이 나를 견디게 한다는 걸 이제는 안다. 타인으로 일어서는 사람이 되고 싶지 않다. 나는 그렇게 혼자인 채로 일어나는 시간을 줄곧 겪고 싶다.

로지에서의 마지막 잔으로는 하이볼이 좋다. 든든한 끼니와 술술 넘어가는 생맥주의 기운을 싸악 사라지게 만드는 하이볼은 새로운 내일을 미리 맛보는 맛이다. 얼음이 든 하이볼의 마지막 모금을 깔끔히 비워내고는 테이블을 짚고 일어났다. 그렇게 혼자 자리에서 일어나 내가 마신 술값을 기분 좋게 계산하고, 비틀거림 없이 계단을 내려왔다.

혼자 일어나는 밤은, 내 하루를 온전히 나에게 쓴 오늘의 마지막 장면으로 더없이 좋지 않은가.

예상보다 많이 마셔버려서 술값이 꽤 나간 밤이라 내일 아침엔 역 앞에서 돈을 좀 뽑자고 생각하며, 서울에서의 허술한 삶 관리가 고스란히 이어지는 걸 내버려두었다.

로지 Roji

아사가야의 골목길 스타로드 입구를 지키는 로지는 계단을 따라 올라가야 하는 2층에 자리하고 있습니다. 춥지 않은 계절에는 창문을 열어두는 경우가 많습니다. 살에 곧장 닿는 바깥바람은 실내 술집에서는 사치처럼 느껴질 만큼 좋습니다. 혼자서도 편한 분위기를 느끼며 입에 맞는 술과 제대로 된 식사를 할 수 있는 공간은 얼마나 고마운지 모릅니다.

밴드 세로의 노래 중에는 「로지(roji)」라는 곡이 있습니다. 방문 전에 들어보는 건 어떨까요. 저는 「대정전의 밤에(大停電の夜に)」를 가장 좋아합니다. 이 곡의 뮤직비디오에 로지의 모습이 나오기도 합니다.

—

도쿄 스기나미구 아사가야키타 2-13-4 2층
2F, 2 Chome-13-4 Asagayakita, Suginami-ku, Tokyo

트위터 @Roji0124

—

4. 오늘 하루는 느리게 걷자

도쿄의

산 보

긴 시 간 이
흐 르 는
작 은 미 술 관

치 히 로 미 술 관〈ちひろ美術館〉

딱히 이유가 없어도 도쿄에 가지만 단 하나의 이유만으로도 도쿄에 간다. "라멘 먹으러 잠깐 일본 다녀올게" 하는 식의 농담은 당연히 아니다. 별 부담 없이 갈 수 있는 사람의 마음을 하고서는 "보고 싶은 공연이 있어서 다녀오려고"라거나 "꼭 체크해야 하는 전시가 있어서"라는 이유로도 충분히 바다를 건널 수 있다. 돈이 무척 많은 줄 오해할 수도 있으나 당연히 아니다. 그저 그 일상이 그곳에 있을 뿐이다. 내가 원하는 일상을 겪기 위해서, 지금 머무는 곳에서의 일상을 조금 뒤틀며 약간의 변화를 감수하는 것은 충분히 가능하다.

사소하지만 강한 마음을 먹고 비행기를 타게 된 건 작은 미술관의 전시 때문이었다. '무라카미 하루키와 일러스트레이터'라는 제목으로 2016년 5월 25일부터 그해 8월 7일까지 가미이구사의 치히로 미술관에서 열렸다. 무라카미 하루키 작품에 실린 여러 작가의 그림들을 원화로 볼 수 있는 기회였다. 데뷔작인 『바람의 노래를 들어라』와 그 이후의 『1973년의 핀볼』의 표지 그림은 무라카미 하루키가 운영하던 재즈 카페에 놓여 있기도 했던 사사키 마키 작품으로 이 전시를 통해 일반 관객에게 처음으로 공개됐다.

사사키 마키의 그림뿐만 아니라 오랫동안 좋아하고 존경하고 있는 안자이 미즈마루와 와다 마코토, 마음을 써본 적 없는 방향으로 따뜻하게 만드는 오하시 아유미의 원화도 한자리에서 볼 수 있다니. 나에게는 결코 사소한 이유가 아니었다.

컴퓨터 앞에 앉아 우연히 마주한 전시 포스터를 보고 모처럼 불타올랐다. 사사키 마키가 그린 『바람의 노래를 들어라』 표지 그림이 전시 포스터의 메인 이미지로 쓰였고 그 주변으로 다른 작가들의 그림들이 흩어져 있었다. 마치 포스터가 움직이는 것만 같았다. 바로 떠나고 싶었으나 내 쪽의 일상을 다듬느라 결국 전시의 마지막 주가 되었을 때라야 떠날 수 있었다. 8월은 역시 더웠지만 전시만을 위해 도쿄에 도착한 자의 타오르는 마음에는 무척 어울리는 날씨였다.

미술관은 이와사키 치히로가 생의 마지막 22년 동안 작품 활동을 했던 집 겸 아틀리에의 터에 세워졌다. 『창가의 토토』 표지 그림은 '아! 이 그림!' 할 만한 유명 작품이지만 치히로 미술관은 이 전시로 처음 알게 되었다. 이와사키 치히로가 그린 작품에 대해서 자세히 찾아본 적이 없었다. 그럼에도 그날 미술관에서 불어오는 그의 기운에 완전히 매료되었다.

이와사키 치히로의 원화는 물론, 처음 마주하게 된 좋아하는 작가들의 원화에 넋을 잃었지만 무엇보다 가장 큰 충격은 안자이 미즈마루의 원화였다. 작업이 완료된 종이에는 손을 거친 흔적들이 그대로 남아 있었다. 글씨와 그림들이 오려져 붙어 있었고, 작은 그림의 수정 또한 종이에 새로 그려 덧붙여 있었다.

컬러 그림들은 놀랍게도 한 장의 그림이 아니었다. 먹선만 그려진 한 장과 그 밑에 컬러 필름이 붙여진 한 장. 그 둘을 합쳐야 하나의 그림이 되었다. 그래서 그림의 정면에서는 두 필름이 딱 마주해 하나의 그림처럼 보이지만, 내 시선을 움직이기만 하면 이중 레이어가 나뉘며 그 간격이 느껴졌다. 여러 가지 컬러 톤을 이렇게 저렇게 오리고 붙여가며 하나의 그림으로 확정 지어나갔을 걸 생각하니 눈앞이 아찔했다. 여러 이유가 있겠지만 인쇄 시 먹선을 선명하게 표현하기 위해 그림의 판과 컬러의 판을 나눴다고 한다. 작업 마지막에는 그림 위에 트레이싱지(반투명 얇은 종이)를 대고 디자이너에게 전하는 메시지를 적었다고. 아마 그 시대의 작업 방식이지 않았을까. 그리고 그 방식은 안자이 미즈마루의 간결하고 맑은 느낌을 고스란히 표현하고 있었다.

액자 가까이에 눈을 댈 수밖에 없는 원화들을 보는 시간은 한없이 모자랐다. 그저 모니터로 보거나 지면에 인쇄된 그림만 볼 때와는 그 감동의 폭이 달랐다. 모든 순간에 공을 들이는 작업 과정들을 머릿속에 그려보며 천천히 눈에 담았다. 먹선에 조금 삐져나와 있는 채색을 발견할 때면 남들과 다른 웃음을 보이며. 작업을 할 때 주로 컴퓨터 프로그램으로 채색을 하는 나로서는 계산할 수 없는 방식이었다.

선생님…… 선생님…… 이제야 알았어요. '마음을 다해 대충 그린 그림'이라는 선생님의 그 말에 저는 오만하게 위안을 얻었어요. 낙서 같은 그림이라도 마음을 써서 그렸다면 괜찮다고 해버렸어요. 내 눈에 좋은 인상이라면 그것대로 타당하다고 여겼어요. 하지만 대충이란 건 그런 게 아니었네요. 같은 그림을 몇 번 그리며 느낌 좋은 낙서를 찾아가는 정도를 노력으로 생각했는데. 저는 정말로 멀었네요. (털썩)

뵌 적도 없는 안자이 미즈마루를 스승 삼아서는 그림 앞에서 주저앉은 기분으로 내내 서 있었다. 그의 원화 앞에서 떠날 수 없었다. 떠나기가 싫었다. 사랑스러운 그림이 가득 들어찬, 재즈가 흐르는 이 안락한 곳에서 하룻밤을 청하고 싶은 기분까지 들었다.

마침 미술관 안 카페에서는 기획 전시 특별 메뉴를 팔고 있었지만 주말이라 사람이 많아서 포기했다. 며칠 뒤에 다시 방문하기로 하고 전시장을 나섰다.

며칠 후 다시 치히로 미술관을 방문했다. 평일이라 방문객이 적었다. 이제야 그림을 제대로 볼 수 있을 것 같은 기분에 두 번째 두근거림이 시작되었다. 하루 종일 있겠다는 마음을 먹었다.

2층에서부터 사사키 마키와 오하시 아유미의 전시를 천천히 눈에 꾹꾹 담았다. 전시장에 비치되어 있던 의자에 앉아 그림에 둘러싸여 있는 노오랗고 따뜻한 공기를 느꼈다. 사사키 마키의 원화는 그 수가 압도적이었다. 그리고 같은 층에 마련되어 있는 작은 어린이책 도서관에 들어가 빼곡히 귀엽게 놓인 책들을 구경했다. 만졌을 때 부들부들한 가구는 앉기에도 안락해서 나도 모르게 여기가 내 거실이길 바라는 귀여운 상상을 잠깐. 아이들을 위해 디자인된 가구는 어른에게도 안전했다. 전시 중인 작가들의 동화책이나 그림책은 물론이고, 치히로 미술관에서 소장 중인 그림책들도 볼 수 있어 작은 도서관에서의 시간이 길어질 수밖에 없었다. 몇몇 중년 여성과 함께 어린이 그림책을 읽는 시간. 조금 잠이 왔지만 그 시간까지 딱 좋았다.

그렇게 2층에서 나와 계단을 내려가면 1층에는 이와사키 치히로의 상설 전시가 마련되어 있다. 상설 전시를 지나면 드디어 안자이 미즈마루와 와다 마코토의 원화를 볼 수 있는 층고 높은 전시장. 그곳에는 재즈가 공기같이 흐르고 있었다. 과연 하루키의 재즈 에세이 삽화를 맡은 와다 마코토의 전시장다웠다. 평소엔 아무 소리도 들리지 않는 전시장에 모처럼의 재즈, 그리고 자연스러운 흐름으로 안자이 미즈마루의 원화까지 함께.

안자이 미즈마루의 그림이 시작되는 곳에 무라카미 하루키의 글이 있었다. 벽면을 채우고 있는 글에는 동료이자 친구를 잃은 슬픔이 묻어 있어 금세 먹먹해졌다.

이제 이 세상에 없다니.

아직도 믿기지가 않는다. '동료의 죽음이란, 그려졌을 한 장의 그림을 영원히 잃는 것'이라는 말이 마지막에 쓰여 있었다. 긴 세월을 함께 나누며 셀 수 없이 많은 대화와 그림을 주고받았을 텐데도 그 한 장을 영원히 잃고 마음에 묻어야 한다는 것은 어떤 기분일까. 잃음을 영원히 안고서 그를 잊지 않는 일. 나도 그 잃음을 잊지 말자고 생각했다. 왠지 그림 앞에서 손을 모은 채 고개를 떨구게 되었다.

원래 안자이 미즈마루가 그렸어야 하는 그 한 장은 끝내 와다 마코토가 그려냈다. 무라카미 하루키가 편역한 『셀러니어스(Thelonious, 우리나라 표기법으로는 델로니어스) 몽크가 있던 풍경(セロニヤス·モンクのいた風景)』의 표지 그림이다. 몽크에게 담배를 건네는 안자이 미즈마루의 모습이 그려져 있다.

전시 중인 모든 원화 중에서 가장 오래 쳐다보았다. 이제는 없는 이가 그림 속에서 웃고 있다. 슬픈 마음으로 고개를 숙여 시선을 떨어뜨렸다. 그러자 안자이 미즈마루의 삽화가 담긴 하루키의 책이 보였다. 어디에 시선을 두어도 이 따뜻한 장면은 끝이 없었다.

서울에서 도쿄행 티켓을 예약하고, 비행기를 타고 와서, 숙소에서 버스를 타고 전시장에 도착한 뒤, 입장료를 내고 들어오면 나를 위한 시간이 흐르고 있다. 작지만 확실한 행복이라고 누가 말했던가. 그 행복은 확실히 있었다. 큰 결심이 필요했지만 무엇보다 소중하고, 그렇기에 기꺼이 움직일 수 있는. 넘쳐흐르지 않고 꽉 들어찬 행복이다.

재즈가 흐르는 전시장을 빠져나오면서 모든 전시를 다 본 사람

무라카미 하루키와 일러스트레이터 전
특별 메뉴(수량 한정).

핫케이크 콜라 포함 700엔(세금 별도)
*버터&메이플 시럽 추가 플러스 50엔(세금 별도)
무라카미 하루키 데뷔작 『바람의 노래를 들어라』에 등장하는 그 일품!

이 되었지만 아직 할 일이 남아 있었다. 전시장 내 카페에서 허기를 채우며 조금 쉬는 일과 기념품 숍을 구경하고 구입하는 일. 그렇게 큰 미술관이 아닌데도 내부에서의 일정은 더없이 바쁘다.

특별한 전시를 하는 만큼 전시 특별 메뉴를 판매 중이었다. 『바람의 노래를 들어라』에 나온 코카콜라 한 병을 병째로 부어 먹는 갓 구운 핫케이크. 기존 메뉴인 핫케이크에 무라카미 하루키를 더하듯 코카콜라 한 병을 추가해 만든 좋은 기획 메뉴다.

소설 속 음식을 먹는 일은 특별한 경험이다. 일본 근대문학관 안의 북 카페 '분단(Bundan)'도 소설 속 음식을 파는 곳으로 유명하다. 이렇게 취향을 현실에 반영하는 움직임은 개인의 취향을 건강하고 꾸준히 유지하게 만든다.

일행이 없으니 계획도 없고, 하루의 일과는 미술관뿐이니 안 먹어볼 수 없었다. 무엇보다 특별 기획 전시 중에만 판매되는 메뉴이니 이 음식까지가 전시인 셈이다. 재즈는 듣는 전시였고 이제는 먹는 전시.

콜라는 핫케이크에 부어야 하니 애플 아이스티까지 주문했다. 핫케이크는 버터와 메이플 시럽을 추가하면 50엔을 더 지불해야 했다. 테이블에 앉았더니 치히로 미술관의 정원이 한눈에 보인다. 아니, 앞뜰이라는 말이 더 어울리는 풍경. 소박하지만 깨끗하고 고즈넉하다.

이제 소설 속 음식을 먹는 시간. 네 등분된 두 장의 핫케이크, 버터와 시럽, 코카콜라와 얼음만 담은 잔, 추가한 애플 아이스티가 나왔다. 우선 한 장의 핫케이크는 버터와 시럽을 발라 먹었다(두 장의 핫케이크를 전부 콜라에 적셔놓고 다 먹을 자신이 없었다). 한 장의 핫케이크만이 그릇에 남았을 때 콜라를 부었다. 콜라 한 병을 다 붓기에는 역시 양이 많을 것 같아 조금만 부었더니 접시와 핫케이크를 만나 순간 반짝인 콜라 덕분에 곧장 마음이 확 밝아졌다가 이내 시시해졌다. 튀는 듯한 탄산이 사라지자 눅눅한 핫케이크만이 남았다. 짧은 불꽃놀이를 지켜본 기분. 역시나 쉽게 눅눅해지는구나. 빠르게 입에 넣었더니, 그만 웃음이 나와버려서 손으로 입을 가렸다. 즐겁고 웃겼다. 무슨 맛이라고 설명하기는 어렵다. 그저 '웃음이 나는 맛'이라고밖에.

폐관 시간이 가까워졌을 때에야 미술관을 빠져나왔다. 웃음기를 머금고 한 손엔 굿즈가 한 아름 담긴 봉투를 들고서.

전시 마지막 날에는 사적인서점 지혜 씨를 치히로 미술관에서 만났다. 우연히 일정이 겹친 덕이었다. 그렇게 세 번, 전시장에 도장을 찍었다. 이미 본 그림이지만 다시 보아도 또 눌러 담아 볼 것 투성이기에 전혀 지루하지 않았다.

그림을 보는 지혜 씨.

비슷한 흐름으로 천천히 그림을 보고, 잔잔하게 대화를 나누고, 굿즈를 샀다. 함께 감탄할 수 있는 존재가 있다는 건 혼자 보는 것과는 또 다르게 좋다. 그리고 한 그림을 마냥 보는 지혜 씨의 뒷모습을 보는 것도 좋은 경험이었다. 이후에는 니시오기쿠보로 함께 이동할 예정이어서 미술관 내 카페에는 함께 앉아 있지 못했지만 충분히 긴 시간이었다. 치히로 미술관을 나서면서 지혜 씨는 평온한 말투로 입을 열었다.

"이번 도쿄는 정말 좋네요. 다음에 또 도쿄에 온다면 여기에서 하루 종일 있어야겠어요."

좋은 걸 보고 좋은 점이 같은 사람과 미술관에 머무른 시간. 나 또한 마음이 좋아졌다. 도쿄에 머무는 기간 중 가장 맑은 날이었다.

이듬해에는 친구 유진과 치히로 미술관을 방문했다. 둘이 가면 분명히 좋을 거라 확신했다. 좋아하는 장소를 좋아하는 사람과 방문하면 새로운 공간처럼 다가온다. 전시는 당연히 바뀌어 있었지만 또 한 번 느긋한 시간을 보냈다. 비가 내렸는데 화창한 날만큼이나 좋았다. 2층의 넓은 창에 얼굴을 가까이 대고 1층 정원을 함께 바라봤다.

그림을 보는 유진.

"왜 하필 비가 오는 거야"가 아닌 "비가 와서 더 좋다"라는 말.

서로의 입에서 누가 먼저랄 것 없이 흘러나왔다. 비가 와서인지 동네는 유난히 더 고요했다. 사람 없는 미술관에 단둘이 앉아 있으니 왠지 우리가 작은 벌레가 되어 큰 나뭇잎 아래에서 쉬는 느낌이랄까.

미술관 밖 일정은 아무래도 좋으니 비를 피할 겸 조용히 마주 보고 있는 시간. 콜라가 없는 핫케이크와 애플 아이스티 두 잔을 먹으면서 유진은 자연스럽게 최근의 일들을 이야기했다. 나는 그런 친구의 얼굴을 바라보며 생각했다.

오랫동안 오늘을 잊지 못할 것 같아.

어느새 치히로 미술관에서의 일상이 내 삶 한편에 자리했다.

조금 더 열심히 살아서 이 일상을 유지하고 싶어졌다.

치히로 미술관 도쿄 ちひろ美術館 東京 Chihiro Art Museum Tokyo

이와사키 치히로가 세상을 떠난 후, 수많은 작품이 그려졌던 집 겸 아틀리에 터에 세워진 세계 최초의 그림책 미술관입니다.

가미이구사역에 내려 미술관까지 걸어가는 길에는 치히로 미술관의 깃발이 이어집니다. 동네에 도착하자마자 친절한 안내가 느껴져서 환영받는 기분이 듭니다. 미술관에서의 시간만큼이나 미술관을 향해 걸어가는 시간 또한 즐겁습니다.

누구나 편히 즐길 수 있도록 하는 게 치히로 미술관의 목표입니다. 장애인을 위한 설계가 되어 있고, 1층에는 휠체어 사용자를 비롯해 누구나 사용이 가능한 '누구라도 화장실'이 있습니다. 당연히 남자 화장실에도 베이비 시트가 마련되어 있고, 유모차 대여가 가능합니다.

카페는 음료와 디저트는 물론 간단한 식사 메뉴가 준비되어 있고, 기념품 숍에서는 언제든지 치히로 굿즈 구입이 가능합니다. 미술관을 두르고 있는 치히로의 정원에는 이와사키 치히로가 심은 초목이 있습니다.

—

도쿄 네리마구 시모샤쿠지이 4-7-2
4 Chome-7-2 Shimoshakujii, Nerima-ku, Tokyo

홈페이지 chihiro.jp/kr/tokyo
—

02

카페 뤼미에르의
하루

히지리바시(聖橋) 그리고
카페 에리카(エリカ)

체크인을 하고 침대에 누우니 철도 소리가 들린다. 호텔 근처의 소리가 아닌, 내 귀에 고이 담아온 소리.

오차노미즈역의 히지리바시 위에 서서 듣던 소리다. 약 3~40분 전의 오차노미즈역. 바람은 하늘 위로 달아나듯 불고 해는 점점 내려오는 시간. 사람들은 아침에 걸어 나온 길로 다시 되돌아가느라 반대 방향의 전철에 오르며, 아침에 기대한 마음이 접히더라도 내일에 다시 기대를 걸어보는 공통의 저녁 시간을 보내고 있었다. 사람은 매일 어딘가로 돌아가기 위해 살아가는지도 모른다는 생각을 하며, 한참 동안 오차노미즈역 히지리바시 위에 서 있었다. 마치 하늘에서 뚝 하고 떨어진 듯이 말이다.

발밑은 간다강. 눈앞에는 강을 따라 서 있는 낮은 건물과 함께, 세 개의 노선이 겹친다. 내 쪽으로 뻗어 있는 동굴 같은 철길 위에 또 다른 철길이 있고, 그 길 바로 위에 빛바랜 녹색 철도교가 있다. 세 개의 철길을, 세 종류의 열차가, 한 공간에 거짓말처럼 섞이며 별 탈 없이 각자의 길로 사라지는 장면이 연속되는 곳. 바로 영화 「카페 뤼미에르」의 엔딩 장면이 끝도 없이 재생되는 장소다.

총 다섯 대의 열차가 하루에 딱 한 번 겹쳐진다고 한다. 확인할 길은 없다. 「카페 뤼미에르」의 엔딩 장면에는 다섯 대의 열차가 지나간다. 그 찰나의 순간을 영화라는 작품 안에 영원히 담아버렸다. 보고 싶으면 언제든 영화를 틀어버리면 되지만 내내 염원했다. 언젠가의 도쿄에서 다섯 대의 열차를 눈앞에 둬야지 하고.

영화 「카페 뤼미에르」는 아주 쉽게 "내가 가장 좋아하는 영화"라고 말할 수 있다. 오즈 야스지로 탄생 100주년을 기념하며 만든 영화로, 대만 감독 허우 샤오시엔이 연출했다. 좋아서 몇 번이나 보았다. 가장 처음 본 건 개봉했을 당시 대학생 시절, 아마도 혜화의 하이퍼텍 나다에서. 그 이후에도 작은 영화제에서 상영이 되면 반드시 영화관으로 향했다. 이제는 없어진 아트 선재 시네마에서 마지막으로 보았다.

언제부터인가 DVD를 틀어놓고는 마치 노래처럼 듣는다. 할 일을 하다가 이때쯤이면 감자조림이 나오려나 하며 들여다보고, 이때쯤이면 앞집으로 술을 빌리러 가겠지, 지금쯤이면 커피가 배달 오는 헌책방 장면이겠지 하며 보았다. 영화 속 헌책방이 진보초라는 곳에 실제로 존재한다는 것도, 배달 온 커피점도, 주인공의 단골 카페도 모두 그 근처라는 사실은 아직 모른 채, 내 생활속에서 「카페 뤼미에르」의 존재는 오랜 시간 동안 놓여 있었다.

수능을 끝낸 고등학교 3학년의 남은 시기는 내 인생에서 가장 뻥 뚫려 있던 시절이다. 고등학교 내내 공부보다는 좋아하는 것을 충실히 좋아하며 지냈던 내게도 더없는 환상의 시간이었다. 학생도 어른도 아닌 사람으로 보내는 시간. 수능을 본 후 아무것도 할 게 없는 나는, 학교가 끝나면 단짝 친구와 함께 종로로 향했다. 그 시절의 서울은 작은 영화관이 많았고, 작은 영화제가 잦았다. 연말을 맞아 '종로 영화제' 기간이었다. 몰려 있는 작은 영화관마다 상영하는 영화는 다양했고, 영화 세 편을 만 원에 상영하기도 했다. 하루에 몰아서 영화를 보며 대학은 아무래도 좋다는 생각뿐이었다. 영화에 답이 있다고 생각했을까. 그건 아니었다. 단지 할 일이 영화를 보는 일이라는 게 좋았을 것이다.

서울에서 태어나 살았기에 가능한 생활이라는 걸 안다. 그렇게 만들어진 나는, 훗날 대학생이 되어 「카페 뤼미에르」라는 영화를 좋아하는 삶을 쉽게 시작하게 되었다. 뻥 뚫린 시간을 좋아하는 사람에게 딱 맞는 영화였다. 누군가가 "아무것도 없는 영화"라거나 "아무리 소소한 면이 좋다고 해도 카페 뤼미에르는 좀 심해"라며 혹평을 하더라도 나의 좋음은 굳건했다.

"소소하다", "소박하다"는 말이 싫진 않지만, 많은 곳에서 틀리게 사용하고 있다. 일본 드라마나 영화, 소설과 에세이를 단지 '소소하다'는 분류로 묶는 건 이상하다. 대수롭지 않은 일상의 면모를 관찰하고, 개인이 겪을 수 있는 어두운 부분을 고요히 담아내는 장르를 표현하는 단어가 필요하다. 내가 이름 붙인 장르명은 '그럼에도 불구하고의 장르'다.

영화 「카모메 식당」은 호기롭게 다른 나라에서 가게를 차리고 먹고사는 여유 만만의 영화가 아니다. 「카모메 식당」이 좋은 이유는, 떠날 수밖에 없는 분명한 이유로 핀란드에 왔을 테지만 그럼에도 불구하고 당차게 오늘을 살며 내일을 만들어가는 모습만을 진득하게 보여주는 점이다.

수없이 다양한 하루를 맞이하며 다음으로 나아갈 수 없을 것 같은 사건을 겪을 때에, 그럼에도 불구하고 생활을 이어나가는 영화 속 장면들에 힘을 받곤 했다. 영화 「걸어도 걸어도」에서 옥수수가 튀겨지는 장면이 끝내 슬프게 자리하는 것도 마찬가지 이유에서다. 부엌에 서서 오늘의 음식을 만드는 장면에서 나는 어두운 마음을, 무거운 소망을 본다.

나에게 일어나지 않을 거라 믿었던 최악의 일을 맞이했을 때, 나의 반응은 오히려 늘 담담했다. 담담한 얼굴로 더 이상 내일을 살 수 없다 느낄 때면 무섭고 슬펐다. 그런 시절의 나에게 「카페 뤼미에르」는 고마운 영화였다. 영화를 보는 내내 영화 속에 들어가고 싶었다.

「카페 뤼미에르」의 주인공은 자신이 찾고 싶어 하는 것들을 위해 도쿄 여기저기를 다닌다. 그것이 대수로운지 대수롭지 않은지는 상관없이 흘러간다. 고서점을 운영하는 친구 하지메는 그런 그의 곁에 묵묵히 함께하며, 열차를 타고 이동할 때에는 열차 소리를 녹음한다. 그 열차 소리가 유용한지 아닌지도 중요하지 않다. 그렇게 조용하고 묵묵하게 좋아하는 걸 하며 지내는 삶을, 영화라는 창을 통해 나는 조용히 지켜보았다.

어느덧 시간이 흘러 도쿄에서 처음으로 혼자가 된 나는 내가 좋아하는 걸 찾는 여행을 하는 중이다.

바로 도쿄 속 「카페 뤼미에르」를 찾는 여행.

거창한 테마보다 그저 혼자이기에 가능한 방향으로 움직인다. 나리타 공항에 내리자마자 닛포리에 가서 카레와 아이스커피, 조금 걷다가 계란 샌드위치와 따뜻한 커피를 마셨다(혼자의 여행은 쉽게 끼니를 거르기도 하고, 두 끼를 한 번에 먹기도 한다). 그리고 네즈역에서 오차노미즈역으로 향하는 열차에 올랐다. 혼자의 도쿄 여행은 오차노미즈에서부터 곧장 「카페 뤼미에르」의 하루로 시작된다. 조금 전까지만 해도 서울에 있던 나였는데 말이다.

역에서 얼마 벗어나지 않아 다리 위에 도착했다. 그렇게 서 있게 된 히지리바시 위의 저녁 시간. 감동을 받을 준비도 되어 있지 않았다. 영화 속 시선이 일상적인 장소에서 가능할 줄이야. 어딘지 모를 건물 위의 풍경도 아니고, 누구든 쉽게 지날 수 있는 다리 위의 풍경이라는 점이 고마웠다.

"좋아하는 것이 있기에 스스로 감동받는 삶."

조용히 서서 중얼거렸다.

단번에 떠오른 문장이었다. 언제나 좋아하는 것에 대해 아낌없이 마음을 쏟아부으려고 하는 나의 삶으로부터 온 문장이었다. 오랫동안 좋아해온 것이 있기에 가능한 감동. 그 감동에 좀처럼 자리를 뜰 수가 없었다.

내 옆에는 백발의 남성이 엄청난 카메라를 들고 내내 풍경 사진을 찍었다. 철도 마니아인 걸까. 아니면 나처럼 「카페 뤼미에르」를 좋아할 수도 있고. 그저 이 풍경을 좋아하기에 담고 있을지도. 그 출발이 어찌 되었든 같은 시간, 같은 장소에서 각자의 삶에 맞는 감동을 누리는 중이었다.

다리에 기대어 하염없이 열차 소리를 듣고 있다가 문득 뒤를 돌았다. 해가 지고 있었고 하늘이 벌겋게 물들어 있었다. 마치 지는 해와 함께 열차의 오고 감을 지켜보고 있던 것 같다.

길 반대편에는 해를 지켜보느라 사람들이 서 있었다. 꽤나 많은 사람이 지나가던 길을 멈추고 지는 해를 바라본다. 분명히 퇴근길을 멈추게 만들 만한 노을이었다. 이곳에서 일상을 보내는 이들에게도 모처럼 벌겋고 진하게 해가 지는 노을이 특별하겠지. 단번에 내 인생이 시시해졌다. 이 시시함이 좋았다.

"이제 집에 가자."

또 한 번 소리 내어 말했다. 집에서 출발한 뒤 이제야 도쿄에 도착했으면서, 아직 호텔에 짐을 풀지도 않았으면서, 곧 들어갈 작은 호텔 방을 지금의 집으로 여기는 심보는 어디서 배운 건지. 계속해서 덜컹거리며 등장하고 사라지는 열차들을 바라보다가, 그중 어떤 열차를 타게 될지 모른 채 그렇게 호텔로 나를 옮겼다.

방에 누워 있는 내내 오차노미즈역을 떠올리며 지난 열차 소리를 떠올리는 초저녁. 이 소리가 어쩌면 영화 내내 하지메가 녹음하던 열차 소리이지 않을까. 조용히 눈을 감았다.

카페 에리카의 노란 간판이
멀리서부터 보인다.

여행의 마지막 날. 다시 오차노미즈역으로 향했다. 첫날과 다르게 비가 많이 내렸다. 다시 한 번 히지리바시에 올라 며칠 전에 본 풍경 위에 겹쳐 오늘의 장면을 눈에 꾹꾹 담았다. 넘치지 않게 담고서야 진보초를 향해 걸었다. 「카페 뤼미에르」를 찾는 여행의 마지막 여정인 카페 에리카에 방문하기 위해서였다.

영화에 나온 카페 에리카는 사라졌다고 한다. 본점 대신 2호점이 남아 있다고. 그곳 또한 아직까지 남아 있을까 하는 의심이 들었지만…… 어느 모퉁이에 조용히 자리하고 있는 카페 에리카에 무사히 도착할 수 있었다.

카페 문을 열고 들어간 나는 조금 놀랐다. 영화 속 공기는 그대로였다. 아직 이른 점심시간이라 그런지 손님은 나 혼자였다. 주인공이 앉았을 법한 테이블에 자리를 잡고 앉았다. 메뉴판을 건네지도 않고 물을 내어주며 웃는 마스터. 다짜고짜 주문을 받을 표정으로 다가오시기에 속으로 당황했지만 현실의 나는 늘 담담하다.

"따뜻한 커피랑 토스트 주세요."

"그래요."

무언가 영화처럼 자연스럽게 흘렀다. 조금 뒤, 얇은 흰 잔에 담긴 따뜻한 커피, 작은 스테인리스 접시 위에 두꺼운 토스트 그리고 소금병이 놓였다. 토스트는 두꺼운 식빵 두 장을 구운 뒤 반으로 잘라 총 네 조각이었다. 첫 입에 고소한 기름짐이 퍼졌다. 따뜻했다.

어느덧 영화 속에 들어와 있다. 주인공은 카페 에리카에서 우유를 주문했던가.

시간이 지나자 차츰 인근 주민인 듯한 아저씨들이 등장했고, 내 앞에 놓인 신문 수납장에서 신문을 가져가 읽었다. 신문이 접히는 한가운데를 긴 쇠로 철해놓으니 걸기도 편하고 읽기도 편하다는 걸 처음 알았다.

토스트와 따뜻한 커피.
하트 모양의 오래된 나무 의자가 마주하고 있다.

비행기 시간 때문에 금방 일어나야 했다. 짐을 챙기려고 몸을 움직이니 마스터가 다가왔다. 물을 들고 있었다.

"아, 괜찮습니다."

"응? 괜찮아? 필요해?"

"아."

'다이죠부데스'라고 쉽게 말해버린 탓이었다. 괜찮다는 게 좋다는 의미로 들린 걸까.

곧바로 유리컵을 들고 물을 달라고 했다. 웃으며 따라주는 마스터. 오늘의 영화 한 편을 찍은 기분으로 따라준 물을 달게 마시고 일어났다.

좋은 일 같은 거 없어도 좋아. 있으면 좋겠지만.

「카페 뤼미에르」의 엔딩 노래 가사를 떠올린다.

언제나 이런 마음으로 내 삶을 살고, 여행을 한다. 좋아하는 것이 있기에 꾸준히 살아갈 수 있을 것이다. 좋은 일을 내심 기다리면서도, 몸을 움직여 좋은 일 쪽으로 먼저 다가가면서 말이다.

히지리바시 聖橋

오차노미즈역에 내려 히지리바시 방향으로 나와 횡단보도를 건너면 곧장 다리입니다. 길을 건넌 쪽에서 보아야 「카페 뤼미에르」의 마지막 장면을 만날 수 있습니다. 히지리바시를 멀리서 보고 싶다면 맞은편에 있는 오차노미즈바시로 가서 봐주세요. 다리마다 간다강의 다른 매력을 느낄 수 있습니다.

—
도쿄 지요다구 간다 스루가다이 4
4 Chome, Kanda Surugadai, Chiyoda-ku, Tokyo
—

카페 에리카 エリカ

고즈넉한 외관에 큼지막하게 달린 샛노란 간판은 멀리서부터 반갑습니다. 입구의 담배 자판기와 라이터 판매대는 진보초에 있음을 느끼게 해줍니다. 푹신한 의자에 달린 하트 모양의 나무 등받이와 길쭉한 나무 테이블 위의 꽤 커다란 설탕통, 테이블에 놓인 기다란 꽃이나 조명 등은 영화 속 그대로입니다. 장소는 다르지만 영화 속의 느낌이 그대로 느껴져 「카페 뤼미에르」를 좋아하는 사람이라면 분명 좋은 시간을 보낼 수 있습니다만, 아쉽게도 카페 에리카는 2019년 3월까지만 운영하고 폐점했습니다.

03

지금 좋아하는 것을
그저 좋아할 뿐

7th FLOOR

♫ 때는 2011년. 우연히 랜턴 퍼레이드의 「나뭇잎이 진다(木の葉散る)」 뮤직비디오를 보고 한참을 멍하게 앉아 있었다. 『여름의 자초지종(夏の一部始終)』이라는 앨범의 첫 곡으로 "그 시절로 돌아가고 싶어 가능한 일이라면. 하고 그녀가 중얼거렸다"라는 가사가 흐른다. 비가 내리는 어두운 풍경 속을 걷는 뒷모습이 전부인 뮤직비디오로, 마치 누군가의 퇴근길처럼 보이기도 했다. 표정 연기도 스토리도 없지만 발걸음에서는 터덜터덜 소리가 들렸다. 그 영상 하나로 랜턴 퍼레이드라는 뮤지션을 알게 되었고, 팀이 아니라 단 한 사람으로 활동한다는 걸 알게 된 이후에는 그의 일기장을 듣는 기분이었다.

당시에는 아마존재팬도 몰랐고, 일본 앨범이라면 레코드 숍에 없다면 살 수 없었다. 뮤직비디오만으로 실내에서만 듣다 보니 그 갈증은 점점 커질 수밖에 없었는데, 생각보다 가까운 곳에서 앨범을 판매하고 있었다. 바로 동교동에 있는 아메노히 커피점. 드디어 앨범 전부를 들을 수 있었다(당시 구매한 앨범에는 점주분이 직접 번역한 가사집도 함께 들어 있었다).

그 덕에 어디서든 랜턴 퍼레이드의 이야기를 들으며 차곡차곡 좋아함을 매년 키워가던 중, 2016년 봄에 교토 공연 소식을 접했다. 이제 막 퇴사를 했던 때라 가지 않을 이유는 없었으나 갈 수 없었다. 교토의 봄은 실로 어마어마했다. 벚꽃 시즌에 방은 오래전에 동이 났다. 캡슐호텔마저 자리가 없었다. 이미 내 몸과 마음은 공연이 현실인 줄만 알았는데, 그 현실 속 사정은 팍팍했다. 어딘가에 묵지 않고 공연만 보고 돌아오는 일은 차마 할 수 없었다. 하지만 내 일상에서 일본으로 직접 공연을 보러 간다는 가능성이 절취선을 따라 개봉되었다. 도쿄에서 한다면 갈 수 있지 않을까? 아쉬움으로 시작된 용기로 직접 SNS 메시지를 보냈다.

한국에 사는 당신의 팬입니다. 올해 도쿄 공연 일정이 어떻게 되십니까?

답변이 오지 않을지도 모른다고 생각했으나 의외로 빠르게 답변이 도착했다.

감사합니다(감사합니다는 한국어로 쓰여 있었다)! *지금 정해진 일정은 도쿄에서 4월 22일(trio set) / 5월 25일(band set)입니다.*

서울에서 매일 당신의 노래를 듣고 응원하고 있다고 말하며 공연을 보러 꼭 가겠다고 말했더니 마지막 메시지가 도착했다.

기쁘다です!

한눈에 선명하게 보이던 숫자. 5월 25일. 당장 5월 도쿄행 티켓을 끊었다.

5월 25일 공연은 시부야의 7th FLOOR에서 있었다. 예매하지 않아도 되는 뮤지션을 좋아하는 건 편했다. 매진은 되지 않지만, 누군가는 비행기를 타고 보러 오는 그런 공연.

종일 시부야 근처에서 돌아다니다가 시부야 로프트 앞 오래된 지하 커피점에 들어가 쉬기로 했다. 공연까지 남은 시간은 대략 3시간 정도. 그때 보조 배터리를 호텔 방에 놓고 온 걸 알아차렸다. 이대로라면 공연의 한 장면도 담을 수 없을 것이라는 사실. 일본 공연은 처음이어서 영상이나 사진을 찍어도 되는지 몰랐지만, 그래도 곱절의 차비를 써가며 서둘러 호텔로 돌아갔다.

보조 배터리 덕분에 공연 전 쉬는 시간이 생겼다. 호텔 방에 들른 김에 랜턴 퍼레이드에게 편지를 썼다. 종이를 찾기 위해 가방을 뒤졌는데 내 그림이 그려진 포스터뿐이었다. 차라리 잘됐다 생각하며 포스터의 여백에 빼곡히 적어 내려갔다.

가방에 편지와 앨범 두 장을 챙겨 다시 시부야로 향했다. 퇴근 시간 시부야는 굉장하다는 걸 또 한 번 실감하며, 사서 고생한 나를 질책할 힘도 없이 공연장에 도착했다. 그런데 입구가 보이지 않았다. 무척이나 열심히 불친절하게 설계된 건물이었다. 설마 여기일까 하는 느낌이 이끄는 곳에 건물 외부 엘리베이터가 있다. 7층에 도착하고 문이 열리니 곧장 공연장이 나타났다(일본의 건물은 때때로 너무나 박력 넘친다).

현장 구매를 마치고 입장하니 공연 시작 시간에 조금 빠듯하게 도착했는데도 빈자리가 많았다. 마침 DJ로 참여한 뮤지션 비디오

테이프뮤직(VIDEOTAPEMUSIC)의 순서였다.

밴드 공연이었기에 보고 듣는 입장에서는 득을 보는 무대였다. 베이스는 무려 서니 데이 서비스의 보컬 소카베 케이이치 씨. 물론, 기타 하나로 차분히 연주하며 노래하는 공연이라 해도 나름의 감동이 있었겠지만 말이다.

조용히 자리한 사람들 사이로 노래를 부르는 랜턴 퍼레이드가 바로 내 앞에 있었다. 정직한 목소리, 담담하게 읊는 가사, 그리고 노래를 마친 후 여운의 끝에서 또박또박하게 인사하는 모습이 좋았다. '좋아하길 잘했어' 하는 표정으로 눈물을 훔치듯 뜨겁게 박수를 보냈다. 노래와 노래 사이에는 비디오테이프뮤직의 디제잉과 시부야의 야경이 바로 옆에서 동시에 재생되고, 술을 마시는 사람들이 간간이 있는 가운데 랜턴 퍼레이드의 무대가 눈앞에 펼쳐지는 밤.

'이런 곳에 엘리베이터가?' 싶은 곳에 7th FLOOR로 향하는 전용 엘리베이터가 있다.

앞줄의 몇몇 사람들이 휴대폰을 슬며시 올려 사진을 찍거나 영상을 찍기에 안심을 하며 나도 덩달아 몇 곡을 영상으로 담았다. 어느덧 뒤를 돌아보니 빈자리였던 의자들은 빼곡하게 채워져 서 있는 관객까지 있다. 너무 넓지도 않고, 그렇다고 너무 좁지도 않은 적당한 규모였기에 멀찍이 서 있는 관객들의 존재는 공연을 한껏 흥이 나게 만들었다. 오른쪽으로 보이는 창밖의 풍경 덕분

로고가 멋지다.

인지 공연을 보는 내내 시원한 기운이 맴돌았다. 지하가 아닌 공연은 이렇게나 다르구나.

어느새 공연이 끝이 났고 나는 끝없는 박수를 보냈다. 곧장 랜턴 퍼레이드의 사인을 받기 위해 줄을 섰다. 출구 앞에서 CD를 판매하며, 사인을 하는 뮤지션의 모습은 홍대 공연장 공중캠프의 분위기와 닮아 있었다. 앞사람이 사인과 함께 짧은 대화를 나누는 걸 고스란히 본 후 이제 내 차례.

"안녕하세요. 저는 서울에서 온 진아라고 합니다."

나도 모르게 튀어나온 자기소개. 즉시 반가운 태도를 내비치며 기억하고 있다고 말해주는 다정한 반응이 어찌나 고맙던지. 두 장의 앨범을 내밀었고 앨범에 가득가득하게 사인을 해주는 모습을 보았다. 입가에 미소를 한껏 머금고서 입을 열었다.

"언젠가 서울에서도 랜턴 퍼레이드의 공연을 보고 싶어요."

나의 말에 랜턴 퍼레이드는 난감한 표정을 지었다.

"그렇네요. 하지만 어렵네요."

망설임 없이 어렵다는 대답이 돌아와서 조금 놀랐다. 머물고 있는 곳에서 각자의 삶이 있다는 사실이 선명해졌다. 당연하게도 랜턴 퍼레이드에게는 랜턴 퍼레이드가 아닌 일상이 분명히 존재할 것이다(나중에 출퇴근을 하는 생활을 하고 있다고 들었다).

돌이켜보았다. 처음 보았던 뮤직비디오를.

역에서 나와 우산을 펼쳐 들고 어디론가 향하는 밤.

어쩌면 랜턴 퍼레이드 아니, 시미즈 타미히로 씨의 일상이 아니었을까. 아침에 출근하고 밤이면 다시 집으로 돌아와서 하루를 보내며, 떠다니던 생각들이 떠나기 전에 붙잡아 곡을 지어내고 연주와 함께 노래를 하는 삶. 나는 그의 노랫말을 더욱 좋아하게 되었다. 지난 나의 출퇴근길을 떠올리면서.

『여름의 자초지종』 앨범에는 같은 제목의 노래가 수록되어 있다. 중간에 이런 가사가 나온다.

꿈을 꿀 수 없어. 지금 할 수 있는 일을 그저 할 뿐.

평범한 일상에서 어떤 일들을 맞이할 때마다 이 구절이 머릿속에서 저절로 재생되었다. 미래가 보이지 않지만 지금 내가 할 수 있는 일을 그저 하는 것뿐이라는 게 슬프기도 하고 어째선지 안심이 되는 기분.

돌아온 호텔 방에서 사인 가득한 앨범을 펼쳐 보며 씨익 웃었다.

ジンアさんへ (진아 씨에게)

ようこそ東京へ! (환영해요 도쿄에!)

ありがとうございました! (고마웠습니다!)

カンサハムニダ!! (감사하무니다!!)

침대에 사인 CD를 펼쳐놓고 이리저리 사진을 찍는데 휴대폰이 울렸다. 일본어로 적힌 메시지가 창에 떠 있었다.

今日はどうもありがとうございました!

日本の旅、楽しんで行ってくださいね!

可愛らしい手紙もとても嬉しかったです。 감사합니다!!

(오늘은 고마웠습니다. 일본 여행, 잘 즐기다 가세요!

귀여운 손 편지도 무척이나 기뻤습니다. 감사합니다!!)

공연을 끝낸 밤에 피곤할 텐데도 마음을 써서 먼저 메시지를 보내주어 고마웠다. 공연 문의부터 내내 귀찮게 한 것 같아 손 편지를 끝으로 메시지를 보낼 마음을 먹지 못했는데.

지금 당장 멀리의 꿈이 보이진 않지만, 지금 좋아하는 걸 그저 좋아하는 삶을 살고 있던 그 밤. 그렇게 당장 볼 수 있는 나의 웃음을 위해 부지런히 움직인 일이 결코 별거 아닌 일이 아니었다. 웃음 가득 머금고 답장을 보냈다.

また、ライブを見に来ます。本当に良い時間でした。いつまでも今日を忘れません。では、また!

(또, 라이브를 보러 오겠습니다. 정말 좋은 시간이었어요. 언제까지나 오늘을 잊지 않을 거예요. 그럼 또!)

 _____ **7th FLOOR**

O-WEST 빌딩 7층에 위치한 라이브 하우스 & 바입니다. 홈페이지 스케줄표에 공연 일정을 상시 업데이트합니다. 한국 뮤지션 중에서는 이랑 밴드, 파라솔 등이 공연을 했습니다.
간단한 음식과 음료 메뉴도 충실히 있습니다. 모르는 뮤지션이더라도, 시부야의 야경과 함께 노래를 들으며 술 한잔 마시기에 더없이 좋겠죠.

—
도쿄 시부야구 마루야마초 2-3 O-west 빌딩 7층
7F, O-west Building, 2-3 Maruyamacho, Shibuya-ku, Tokyo

홈페이지 7th-floor.net
인스타그램 @7thfloornanakai
트위터 @7thFLOORnanakai
—

04

만화책을 보는
백발 할머니가
되는 꿈

쇼와 생활 박물관(昭和のくらし博物館)

만화를 좋아하지만 만화를 그릴 수는 없다. 일러스트를 만화식으로 구성할 수는 있지만, 한 권 분량의 만화를 만들어내는 일에 대해서는 감당하기 어렵다고 느낀다.

그림을 그리고 글을 쓰는 일은 나의 생활에서부터 딛고 일어나 행하고 있으므로, 어차피 정답이 없다는 마음에 용기를 가지고 해나간다. 그림 작업도 물론 어렵지만 재능이 없더라도 결국 인간이 하는 일이니 거듭하다 보면 내가 할 수 있는 그림이 나타난다는 마음으로 이어가고 있다. 한편, 만화는 그렇지 못하다. 만화는 다른 영역이다.

좋아하는 만화책도 만화가도 많다. 어쩌면 내 인생에서 가장 많은 독서의 자세를 취하게 한 책은 만화책일 것이다. 하지만 만화는 그리려는 시도조차 할 수 없다. 만화의 신은 나에게 만화에 관심을 둘 만한 밝은 시선만을 건넸을지도 모른다. 언제나 만화를 그리는 이의 머릿속이 궁금했지만, 그 머릿속을 절대 경험해보지 못할 테니 그저 꾸준히 만화를 즐기며 살 뿐이다.

그런 만화 생활 중 '대단하다'라는 감상 끝에 '나도' 하며 작은 욕구가 마음 언저리에 걸터앉은 적이 있다. 국내에는 지금까지 네 권의 만화책(놀랍게도 2019년 3월에 두 권이 출간되었다)과 단 한 권의 어린이책만이 번역된 타카노 후미코의 만화를 봤을 때. 이 세상에서 그린 그림이 아닌 듯한 그림체와 이 세상을 겪고 나서 삼켜버린 듯한 세계관을 지구라는 배경을 토대로 이야기하는 방식에 마음을 뺏겼다. 분명히 지구에 살며 만화책을 읽고 있는데, 지구를 벗어나 옛 별을 그리워하는 기분이 들곤 했다. 그 감상의 끝에서 알 수 없는 응원이 돋아나 '어쩌면 나도' 하며 슬며시 만화를 그리고 싶은 욕구가 고개를 내민 것이다.

2016년 타카노 후미코의 『막대가 하나』가 번역 출간되었을 때, 어느 심야에 만화책을 넘기던 나는 점점 몸을 웅크렸다. 그 안에 그려진 어린아이, 만화 속 작은 말풍선에 점점 가까워지고 싶었다. 한 컷 한 컷이 나의 각기 다른 모든 인생을 대변할 것만 같은, 타카노 후미코만의 우주 같은 맥락들이 내 삶에 퍼즐처럼 다가왔다.

단 한 권의 책만으로도 심하게 빠져버린 나는 후쿠오카 여행 중 무인양품 무지북스에서 타카노 후미코의 코너를 발견하고 원서를 바리바리 사 들고 와버렸다. 배낭여행 + 철도여행이었기에 이동하는 내내 행복한 무거움이라 여겼다.

그렇게 내 작업실에 모아놓은 타카노 후미코의 만화책들은 생각을 스트레칭하고 싶을 때마다 곧장 펼쳐 보고는 했다. 특유의 시원한 선, 그립고 멋진 색감, 보통의 이야기를 자신만의 도구로 잘 다진 뒤에 만화라는 구성으로 말끔하게 차려내는 능력. 무언가를 좋아하기만 하는 나에게는 손에 잡히지 않는 아름다움이었다. 하지만 어째서 어느 순간부터는 작품 활동을 하지 않는 걸까. 그보다 훨씬 늦게 태어난 팬은 운다.

우는 마음으로 이미 나와 있는 책들만을 훑어보던 와중에 믿기 어려운 소식 하나가 덩그러니 올라왔다. 나를 도쿄로 향하게 만드는 소식. 타카노 후미코의 원화전이었다. 서로의 삶이 어느 정도 겹친 덕이다.

또 한 번 전시만을 위한 비행기 표를 끊었다. 아슬아슬하게 전시 마지막 달에 갈 수 있었다. 전시 공간은 처음 들어본 '쇼와 생활 박물관'. 쇼와 시대에 지어진 건물로 당시의 민가를 보존하고 있는 박물관이었다. 어쩌면 한국의 민속촌과 비슷한 분위기를 풍길까, 원화는 몇 장일지, 전시 규모는 어떠할지…… 묘한 두려움이 조금씩 커졌지만 단 한 장의 원화가 걸려 있더라도 상관없는 게 팬의 마음이었다.

쇼와 생활 박물관은 확실히 특이한 곳이었다. 금, 토, 일만 운영하고 다마강 근처 구석진 곳에 있다. 다마강은 부러 찾아갈 수도 있지만, 좀처럼 가기 어려운 곳이기도 하다. 도쿄는 정말 크구나.

얼마 후 서니 보이 북스의 점주 타카하시 씨가 사적인서점에 토크 행사를 하러 서울에 방문했을 때, 함께 막걸리를 먹으러 간 적이 있었다. 신나게 도쿄와 서울 이야기를 하다가 곧 쇼와 생활 박물관에서 하는 전시를 보러 도쿄에 간다고 하니, 그런 이유로

도쿄에 가느냐며 놀라워했다. 그러자 함께 있던 도쿄의 일러스트
레이터 아베 류이치 씨가 말했다.

"타카노 후미코의 전시가 있지요."

와, 반가운 동조였다. 나는 아베 류이치 씨의 그림을 좋아한다.
잔잔한 물에서 낚아 올린 듯한 연필화는 언제나 마음을 고요하게
만든다. 그런 그와 타카노 후미코 이야기를 나눴던 순간이 좋았다.

"멀지요. 거기."

역시나 도쿄 사람에게도 먼 곳이었다.

누구보다도 멀리서 출발한 나는 2017년 12월, 따뜻한 도쿄의 겨
울에 쇼와 생활 박물관에 도착했다. 숙소는 나카메구로로 박물관
까지 그리 멀지 않았다. 북적거리는 열차에 오른 후 시간이 흐르자
금방 한산해졌다. 점점 사람이 줄어들며 어딘가에 도착하는 걸 좋
아한다. 도쿄는 그 감각이 사방으로 가능한 도시다.

역에서 내려 조용한 거리를 지나 드문드문 달리는 자동차들 사
이를 건너니 금방 다다랐다. 오래된 목조 건물. 그야말로 고도 경
제성장 직전의 주택, 버블 경제기의 수많은 변화 속에서 살아남
은 건물이었다. 실제로 마주하니 그 오래된 색의 무게에 기대감
이 사라질 뻔했으나 타카노 후미코의 전시 포스터를 보고 마음이
놓였다.

전시 제목은 '쇼와 어린이 원화전(昭和のこども原画展)'.

한 가정이 살았던 옛집이지만 박물관답게 매표소도 있다. 누군

가의 생활 공간이었다고 생각하니 기분이 묘해졌다. 어쩌면 이만 큼 외곽에 있어서 남아 있던 것은 아닐까. 1951년부터 1996년까지 45년간, 실제로 생활했던 흔적이 그대로였다. 박물관 관장인 고이즈미 가즈코 씨는 바로 이 집의 장녀. 다마강과 가까운 목조 주택에서 자랐기 때문일까. 일본의 가구와 가사, 주택을 연구하는 사람이 되었고, 2002년에 자신이 살던 집이 일본 등록문화재로 지정이 된 후에는 박물관 관장으로서 공간을 이어가고 있다.

현관을 열고 들어가니 곧장 서재 겸 응접실이 나왔다. 50년대에 나름 서양식으로 꾸민 모습에 지난 여행 때 방문한 치히로 미술관의 아틀리에가 생각났다. 그저 그대로 두었기에 남아 있게 된 내부의 분위기가 자연스러웠다.

입구에 준비되어 있는
양말이 마음에 들었다.

현관 앞에 있는 손뜨개 양말을 신고, 2층에 마련된 두 개의 방을 보고 내려왔다. 그대로 부엌을 지나 꺾으면 거실과 담화실이 나오는 정겨움. 마당을 두르는 ㄱ 자 형태인 집의 매력을 잠시나마 느꼈다.

박물관이기에 그 자체로도 의미가 있으나, 이곳 어딘가에 타카노 후미코의 원화가 걸려 있는 방이 있다고 생각하니 좀처럼 집중이 되지 않았다. 담화실과 거실 사이의 계단을 올라가면 나오는 기획 전시실이 바로 전시장, 아니 전시방이었다. 이전에는 하숙생에게 내주던 방이라고 한다.

내 방만 한 방에 조용히 들어가니 벽을 둘러 전시된 타카노 후미코의 원화들이 한눈에 보였다. 그림이 많지 않아도 보는 시간은 아주 오래 걸렸다. 시대의 흐름이 담긴 원화는 지금의 나를 돌아보게 만든다. 손때가 묻어 있고, 텍스트 작업의 풀칠이 느껴지며, 틀린 곳의 덧댐과 지움이 고스란히 전해졌다. 더불어 완벽히 붙어 있는 펜톤 컬러의 가지런함은 조금 경악스럽기도 했다.

전시 중인 방 앞에는 아주 얇은 천에 전시 제목이 적혀 있는데 직접 만든 듯한 느낌이 좋았다. "쇼와 어린이 원화전".

안자이 미즈마루 그리고 와다 마코토의 원화와는 또 다르다. 이 경악스러움은 만화가의 원화이기에 가능한 것일까.

『막대가 하나』원화도 물론 있었다. 게다가 좋아하는 컷의 원화가 액자에 걸려 있으니, 이번 생은 역시 나쁘지 않다. 작가가 자신의 원화를 공개하고 전시하는 일은 역시나 어려울 테다. 실수를 함께 전시하고 있으니. 그렇기에 한 장의 그림을 마주한다는 건 이상하도록 감격스러운 일이다. 지금 보고 있는 걸 보고 싶을 때 또 볼 수 있는 것이 아니다. 보고 있는 이 순간이 내내 이어졌으면 했다. 보고 있는 그림을 계속 보느라 작은 방 안에서의 시간은 덧없이 흘렀다.

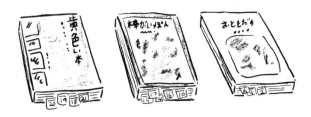

전시 중인 원화가 어떤 책, 어느 페이지에 있는지 번호가 매겨져 있다.

전시 제목답게 타카노 후미코 만화 속에 등장하는 쇼와 시대의 어린이 그림들이 차분하게 꾸려졌고, 그 그림들이 수록된 실제 책들이 함께 전시되어 있었다. 관람객이 책을 갖고 있지 않아도 함께 볼 수 있는 친절함이 좋았다.

2층 창에 내리쬐는 빛으로 방 안은 온통 노란빛이 가득했다.

실제로 생활했던 하숙생은 이 방에서 어떤 날을 보냈을까. 노력하지 않더라도 방에 돌아오기만 한다면 고요해지는 삶이었을까. 알지 못하는 타인의 생활을 억지로 좋게 상상하는 건 나쁜 태도이지만, 타카노 후미코의 그림에 둘러싸여 있으니 좋은 망상만이 떠다녔다.

그간 '어쩌면 나도 타카노 후미코처럼 그릴 수 있을까' 생각하며 뱉어냈던 마음은 쏙 들어갔다. 타카노 후미코의 원화로 인해, 내 인생에서 '만화'라는 존재를 이제야 제대로 설정해둘 수 있었다.

나는 만화를 좋아한다. 만화 안에서 이따금씩 나를 발견한다. 감동받을 건 받고, 나머지는 재미있게 흘려보낸다. 그렇게 손에

꼽히는 인생의 교과서인 만화를 내 삶의 곁에 둔다. 활발히 좋아하고, 소유하며, 자주 들춰보면서 만화가를 존재하게 한다. 이 설정 안에는 어디에도 '만화를 그린다' 혹은 '만화로 표현해본다'는 없다. 쇼와 생활 박물관의 2층 기획 전시실에 덩그러니 서서 타카노 후미코의 원화를 보고 있던 그 순간만큼은 확고하게 생각했다.

돌이켜보니 글을 적고 그림을 그리는 일은 그 과정이 즐겁다. 어쩌다 책을 쓰게 되었을 때 내가 할 수 있을까라는 의구심은 금세 잊고 즐거움을 자주 느꼈다. 작업하는 도중 잠시 일어나 화장실에 다녀오면서도 호들갑을 떨며 '즐겁다!' 하는 기운이 솟구쳤다. 속도가 더딘 나 때문에 스스로 괴롭더라도 즐겁기 때문에 실행이 가능했다. 하지만 만화는 다르다. 괴로움이 먼저다. 몇 번 시도했을 때 나는 그 몇 번 동안 모두 울었다. 울며 완성했고, 다신 보기 싫었다. 하고 싶은 것을 끝내 못할 때, 내 것을 내가 보기 힘들 때의 외로움은 꽤 크다. 내가 나에게 버려진 기분까지 든다.

그림을 그리는 일러스트레이터와 글을 쓰는 수필가와는 다르게, 만화가라는 직업에 대해서는 과정보다 어서 만화가가 되고 싶은 마음이 앞선다. 뭐든 좋으니 멋진 만화를 완성한 만화가로 있어보고 싶은 마음이. 그 차이가 부끄럽기에, 이번 생에 만화가가 되는 일은 말끔하게 포기했다. 나는 내 한계 안에서 이뤄낼 수 있는 것들을 찾으며 살 테니 이 포기가 슬프지만은 않았다. 타카노 후미코로부터 건강한 응원을 또 한 번 받았으니까, 그 응원은 지금의 나를 충분히 북돋아줄 것이다.

작은 방명록 수첩에 짧은 글을 적어놓고 다시 계단을 내려왔다. 타카노 후미코는 한국인이 쓴 삐뚤삐뚤한 일본어 후기를 읽었을까.

이 전시를 보기 위해서 한국에서부터 왔습니다.

먼 길이었지만, 볼 수 있어서 기쁩니다.

덕분에 도쿄의 겨울을 알고 돌아갑니다.

고맙습니다.

12/10. 진아.

담화실로 내려와 박물관 측에서 건네준 차를 마시며 쇼와와 관련된 책자를 보다가 기념품 숍을 둘러보았다. 사려고 벼르던 타카노 후미코의 굿즈는 품절이라 어찌나 슬프던지. 며칠 후면 재입고된다고 해서 해외 배송을 문의했지만 어렵다는 대답을 받았다. 아쉬운 마음에 박물관 내내 신고 다녔던 손뜨개 양말을 다른 종류로 두 켤레나 구입했다. 쇼와를 넘어서 수족냉증 인간의 좋은 구매였다.

그리고 돌아서는데 신기한 일이 있었다. 방금까지 내가 앉아 있던 담화실에, 평소 좋아하는 뮤지션인 에머슨 키타무라 씨가 있는 게 아닌가. 좋아하는 음악을 연주하는 사람과 취향이 맞다니. 달려가서 인사를 건네고 싶었지만 나를 꽉 잡았다. '개인의 시간을 지켜주자'라는 내 캠페인을 실천했다. 멀리서 손을 모으고 살짝 인사를 건네며 그렇게 박물관을 빠져나왔다.

한 달 뒤 홍대 공중캠프에서 그의 공연이 있었고, 당연히 그를 보러 갔다. 공연 후 바리바리 가져간 CD에 사인을 받으며 그제야 말을 건넸다. 타카노 후미코의 전시를 보러 갔다가 당신을 보았고, 의외의 장소에서 우연히 만났기에 혼자서만 기뻤다고. 한 달 만의 늦은 주절거림에 신이 났다.

돌아온 건 서니 보이 북스의 타카하시 씨와 같은 반응이었다.

"그러니까, 타카노 후미코 씨의 전시를 보기 위해서 도쿄에 간 겁니까?"

거듭 끄덕였더니 "타카노 후미코 씨의 책이 한국에도 번역되어 있습니까?" 하며 또다시 놀란 반응. 곧장 제목을 말하려는 순간 '막대가 하나'가 일본어로 나오지 않았다.

"잇뽕…… 잇뽕……."

내 입에서 자신 없게 새어나오는 대답을 듣고는 단번에 맞추는 에머슨 키타무라 씨.

"보오가 잇뽕(棒がいっぽん)!"

"네! 네! 맞아요!"

서로 좋아하는 것이 같다는 그 기쁨!

쇼와 생활 박물관 홈페이지에서, 이제 만화보다 바느질이 좋다고 말하는 타카노 후미코의 최근 모습을 보았다. 간호사로 살다가,

만화가로 살다가, 이제는 바느질을 하며 지내는 백발의 여성. 삶은 길고, 변화는 분명 있다. 지금까지의 짧은 내 생도 그러하듯이.

변화 속에서 휘둘리며 살더라도 단순하게 좋아하는 것들을 꾸준히 안고 가고 싶다. 어쩌면, 모두에게 그런 작은 면모들이 사실은 있지 않을까. 때가 되면 만화책에 빠져드는 심야의 나처럼. 고등학생 시절의 나에게도 그런 심야는 똑같이 있었으니까 말이다. 백발의 할머니가 되어도 쿡쿡거리며 "맞아 맞아" 하며 읽어나갈 만화책들은 꼭 끼고 살리라 다짐했다.

그렇기에 타카노 후미코의 만화책들은 더욱 열심히 번역되어야 한다. 전부 번역되어 출간되는 속도가 빠를까 아니면, 원서로 읽는 일본어 실력을 겸비하는 날이 빨리 올까. 어느 쪽이든 당장 눈앞의 변화로 다가오면 좋겠는데 말이다.

쇼와 생활 박물관 昭和のくらし博物館

시간 여행은 어렵지만, 체험은 가능할지도 모릅니다. 쇼와 생활 박물관은 일부러 꾸며놓은 게 아닌 그대로 보존된 민가이기에, 살아본 적 없는 사람이더라도 어째선지 그리움을 느끼고 마는 곳입니다.
'찾아오는 길이 어렵게 느껴진다면, 쇼와의 숨겨진 옛집을 찾는다는 감각으로 방문해달라'고 말하는 박물관 측의 말이 인상적입니다.

—

도쿄 오타구 미나미쿠가하라 2-26-19
2 Chome-26-19, Minamikugahara, Ota-ku, Tokyo

홈페이지 www.showanokurashi.com

—

05

꼬불꼬불
강산책

젠푸쿠지강(善福寺川)

미나미아사가야역을 찾아 지도를 보다 보면 꼬불꼬불한 풀색과 물색이 눈에 들어온다. 그 정보를 무시했다면 근사한 반나절을 만나지 못했을 것이다. 지도상에서 풀색과 물색이 알려주는 기호는 정직하다. 그곳에 나무와 풀, 그리고 물이 흐른다는 정보를 감정 없이 알려준다. 그 기호에서 감정을 더해 움직이는 건 여행자의 몫이다. 나는 내 위치와 가장 가깝게 구부러져 있는 선을 향해 아침 일찍 이동했다.

호텔 뒤편으로 걸어본 건 처음이었다. 가까이 있는 곳을 어쩐지 등한시하게 된다. 호텔 뒤편은 2층 단독주택들의 마을이었다. 덕분에 한가한 골목을 산책하게 되었다. 건강한 나무가 심겨 있는 집과 농구장이 있는 집 등을 따라 걸었다. 차가 없는 차도가 나오자 시원하게 트이는 기분이었고 가늘지만 둥글게 흐르고 있는 긴 강이 금세 눈에 들어왔다. 젠푸쿠지강이었다.

강을 가로지르는 깨끗한 다리 하나가 놓여 있고, 강의 주변으로는 산책로다. 어느 쪽으로든 걸을 수 있지만 어느 쪽으로 걸어야 좀 더 나은 하루가 될지는 알 수가 없었다. 지도상에서 길이가 긴 강 아래쪽으로 걷기로 했다. 마침 같은 방향으로 오리 한 마리가 지나가고 있었다.

좁은 강을 쳐다보며 시작된 산책길. 양쪽에는 큰 나무가 우거져 있고, 강 건너에는 낮은 맨션이 이어졌다. 강은 좁지만 큰 나무들이 이어지고 있어서 내가 작게 느껴진다. 오리를 따라가니 더 많은 오리들을 만났고, 조금 더 걸으니 사람들이 모여 있는 크고 둥근 공원 하나가 나왔다. 가장자리 벤치에 앉아 사색하는 사람들, 잔디에서 노는 동네 어린이들로 붐볐다. 돗자리를 펴놓고 도시락을 먹는 사람들이 보이자 그제야 아직까지 아무것도 먹지 않았다는 걸 깨달았다. 마침 한적한 공원 입구에 미니스톱 편의점이 보였다. 산책과 편의점은 단짝이다. 순서 상관없이 둘은 붙어 있어야 한다. 구경할 것도 없이 계란말이가 든 주먹밥과 마실 것을 사서 금방 나왔다.

바로 먹을까 하다가 공원에 머물지 않고 강을 따라 계속 걷기로 했다. 내내 흐르고 있는 가느다란 강은 나를 자꾸만 걷게 했다. 잊을 만하면 나오는 다리를 건너 건너편에서 걷기도 하고, 다음 다리를 건너 제자리로 돌아온 기분을 느끼기도 하다가 한적한 기운이 드는 벤치에 앉아 주먹밥을 먹었다. 공복인 상태를 유지하며 걷다가 먹은 흰밥은 한 알마다 맛있었다.

산책 중에 모처럼 한곳에 머물면 이동할 때보다 여러 사람들을 만나게 된다. 마침 근처 유치원생들이 우르르 나와서 혼자 있는 시간을 무섭지 않게 만들어주었다. 지칠 만도 한데 모처럼 강 산책에 푹 빠져버려서 잠시 뒤에 다시 걷기 시작했고, 그러다가 아주 사사롭고 묘한 순간을 만났다.

워낙 인적이 없는 길이었기에 내내 혼자서 걷는 기분이 도드라졌는데, 저 멀리 두 사람이 강을 내려다보고 있는 장면이 눈에 들어왔다. 내가 제법 가까워질 때까지 강을 내려다보고 있는 두 사람은 백발 할아버지들이었다. 궁금해져서 미리 다리를 건너 할아버지들 쪽으로 이동했다. 대체 뭘 보고 있는 건지 속도를 줄이며 강을 쳐다보려는데 대뜸 나를 보고 웃더니 말을 걸었다. 나는 알아듣지 못하고 "네?" 하고 되물었다.

소리 없는 미소를 지으며 강가를 향한 다급한 손짓. 당장 찰싹 붙어 내려다보았다. 세상에나, 오리와 새끼 오리들이 바로 밑에 있다. 어찌나 작고 귀여운지, 손으로 입을 막았다.

"와! 귀엽네요!"

"그렇지요? 저번 주만 해도 없었는데. 그치?"

"저것 좀 봐. 뒤에서 또 나온다."

강가에 숨어 있던 새끼 오리들이 마저 쪼르륵 등장했다. 그렇게 새끼 오리들을 쳐다보며 흐뭇한 표정을 짓고 있는 사람이 한 명 더 늘어 셋이 되었다. 귀여운 것에 대한 감탄에는 언어가 필요 없었고, 잔잔했던 마음이 이내 말랑해졌다.

이제 만족할 만큼 봤다는 듯이 두 할아버지는 자연스럽게 발걸음을 돌리며 먼저 가겠다고 인사를 건넸다. 알려주셔서 고맙다고 인사를 하고 멀어지는 할아버지들을 기분 좋게 바라보았다. 다시 오리에게 시선을 돌리려는데 할아버지들이 서 있던 자리의 난간에 안경이 놓여 있다. 딱 봐도 돋보기안경. 새끼 오리를 보기 위해서 안경을 벗은 게 분명하다는 생각이 들자마자 무슨 용기가 생겼는지 소리를 지르며 멀리 걷고 있는 두 사람을 불렀다.

"아노!(저기요!)"

"스미마셍!! 아노!"

이런 순간에는 부를 말이 뭔지 몰라 스미마셍을 외쳤다. 하지만 듣지 못하는 두 사람. 결국 뛰어가서 잡아 세울 수밖에 없었다. 할아버지들은 깜짝 놀라며 뒤를 돌았지만 여전히 얼굴에는 미소가 가득했다. 잃어버린 물건을 보면 곧장 알아차릴 테니 단지 안경만을 건넨 채 숨을 헐떡였다.

"응? 안경?"

"안경이네."

"잃어버린 물건, 아닌가요?"

"아닌데? 네 것이야?"

키가 큰 할아버지가 옆의 키 작은 할아버지에게 물었다.

"내 것은 아닌데. 아까 그 자리에 있었어요?"

"네! 저는 두 분 것이라고 생각했는데요……."

그런데 아닌가 보네요……. 내가 무슨 짓을 스스로 만들어낸

거지? 귀여운 오리로 끝난 시간을 이상하게 만들어버렸다. 죄송
하다고 말하려는데 안경을 가져가더니 냅다 착용해보는 키 큰 할
아버지. 내 얼굴을 빤히 쳐다보더니 소리쳤다.

"우쓰쿠시!(아름답다!)"

마치 안경을 쓰고 나서야 내가 보였다는 듯한 엉뚱한 말이었
다. 얼굴이 벌게지면서 웃어야 할지, 농담에 반응하지 말아야 할
지 애매한 표정을 짓고 있다가, 이 상황이 일단은 웃기다고는 생
각하고 있는데 뜻밖의 결말로 이어졌다.

"근데 이 안경. 엄청 잘 보여."

"나도 줘봐. 오! 진짜다. 잘 보여."

"너도 잘 보여? 그럼, 가져갈까?"

"응응. 엄청 잘 보여. 필요했어."

"고마워요!"

"고마워!"

그렇게 두 사람은 안경을 들고 가던 길로 향했고, 나는 좀처럼
움직일 수가 없었다.

안경은 왜 할아버지들 앞에 올려져 있었으며, 할아버지 둘은
어째서 안경을 발견하지 못했고, 나는 뭐하러 안경 주인도 아닌
사람에게 안경을 주게 된 건지. 진짜 안경 주인이 찾아오면 어쩌
나 하는 걱정이 생겼지만, 역시 세상이란 건 알 수가 없다는 이상
한 생각을 하며 뒤돌아 다시 걸었다. 그리고 밑도 끝도 없는 "우와
아 아름다워!" 하는 키 큰 할아버지의 바람 빠진 풍선 같은 개그

에 뒤늦게 웃음이 나 손등을 코에 갖다 대고 머쓱하게 웃었다.

　더 이상 걸을 수 있는 길이 나오지 않을 때에야 비로소 산책을 마쳤다. 당시 6월은 온통 초록색의 향연이었다. 기분의 기본값이 한적한 웃음인 두 할아버지를 만나서일까. 자꾸만 걷게 되는 동네의 꼬불꼬불한 강가가 썩 마음에 들었다. 도쿄의 알 수 없는 매력 앞으로 슬쩍 다가간 듯해 강가를 빠져나와서도 내내 걷게 된 이상하고 고요한 하루였다.

젠푸쿠지강 善福寺川 Zenpukuji River

스기나미구 주민들이 봄철이 되면 모여드는 강입니다. 강가를 따라 만개한 벚꽃을 보기 위해서요. 산책을 하는 내내 마주한 강의 지도를 보면 특정 지역에 벚꽃 그림이 그려져 있습니다. 사색과 산책 그리고 오리를 좋아한다면야 몇 시간을 잔잔히 지내기에 그만입니다. 아사가야에서 지내지 않더라도 부러 찾아가고 싶은 강가입니다. 꼬불거리는 강가에서 내키는 곳 그 어디든 찍어서 찾아가기를 추천합니다만, 제 경우 미나미아사가야역에서부터 와다보리 공원(和田堀公園)까지 걸었습니다.

06

귀엽기에 그리운
100년의
유원지

아라카와유원지 (あらかわ遊園)

놀이공원은 물론 놀이기구를 좋아하지 않는다. 어린이로 살았을 때부터 질색했다. 놀이기구에 관해서는 안 좋은 기억만을 간직하고 있다. 어지러워서 구토를 하거나, 놀이기구 안에서 구토를 참다가 반 기절 상태로 타기도 해서 그런 나를 달팽이관이 약한 사람으로 태어났다고 여겼다. 쉽게 구토를 하는 것과 달팽이관의 건강함이 관계가 있는지는 알 수 없지만 말이다.

하지만 유원지라는 말에는 묘하게 끌린다. 놀이공원과 의미는 같은 공간. 사전에 두 단어를 검색하면 '돌아다니며 구경하거나 놀기 위하여 여러 가지 설비를 갖춘 곳'이라고 똑같이 나온다. 한마디로 노는 곳이다. 그런데 어째서 유원지 쪽으로 기우는 걸까 생각해보니 적어도 구토할 일이 없을 것 같다. 놀이공원보다 탁 트여 있는 그림이 그려진다. 그럴싸한 놀이기구가 없을지도 모르고, 어쩌면 관람차 정도는 운 좋게 있을지도 모르는 기대감.

도쿄에서 꼭 한 번 해보고 싶었던 것 중 하나가 관람차 타기였다. 놀이기구는 질색하면서 관람차는 괜찮을 거라고 생각하는 건 어째서였을까? 오다이바 혹은 요코하마의 관람차가 검색되었다. 하고 싶다고 말해놓고 왜인지 마음의 불이 꺼지는 기분이다. 본격적으로 관람차를 타기 위해 이동하고 싶지는 않으니까. 지나다 저 멀리 관람차를 보고 "우리 탈래?" 하며 영화의 한 장면처럼 타고 싶은 마음. 언젠가 보았던 영화 「행복한 사전」처럼.

주방 도구를 사러 상점가에 간 주인공 남녀. 살 것을 사고 나와 여자 주인공이 말한다.

"유원지 갈까?"

그러고는 곧바로 관람차 안에 앉아 있는 장면. 관람차를 타던 여자 주인공은 또다시 말한다.

"관람차는 즐겁긴 한데 조금 쓸쓸하네."

관람차를 타기 전부터 쓸쓸해하며 밖만 쳐다보고 있을 내가 상상이 되었다. 그러나 미리 말해두자면 관람차에 탄 나는, 난데없이 고소공포증을 느끼며 한쪽으로 기울어져 있었다.

나의 첫 관람차 데뷔는 도쿄의 아라카와유원지다. 무려 1922년에 개원한 귀여운 유원지로 긴 역사가 있다. 오다이바도 아니고 요코하마도 아닌, 저연령층 아이들에게 특화된 유원지의 관람차. 관람차를 타기 위해서 방문한 것은 아니었다. 목적은 꽤나 시시하면서도 방대했다. 아라카와유원지에 가는 길에 꼭 타야 하는 노면전차 도덴 아라카와선 타기. 아라카와유원지에 도착해 반나절을 넋을 놓고 쉬기. 관람차와 하늘 자전거 타기. 그리고 중요한 것. 유원지 안에 있는 매점에서 꼬들꼬들하게 건조해진 야키소바를 먹으며 맥주 마시기. 여기서 끝이 아니다. 아라카와유원지에서 나오면 왔던 방향으로 돌아가는 대신, 내린 방향 전차를 다시 타서 종점인 와세다대학에 가는 것. 관람차는 크디큰 하루의 목표 안에 작은 알맹이처럼 존재할 뿐이었다.

그날 아침 일찍 숙소를 나섰다. 나에게 여행 중 아침 일찍이란 12시 전 외출을 의미한다. 혼자 다니는 걸 좋아하지만 유원지는 누군가와 함께이고 싶었다. 일행은 역시나 홍구 씨. 함께 하는 도쿄 여행은 둘이 즐거운 쪽으로 계획을 한다. 우리는 혼자의 시간도, 둘의 시간도, 여럿의 시간도 나름의 방식대로 조용히 즐기는 편이다. 혼자의 시간이 충분히 있어야 둘의 시간도 즐거울 수 있고, 둘이 함께 있더라도 혼자일 때의 편한 마음이 유지되는 것이 중요하다.

숙소 앞 킷사텐에서 토스트와 커피를 먹고 출발했다. 버스를 타고 가까운 도덴 아라카와선이 지나는 역으로 향했다. 마치야역에 도착하니 노면전차가 지나는 동네 분위기가 시작되었다. 세타가야구의 도큐 세타가야선이 떠올랐는데 그곳의 복작복작한 분위기보다 시원시원한 분위기다. 바로 도착한 노면전차에 올라 아라카와유엔치마에역으로 향했다.

한 량짜리 노면전차가 실제 이동 수단이 되는 일상은 귀엽다. 귀엽다고 느끼는 건 서울에는 이미 없고, 도쿄도 전체적으로 없어지고 있는 교통수단이기 때문인데, 귀엽기 때문에 그리움이 강해진다. 1964년 도쿄올림픽이 개최되면서 일어난 사실상 가장 큰 변화는 노면전차가 사라진 것이 아니었을까. 이동 수단의 대대적 교체. 올림픽을 치르면서 도쿄는 대도시로 자리매김을 확실히 했고 경제 도시가 되었지만, 그렇기 때문에 스스로 잃기로 한 것도 분명히 있었다.

아라카와유엔치마에역에 내리니 화창했다. 12월 초의 도쿄는 화창하다. 개운하고 상쾌하게 추운 날씨라는 것도 이 세상에는 존재한다. 노면전차가 데려다준 동네에 도착하니 작은 모스버거가 보인다. 작은 공원과 체육센터를 따라 걷다 보니 곧장 작은 관람차가 보였다. 유원지란 곳은 다다르기 전에 관람차를 먼저 보게 되는 곳. 평일 이른 시간이다 보니 유원지로 향하는 사람은 적다. 신나 보이는 어린이와 부모가 우리 뒤에, 할머니와 딸 그리고 어린 손자가 우리 앞에 있었다.

입장권을 사려고 하니 민트색 옷에 산타 모자를 쓴 친절한 직원이 웃으며 다가왔다. 그제야 크리스마스가 있는 달이라는 걸 인지하게 되었다. 직원의 긴 설명을 단 한 문장도 알아듣지 못하고 입장권을 뽑는 기계 앞에서 내내 물음표만 던지며 들어가지 못하는 한국인 두 명. 외국어를 배울 때에 꼭 지참해야 하는 눈치도 사라져버렸다. 주문에 특화된 일본어 회화를 구사해온 나에게 유원지 회화는 처음이었다. 알아듣지 못하는 손님에게도 웃음을 잃지 않는 모습에 과연 유원지의 직원임을 느꼈다.

"어른 두 명이요"만 말하면 그만인 게 아니었다. 안에서 뭘 하며 놀 것이냐를 미리 정했어야 했다. 놀이기구를 탈 것인지, 몇 번 탈 것인지, 아니면 입장만 하고 구경할 것인지를 정해야 그에 맞는 입장권을 끊을 수가 있었다. 우리는 놀이기구 티켓과 입장권을 끊어서 겨우 입장했다.

한눈에 들어오는 유원지의 모습에 오히려 숨이 트였다. 스미다 강 바로 옆에 있기 때문일까, 작고 적은 놀이기구 탓일까. 꽤 낮은 하늘 자전거 트랙이 머리 위에 있고, 매점은 생각보다 크다. 적은 수의 사람들이 느리게 움직이며, 작은 아이들이 뛰어놀고, 아직 뛰지 못하는 아이들은 이제 막 걷기 시작한 듯이 발에 힘을 준 채 웃으며 서 있다. 그 위로 비둘기들이 내내 하늘을 날아다녔다. 평화다, 평화.

부모로 보이는 어른들은 야외 테이블에 앉아서 아이들을 보거나, 몸을 겨우 구겨 넣은 채 아이들과 함께 놀이기구를 타고 있다. 우리도 어느새 어른이 되었건만, 스스로 어린아이들에게 특화된 유원지를 찾아오다니. 작은 퍼즐들 사이로 절대 맞을 일 없는 큰 퍼즐 두 조각이 억지로 빈칸을 채우고 있는 느낌이다. 부끄럽지만 앞에서 아무도 막지 않았으니 즐기면 그만이다. 끼울 순 없지만 얹어놓을 순 있으니까.

우선 관람차에 올랐다. 어른은 두 장의 티켓을 받는다고 했다. 앞에서 그런 설명을 들었던가(들었을 것이다). 우리는 여덟 장씩 갖고 있었고, 그 말인즉슨 앞으로 놀이기구를 네 번 탈 수 있다. 어쩐지 다행이었다. 이 작고 귀여운 유원지에서 놀이기구를 여덟 번 타는 일은 너무나 부끄럽지 않은가. 관람차만 내내 탈 수도 없고 말이다.

나의 첫 관람차가 출발했다. 직원 두 명이 이제 막 내려오는 관람차를 가리키며 타라고 했다. 아주 잠깐 지상에 내려오는 관람차에 휙 하고 올랐다. 신난다! 근데 이거 튼튼한 건가? 순식간에 몸이 경직되었다.

"잠깐! 잠깐! 움직이지 마! 흔들지 마!"

울기 직전이 되어버린 나. 무서울지도 모른다고 생각하는 순간, 삽시간에 공포에 휩싸였다. 영화 「행복한 사전」의 주인공처럼 하늘을 바라보며 멋진 대사 정도는 읊조리고 싶었는데 나에게는 불가능한 일이었다.

초등학생 시절, 가족끼리 놀러간 드림랜드에서 마침 고소공포증을 체험하고 해결하는 프로그램에 참가했다가 울어버린 날이 생각났다. 빨간 땡땡이 원피스를 입고 놀이공원에 갔는데 억지로 높은 곳에 올려졌다.

"자, 여기가 고소공포증을 느끼는 지점이야. 느껴봐. 고소공포증을 없애봐."

잔인한 어린이 체험이었다. 고소공포증이 있는지도 몰랐는데 덕분에 알게 되었다. 나는 높은 곳에서 울어버린다는 사실을.

20년이 지난 후에도 생생한 공포감이었다. 그 모습을 보며 웃는 홍구 씨. 오랜 연인이어도 서로의 모르는 부분은 계속 발견된다. 두 발이 땅에 닿고 나서야 안심했던 아찔한 관람차 데뷔였다.

이제 세 번 더 탈 수 있었다. 한 번은 우리 때문에 움직이게 된 회전목마. 또 한 번은 어릴 때 놀이공원에서 가장 많이 탔던 하늘 자전거였다. 낮게 깔린 트랙은 놀이공원을 두르고 있고 그 길을 자전거를 타고 느리게 지나갈 뿐인 시시한 기구. 자전거는 스스로 움직이기 때문에 안전하다고 느낀 걸까. 자전거를 잘 타고 좋아하는 어린이에게 하늘 자전거는 평소와 다른 특별한 자전거였다. 내 옛 사진첩에는 하늘 자전거를 타고 있는 사진이 꽤 많다. 뒤에서 찍은 사진, 밑에서 찍은 사진, 아빠와 함께 타는 사진 등.

마르고 작았던 내가 아닌 다 큰 어른의 무게로 하늘 자전거에 오르니 역시나 재밌다! 시간이 지나도 좋아하는 건 여전했다. 신나서 타는 순간을 찍으려 카메라를 들었더니 밑에 있던 직원분이 손으로 X 자를 큼지막하게 그리고 서 있다. 웃음을 잃지 않은 X였다. 안전장치를 채워주며 카메라를 사용하지 말라고 했는데 금방 어긴 내가 얼마나 철없던지.

"이제 뭐 탈래? 관람차 한 번 더 탈래?"

홍구 씨 말에 약간 긴장했지만 다시 도전했고, 두 번째 탄 관람차는 전혀 무섭지 않아서 조금 전의 내가 민망할 정도였다. 두 번을 시도하니 관람차의 즐거움과 쓸쓸함이 느껴지기도 했다. 아래로 넓게 펼쳐지는 스미다강과 낮은 집들을 바라보았다. 이렇게 한적하고 뻥 뚫린 하루를 보내도 되는 걸까. 나와는 맞지 않은 작은 놀이기구들이 내려다보이는 관람차 안에서, 이런 쉼이 필요했다는 걸 느꼈다.

아라카와유원지의 좋은 점은 그 곁에 껴 있는 낚시터의 존재였다. 아라카와유원지의 동물원 옆에는 어른들의 유원지 같은 작은 낚시터가 조용히 자리하고 있다.

따뜻하게 내려오는 빛을 받으며 낚시를 하고 있는 아저씨들이 보였다. 그리고 엄마와 함께 낚시를 하고 있는 꼬마 손님까지. 낚시터에 들어가기 위해선 또 다른 입장료가 필요했지만 입장하지 않더라도 풍경은 얼마든지 볼 수 있었다. 우리는 놀이기구를 타며 논 시간보다 더 긴 시간 동안 낚시터를 구경하며 서 있었다. 이렇게 예상치 못한 장면과 난데없이 뚫리는 시간으로 여행은 완성된다.

유원지에서의 마지막 여정으로 매점에 들어갔다. 1층에서 주문하면 외부 테이블이나 2층의 내부 테이블에서 먹을 수 있다. 우리는 2층을 선택했다. 몸이 조금 서늘해진 나는 따뜻한 커피를, 홍구 씨는 맥주를 골랐다. 맥주는 논알콜만을 취급했다(과연 유원지다). 그리고 '아메리칸도그'라고 쓰여 있던 핫도그와 딱 내가 원하는 모습을 갖추고 있는 야키소바를 사서 2층으로 올랐다. 휴게소스러운 따뜻한 공간의 고요한 테이블들. 손 씻는 곳이 보이자 얼른 가서 손을 씻던 홍구 씨를 따라 손을 씻었다.

핫도그는 갓 튀겨 뜨거웠다. 야외 음식이 주는 뜨거움. 그리고 모형 같은 야키소바를 먹고 있으니 이 하루가 더없이 소중하다.

먹고 싶은 것들을 한 쟁반에 모두 담으니 이상하고 귀여운 세트가 되었다.

간단한 스낵이 주는 만족이다.

반쯤 먹어가는 도중에 낚시터에서 낚시를 하던 모녀가 따뜻한 우동을 들고 등장했다. 나와 홍구 씨는 말없이 서로를 바라보며 씩 웃었다. 어린아이의 모험 가득한 하루에 응원을 보냈다. 그 느 긋한 분위기도 잠시. 손을 잘못 뻗어 물과 우동을 쏟아버린 아이 는 이내 몸이 굳었다. 엄마는 아이에게 "대체 뭐 하는 거야?" 하고 화를 냈고 아이는 "미안"이라고 대답했다. 그리고 정적이 흘렀다. 아이의 엄마는 갑자기 아직 반도 줄지 않은 우동과 짐을 챙겨 일 어났고, 아이는 그 곁을 멋쩍게 따라 내려갔다.

조금 전까지만 해도 낚시를 배우며 좋은 한때를 보내던 꼬마의 축 처진 뒷모습을 보니 속상했다. 우동을 쏟은 걸 본 건 우리뿐이 고, 일부러 눈을 두지 않았는데. 남에게 부끄러운 행동을 하는 것 에 엄격한 나라라는 건 알지만…….

다시 단둘이 남았고 이미 빈 그릇이 되어 빛나고 있는 매점 2층의 시간은 느리게 갔다. 사람들은 하나둘 돌아가고 유원지의 꿈도 이렇게 끝인가 싶었는데, 창밖으로 하늘 자전거를 타는 사람과 눈이 마주쳤다. 조금 전의 나도 하늘 자전거로 이 곁을 지났겠지. 웃을 기운 없는 사람처럼 웃어 보이며, 지는 해를 바라봤다.

유원지에서의 하루는 시계를 보지 않아도 끝이 난다. 사실 신나게 논 건 아니어도 놀 만큼 논 듯한 시간이 찾아왔다. 또 언제 아라카와유원지를 방문할 수 있을까. 내 몸과 맞지 않은 이 유원지가 왜 이렇게 편한 건지. 놀이기구를 탈 때마다 "어른은 두 장인데 괜찮습니까?" 소리를 들으며 부끄러움을 느껴야 하지만, 어른인 나 때문에 가만히 있던 놀이기구를 가동시켜야 하지만, 마음에 맞는 유원지를 또 어떻게 찾을 수 있을까. 몸은 커졌어도 내내 신나지 않아도 되는 이 유원지와 마음만은 이렇게 딱 맞는데.

타고 왔던 노면전차 도덴 아라카와선을 같은 방향에서 다시 탔다. 올 때는 내내 서서 밖을 보며 신나했는데, 이번에는 자리에 앉아 당장의 피곤함을 만끽하며 이동했다. 과연 유원지에서의 하루만큼 피로한 오후의 시작이었다.

언젠가 다시 이 노면전차에 오르게 된다면 하루 패스를 끊어서 내리고 싶은 곳마다 내리며 노면전차의 동네들을 탐방하고 싶다. 물론 아라카와유원지에서도 내려야지. 도덴 아라카와선의 하루 패스를 끊으면 아라카와유원지 입장은 무료라고 한다. 과연 좋은 코스이다.

호기롭게 하루 패스권을 제시하며 입장해서는 늘 유원지에 쉬러 오는 사람처럼 곧장 매장으로 직진할 것이다. 그날의 기분에 맞는 스낵 하나와 논알콜 캔맥주를 사서 2층에 올라 관람차와 하늘 자전거 타는 사람을 구경하며 주어진 하루를 조용히 보내고 싶다. 만족스러운 텅 빈 표정을 지으며.

나른하게 앉아 있다 보면 유원지의 목소리가 들릴지도 모르겠다.

"신나지 않아도 돼. 신나 하지 않아도 된단다."

아라카와유원지 あらかわ遊園

1922년에 개원해 거의 100년의 시간이 고여 있는 아주 작은 유원지입니다. 1991년 보수 공사 이후의 모습이 지금까지 남아 있습니다. 어른 손님이더라도 조용하고 즐거운 시간을 보내기에 부족함이 없습니다.

유원지 안에 작게 꾸려진 낚시터는 사색하며 앉아 있기 좋은 어른의 놀이공원 같은 느낌입니다. 관람차를 타고 내려다보는 스미다강은 어디에서도 볼 수 없는 풍경입니다.

아쉽게도 현재 휴원 중입니다. 2021년 무렵에 새로운 모습으로 리뉴얼 오픈 예정이라고 합니다.

07

매일의
공원 생활

요요기 공원(代々木公園)

일상생활에서 공원의 존재가 중요하다는 걸 알게 되는 건 새삼스럽게도 여행 중일 때가 아닐까. 그나마 한강과 가까운 곳에 집과 작업실이 있기에 탁 트인 풍경 속에서 머무는 기분을 느낀다. 덕분에 공원에서 보내는 시간을 위해 내 하루를 따로 할애하지 않았다. 공원에서 책을 읽는 그림을 그리고는 하지만 정말 나를 공원을 좋아하는 사람이라고 말할 수 있을까.

본가 근처에 아주 작은 공원 하나가 있다. 풀과 나무는 가장자리에만 있고, 온통 푹신한 쿠션이 깔려 있는 일명 '어린이 공원'이다. 그네 의자, 강아지가 그려진 벤치가 설치되어 있어서 본가에 살 때에는 종종 키키와 함께 가곤 했는데 어느 날 큼지막한 현수막 하나가 걸렸다.

어린이의 면역력을 위해 강아지와 동반 시에는 3분 이상 머물지 말아주세요.

라면 익는 시간보다도 적게 할당된 공원의 시간이라니.

공원은 관광지 중에서도 큰 역할을 한다. 하지만 여행 중에 공원을 애써 찾아가는 건 썩 내키지 않았다. 잔디에 앉아서 쉬기 위해 열차에 오르는 게 말이다. 그래서 업무차 도쿄를 방문했을 때는 일과는 전혀 상관없는 곳에 숙소를 정했다. 바로 요요기공원.

어째서 요요기공원이었을까. 마침 러닝에 빠진 홍구 씨의 선택이었다. 만화가 다카기 나오코의 마라톤 만화(『마라톤 1년 차』, 『마라톤 2년 차』로 출간됨)에서 요요기공원을 무대로 달리기 연습을 하는 게 나왔다고 했다. 목표는 매일 아침에 요요기공원 달리기. 매일 무언가를 한다는 건 역시나 단번에 실패할 목표였지만.

이때까지는 요요기공원에 가본 적이 없었다. 요요기공원으로 가는 길인 줄 알고 들어간 곳은 메이지 신궁이었다. 입구를 보지 못하고 사람들을 따라 들어간 탓이었다. 철저하게 벽이 쳐진 데다 결국 해가 저버려 요요기공원 안에는 들어가보지도 못했다. 그리고 어느덧 시간이 흘러 요요기공원 앞 생활이 시작되었다.

주말 아침에 요요기공원을 찾았다. 주말 인파와 신난 까마귀들이 우리를 반겼다. 많은 사람들이 모여 있어 복잡했지만 공원 안쪽으로 들어갈수록 도심에 있다는 걸 잊게 되었다. 모처럼 휴일에 모여든 가족 단위의 방문객과 일광욕을 즐기는 외국인들이 빼곡했다. 사람이 이렇게나 많은데도 정신없지 않고 공원다운 쾌적함이 느껴지는 건 왜일까.

"그만큼 넓다는 거겠지."

같이 걷던 홍구 씨가 입을 열었다. 그렇다. 요요기공원은 넓은 만큼 강점이 뿜어져 나오는 공원이었다. 짐을 쌀 때 피크닉용 돗자리를 지그시 바라봤던 게 생각났다. 캐리어에 넣을까 말까 하다가 우선순위에서 빠진 돗자리가 이 순간에는 가장 필요했다.

　자리를 잡지 못하고 산책만 하던 중에 사람들의 손에 음식이 들려 있는 모습이 보였다. 도시락이 아니라 이제 막 요리된 음식이었고, 우리는 그들이 오던 길로 뛰어갔다. 마침 베트남 음식 축제 중이다. 주말마다 행사가 잦은 공원이라는 게 생각났다. 서둘러 공원에 도착한 바람에 아무것도 사오지 못했던 차에 기쁨이 컸고 단번에 배가 고파졌다.

　하지만 대폭 망연자실했다. 베트남 음식을 판매하는 부스들이 셀 수 없이 많았는데 더 많은 건 줄 서 있는 사람들이었다. 당장 살 수 있는 게 없어 보여서 우선은 짧은 베트남 커피 줄에 서서 회의를 했다. 여행 중에 이런 회의는 너무나 진지하고 신난다.

　"너는 뭐 먹고 싶어?"

　"나는 일단 면 요리가 하나 있으면 좋겠어."

　"응. 좋다고 생각해. 탄산음료를 사야겠네."

　이런 식이다. 누구 하나 이 상황을 가볍게 여기고 있지 않다.

　음료이다 보니 줄은 금방 줄어들었고, 그렇게 받은 베트남 커피는 달고 썼다. 커피를 쪽쪽 빨며 인파를 뚫고 들어가보니 인기 없는 부스가 있었는데 야키소바, 타코야키, 자가바타(감자를 뜻하는 자가이모(じゃがいも)와 버터의 합성어. 찐 감자를 칼로 가르고 그 사

이에 짭짤한 버터를 듬뿍 얹어낸 음식), 소시지, 닭꼬치 등 일본 음식
부스들이었다. 베트남 음식을 야외에서 맛보기 위해 모인 일본인
들에게 자국의 음식은 반갑지 않을 터. 하지만 나에게는 무엇보
다 반가운 음식들이었고 베트남 음식 부스보다 더 신이 났다. 야
키소바와 함께 자가바타 그리고 탄산음료를 사서 원래 있던 요요
기공원의 잔디밭으로 도망쳐 나왔다.

행사가 열리는 날이라 해도 공원 깊숙이 들어가면 그저 일상의
분위기가 감돌았다. 공원의 구석마다 다른 기운이 흐르는 건 역시
나 그만큼 크기 때문이었다. 빈 벤치에 앉아 힘이 없는 투명 플라
스틱 케이스에 담긴 음식을 먹으며 공원의 풍경을 마냥 쳐다봤다.

잔디와 연못, 우거진 나무와 함께 돗자리 위의 사람, 그들과 같
이 온 강아지들, 등 뒤에는 러닝을 하거나 공놀이를 하는 사람들
이 있다. 시야에서 고층 빌딩이 보이지 않으니 고맙다. 꽤 오래 앉
아서 아무것도 안 하는 시간으로 반나절을 보냈고 내일은 돗자리
를 사겠다고 마음먹었다.

오후 일정을 마치고 숙소로 돌아온 그날 밤. 홍구 씨는 대뜸 옷
을 내밀었다.

"뛰자."

요요기공원에서 매일 아침 뛰겠다 해놓고는 장비 하나 가져오
지 않은 나였는데, 그럴 줄 알았다는 듯이 내가 입을 운동복까지
챙겨온 그였다. 숙소 거실에서 준비 운동을 꼼꼼히 마친 후 요요

기공원의 밤 러닝이 시작되었다.

밤공기를 가르며 도착한 요요기공원은 어두웠지만 밤 운동을 하는 이를 위한 불빛은 이어지고 있었다. 달리는 사람들의 방향에 맞추어 본격적으로 달리기 시작하자마자 알아챘다. 달리는 밤의 공원은 아침의 공원과는 전혀 다른 이야기를 하고 있다는 것을. 시끄럽게 울던 까마귀는 온데간데없고, 공원마저 잠든 것만 같았다. 이불 덮고 잠잘 채비를 하는 공원 곁을 달리는 작은 사람이 된 것 같아 어두움이 무섭지 않았다. 길을 따라 이어지는 가로등은 왜 이리 밝고 명랑할까.

헬스 트레이너인 오빠에게 배운 대로 빠르게 걷다가 빨리 뛰기를 반복하는 트레이닝을 기억해내며, 뛰는 것에 숨이 가빠지면 속도를 줄이고 빠르게 걸었다. 호흡을 잊지 않고 내뱉었다. 오빠의 말이 생각났다.

"뛴다는 건 숨을 쉰다는 것. 숨을 참고 있으면 움직이는 게 아무소용없다."

금방 헐떡거렸으나 그럼에도 달리는 것을 멈추지 않았더니 힘이 생겼다. 달리고 있기 때문에 계속 달릴 수 있다. 이게 바로 러닝의 매력인가. 추진력으로 얻은 에너지가 나를 계속 달리게 했다.

어둡다 보니 공원 몇 바퀴를 돌았는지, 한 바퀴를 다 돌긴 한 건지 알 수 없었다. 무리하지 않고 즐거울 만큼만 달렸다. 러닝을 마친 후 숙소 근처의 바 푸글렌에 들러 홍구 씨는 맥주를, 나는 레모네이드를 마셨다. 꿀로 단맛을 낸, 그야말로 운동 후의 꿀물이었다. 푸글렌의 얼음은 꽤나 마음에 들었다. 그렇게 요요기공원으로 시작해서 요요기공원으로 끝낸 하루를 마무리했다.

다음 날, 아침 겸 점심을 먹기 위해 다시 요요기공원을 찾았다. 공원 앞 100엔 숍에서 100엔짜리 돗자리 그리고 근처 도시락 체인점 오리진에서 반찬 몇 가지와 주먹밥을 샀다. 보통의 가정식 반찬들과 도시락이 있어 절약하는 여행에서는 고마운 존재다.

자고 일어나 코앞의 공원에서 가볍게 돗자리를 깔고 끼니를 해결하는 시간. 여행의 나날에서는 아주 평범한 일정이었으나, 곧 돌아갈 서울에서의 생활을 떠올리자면 이 얼마나 특별한지. 어느덧 머리 위의 나뭇가지에는 내 반찬들을 노리고 있는 까마귀들이 앉아 울고 있고, 별일 없는 사람들이 공원의 군데군데에서 시간을 보내고 있었다.

요요기공원을 일상에 둔 건 업무차 방문한 도쿄에서 꽤 큰 환기를 주었다. 아침을 요요기공원으로 시작해 나를 아무것도 안 하게 두는 것. 오래 씹으며 식사를 하는 시간. 카페에서 커피를 주문하고 테이블에 앉아 있는 것과는 너무나도 다른 시간이었다.

일본은 서양의 문화를 적극 받아들였다. 서양식 여유로운 문화를 자신의 일상에 맞게 다시 차려놓은 것들이, 세월을 따라 요요기공원만의 고유한 기운이 되었다.

스타벅스의 커피와 샌드위치를 먹으며 잡담을 나누는 여고생, 몇 명이나 누울 수 있는 큰 돗자리 위에 테이블까지 펴놓고 도시락을 먹는 두 여성과 아이들, 셀프 웨딩 촬영을 하는 부부와 그들의 친구들, 아빠와 외발자전거를 연습하는 새까맣게 탄 여자아이, 벤치에 앉아 책을 읽으며 도시락을 먹는 근처 회사원, 타월을 깔고 누워 일광욕을 즐기는 서양인, 그리고 그 속에서 내 생활이 아니지만 그저 오늘을 즐기자고 생각하며 앉아 있는 내가 있다.

  요요기공원에서 머무는 시간은 매일 길어졌다. 강아지를 풀어놓을 수 있는 도그런에서 이 도시의 강아지들의 행복을 지켜보며 시간을 보냈다. 소형견과 대형견으로 나뉜 도그런은 공원 안에 자연스럽게 마련되어 있었다. 시간 가는 줄도 모르고 뛰어노는 강아지들을 보며, 이따금씩 견주들과 눈이 마주칠 때마다 함께 웃곤 했다. 도그런 밖에는 강아지용 유모차가 나란히 주차되어 있었다. 사랑스러운 풍경이다. 서울에도 분명히 있는 강아지공원. 아직은 가본 적 없는 그곳에서의 하루를 그려보았다.

  3분 이상 머무르면 안 되는 경고장이 붙은 집 앞 공원이 자꾸만 생각났다. 어린이의 면역력을 위한다는 이유가 아무래도 이상하다. 나는 사람에게 유해한 존재와 함께 살고 있는 걸까. 키키와의 동침으로 나의 면역력은 바닥이 된 걸까. 전혀 아니었다. 방문을 막는다는 건 혐오 아닐까.

  "비둘기에게 먹이를 주지 마세요. 비둘기가 스스로 먹이를 찾아 생태계의 당당한 일원이 될 수 있도록 도와주세요"라는 현수막 문구와 맥락이 비슷하다. 하면 안 되는 가장 큰 이유를 밝히지 않으면서 엉뚱한 이유로 포장하고 있다. 것보다 비둘기들이 스스로 먹이를 찾아 도시의 당당한 일원이 되기를 바라기는 할까? 요요기공원의 까마귀라면 모를까. 그들은 정말 당당한 일원으로서 살아가고 있으니까. 누군가의 돗자리에서 온전한 모닝빵 하나를 입에 물고 날아가던 까마귀는 무섭도록 대단했다. 확실히 당당했다.

나는 내 삶에 요요기공원을 두고 싶다. 때로는 도시가 보이지 않는 잔디밭에 머물 수 있는 삶을 가까이에 두고 싶다. 비록 도시에 있으면서도 도시임을 잊게 되는 바보가 되고 싶다.

그렇다면 도시 속 면역력 강화는 물론, 여유 가득한 당당한 도시의 일원으로서 살아갈 수 있을 텐데 말이다.

요요기공원 代々木公園

개방 제한 시간이 있지만, 심야 입장이 가능합니다. 늦은 저녁이 되면 운동복을 입은 주민들이 요요기공원으로 향합니다. 산책로와 함께 자전거 도로도 제대로 마련되어 있어서, 자전거를 타기 위해 방문하는 사람도 많습니다. 만약 돗자리를 가져가지 않았다면 요요기공원 안 매점에서 구입이 가능합니다. 하라주쿠와 시부야, 오모테산도 안에 있으면서도 공원 안에서는 자연만이 눈에 들어오는 시간이 주어집니다. 넓은 만큼 공원 안의 장소마다 분위기가 달라지는 것도 선명히 다가옵니다. 큰 나무 옆에 누워 있다 보면 이 도시에서 나무도 나도 잘 버티며 살고 있구나 싶어져서 안심이 됩니다.

—
도쿄 시부야구 요요기카미조노초 2-1
2-1 Yoyogikamizonocho, Shibuya-ku, Tokyo
—

5。도시의 책장을 읽는 시간

도쿄의

책방

01

작은 동네의
근사한
헌책방

코쇼콘코도 (古書コンコ堂)

아사가야에 사는 친구 집에 머물렀을 때, 친구는 가고 싶
은 곳이 있는지 물었다. 도착한 날, 다정하게 미리 에어컨
을 틀어놓고 기다려준 친구의 방에 다리를 뻗고 앉아 생각했다.

가고 싶은 곳.

그러니까 '이 사람과 가고 싶은 곳'.

혼자 여행할 때 아사가야는 낯선 곳이었다. 혼자의 아사가야는
그저 상점가가 잘 형성되어 있고, 살기 좋아 보이는 동네(그 동네
의 상점을 보고 짐작해본다). 작은 술집 로지가 아사가야역 앞에 있
기에 처음 알게 된 곳.

친구가 아직 도쿄에 살기 전, 곧 이 동네에 산단 말이지…… 하
며 친언니 같은 심정으로 동네를 살펴보기도 했다. 혼자 어슬렁
거리며 '여기서 과일이나 야채를 사겠구나'라든지 '이 라멘집에서
혼자 라멘을 먹기도 할까' 하며 자꾸만 내 시선에 친구를 그려보
았다. 그 덕에 생활감이 느껴지는 거리가 되었다.

어느덧 시간이 지나 친구는 아사가야역 가까이에 집을 구했고

나는 그 집에 앉아 있다.

"그 동네 책방 있잖아. 콘코도. 가보고 싶어."

자기표현 잘하는 꼬마 말투로 말했더니

"아 거기 좋죠. 산책하다가 가봐요."

친구의 가벼운 대답이 돌아온다. 나에게는 여행의 목적지인 장소가 이 친구에게는 동네를 지나다가 이따금씩 가는 곳이다. 그런 친구의 일상을 잠시 빌려보고 싶어졌다.

집에서부터 출발해 가볍게 산책을 시작했다. 활기찬 상점가를 지나니 작은 골목이 나오고, 기분 좋아지는 동네 골목을 조금 더 걷다 보니 책방 하나가 보인다. 모퉁이에 있는 진한 갈색의 멋스러운 벽돌 건물이라 눈에 바로 들어왔다. 갈색의 반짝거리는 벽돌은 언제나 신뢰를 준다. 사람으로 친다면 말수는

헌책 매입합니다. 코쇼콘코도.

적지만 분명한 것에는 활짝 웃어서 그 점이 든든한 사람.

100엔 정도의 책들이 모여 있는 헌책방다운 외관이 사람들을 맞이한다. 일본어 원서를 시원하게 읽지 못하는 여행자에게 책방 외부의 100엔 책장이란 열 수 없는 책으로 된 문같이 여겨져서 늘 아쉽다. 어쩌면 내 인생을 대변하는 문장 하나가 이 책장에 숨어 있을지도 모르는데. 한 권 들춰볼 엄두도 내지 않고 곧장 콘코도에 들어갔다.

생각보다 꽤 넓었고, 또 생각보다 무척 깔끔했다. 일본 고서점의 오늘을 보는 기분이랄까. 고서점이라면 서점 주인이 직접 고른 책들이 있는 걸 텐데, 그 선택의 결에서 어느 정도 맞닿는 나의 결도 발견했다. 책을 들이고 소개하는 일에 굉장히 신경을 썼으며, 분명한 흐름으로 책이 서가에 배치되어 있다는 게 느껴진다. 그렇게 느낄 수 있다는 건, 서가마다 꽂혀 있는 책들 중에 관심을 갖고 집중해서 둘러볼 만한 책들이 많다는 것. 물론 책장 하나하나를 다 살펴본 건 아니지만 이 서점 안에 놓인 내가 무척 자연스러웠다.

그 자연스러움을 안고 느긋하게 서점을 둘러보다 보니 정말 내결에 딱 맞는 물건 하나를 발견했다. 와다 마코토의 그림이 벽 선반 위에서 마치 나를 기다린 것처럼 내려다보고 있다. 낯선 곳에서 좋아하는 것을 발견하는 순간이 순식간에 닥쳐왔다. 어떤 준비도 예상도 없었기에 마주할 수 있는 기쁨이자, 그동안 멋모르고 좋아하는 것을 맘껏 좋아하던 나로 인한 감동이었다. 다가가 보니 단지 그림이 아닌 퍼즐이었고 곁에는 3,000엔이라는 가격이 적혀 있었다.

곧바로 내가 나에게 말을 거는 순간이 찾아왔다.

와다 마코토야.

응. 3,000엔이네…….

크기가 좀 크지만?

캐리어에는 딱 들어갈 사이즈겠고.

응.

용기 내서 팔을 들어 올려 퍼즐을 내렸다. 낯선 공간에서는 이 정도의 동작에도 큰 용기가 필요한 법이다. 두 손에 잡아보니 올려다볼 때보다 마음이 더 울렁였다. 퍼즐이기 때문에 두께감이 있었다. 시간이 꽤 흘렀는지 다소 휘어져 있었고, 종이의 끝은 조금씩 낡아 있었다. 하지만 비닐 포장 덕분인지 그림만큼은 반짝반짝 빛이 났다. 들고 있던 자세에서 사려고 들고 다니는 자세로 바꿨다.

이제 본격적으로 서점을 구경해볼까. 기분 좋게 서가를 다시 둘러보려는데 친구는 이미 책 한 권 골라 계산을 마치고 밖에서 나를 기다리고 있다. 시간이 그리 많이 흘렀던가? 잠시 와다 마코토의 퍼즐 세상에 다녀온 것 같은 기분이 들었다. 보통 서점에 가면 꽤 오래 있는 편인데다 여행 중이라면 그 시간이 더 길어지는 나에게 오늘은 무척이나 짧았다. 친구의 일상을 빌려 서점을 둘러보려고 했는데 완전히 실패했다.

와다 마코토 퍼즐만 계산한 채 부랴부랴 서점을 나와 친구에게 달려가 자랑했다.

이걸 샀지 뭐야!

아니 내가 이걸 발견했지 뭐야!

아니지 내가 이걸 좋아했던 덕이야!

좋아하는 마음에 한껏 들떠 서점 앞에서 재잘거렸다. 친구와 함께 웃으며 책방을 떠나려니 친구의 동네 소개가 다시 이어졌다.

"여기 2층에 내가 좋아하는 중고 의류매장이 있고, 그리고 이쪽으로 더 가면……."

퍼즐을 두 손에 꽉 들고 2층을 올려다보았다가 다시 콘코도에 시선이 머물렀다. 그러고는 조용히 다짐했다.

다시 올 거야, 여기. 다시 와야 해. 오면 1시간은 있을 거야.

이 다짐은 꽤 빠르게 이루어졌다.

몇 달 후, 홍구 씨와 함께 다시 맞이한 도쿄 여행 중 고엔지의 한 공원을 산책하다가 나도 모르게 구글맵에서 콘코도를 도착지에 두고 길 찾기를 실행했다. "이제 어디 갈까?"라고 묻기를 기다리다가 딱 좋은 분위기를 만났을 때, "아 맞다. 여기 옆 동네에 서점 하나 있는데 같이 가볼래? 걸어서 갈 수 있을 것 같아" 하고 능청을 떨었더니 바로 긍정적인 반응이 돌아왔다. 가지 않을 이유가 없었을 테다. 부러 책방에 가기 위해 분주하게 이동하는 시나리오는 싫었다. 내가 친구의 일상을 잠시 빌렸던 것처럼 어떤 여유를 가지고 방문하고 싶었다. 별걸 다 신경 쓰는 사람은 종일 이런 생각을 하느라 쉴 틈이 없다.

구글맵이 알려준 대로 걷다 보니 처음 걸어본 고엔지와 아사가야의 골목들이 나왔다. 그게 꽤 좋았다. 골목 산책을 하며 자연스럽게 콘코도에 도착. 멀리서 진한 갈색 건물이 나오자마자 "저기다" 말했더니 멋스런 외관에 먼저 반응하는 홍구 씨. 콘코도의 외부 전경을 처음 마주했던 몇 달 전의 내 시선을 고스란히 따라가는 모습을 구경했다. 들어가기도 전에 책방 건물부터 살피고 사진을 찍는 모습에서 지난날의 나를 볼 수 있었다.

흰 장갑을 끼고 한참 동안
책을 고르던 손님.

우리는 책방에 들어가 따로 또 같이 아주 긴 시간을 보냈다. 그리고 관심이 가는 책을 발견한 뒤 함께 번역기를 돌리며 목차를 살펴보고 있을 때 공간에 흐르는 노래가 귀에 들어왔다. 둘이 시선을 마주치며 "어?" 하고 소리를 냈다. 영화감독이자 뮤지션 이랑 씨의 『신의 놀이』 앨범이었다. 타지의 책방에서 듣는 한국어로 된 노래라니. 보고 있던 책을 내려놓고, 노래를 들으며 책방의 천장을 마냥 올려다봤다.

왠지 울고 싶은 이 기분은 뭘까. 좋아하는 곡을 우연히 듣게 되는 것 또한 어떤 준비도 예상도 없이 마주하는 기쁨이다. 그 기쁨이 넘치다 보니 슬퍼지기까지 한다.

와다 마코토의 퍼즐이 놓여 있던 선반에는 신기하게도 딱 비슷한 크기의 사진집이 놓여 있었고, 어째선지 또 한 번 마음이 갔다. 다시 용기를 내어 사진집을 집었다. 계절의 풍경을 담은 크고 얇은 사진집이었다. 조금 부끄러운 얼굴을 하고서 계산대에 들고 가 노래를 들으며 계산을 했다.

저도 이 노래 좋아해요.

속으로 몇 번이나 말했지만 차마 입 밖으로 꺼내지 못했다. "혹시 제 얼굴이 한국인 얼굴이라 틀어놓으신 걸까요?" 묻는 상상을 해봤다(앨범에 실린 노래가사 중에는 '한국에서 태어나 산다는 데 어떤 의미를 두고 계시나요'라는 가사가 나온다. 점주에게 한국에서 태어난 의미에 대해 설명하고 싶어서 혼났다). 긴 계산의 시간 동안 상대는 이유를 알 수 없을 얕은 미소를 머금고 있었다.

다음 번의 콘코도에는 어떤 시간이 흐를까.

우리는 책방을 나와서도 한동안 근처를 떠나지 못했다. 책방 앞에 마냥 앉아 지나가는 사람을 보며 이곳의 감상을 나눴다.

문득 궁금해졌다. 와다 마코토와 사진집이 있던 저 선반에 무엇이 또 놓여 있을지. 마법 같은 선반이 있는 콘코도는 더 이상 여행지의 책방이 아닐지도 모른다. 나에게는 집에서부터 꽤 멀고 교통비가 많이 드는 동네 책방이 되었다.

코쇼콘코도 古書コンコ堂

밝은 외관과 깔끔한 분위기, 점주의 취향이 조용히 전해지는 공기가 매력인 헌책방입니다. 고서를 다루며, 매입을 적극적으로 하고 있지만 종종 점내에서 전시도 진행하고 세련된 굿즈로 만들고 있습니다. 평범한 동네의 멋스러운 헌책방에 자주 들르고 싶습니다.

—

도쿄 스기나미구 아사가야키타 2-38-22 키린야 빌딩 1층
1F, Kilin-ya Building, 2 Chome-38-22 Asagayakita, Suginami-ku, Tokyo

홈페이지 konkodo.com
인스타그램, 트위터 @kosho_konkodo

—

02

삶에
힌트를 주는
책장

팡야노홍야 (パン屋の本屋)

하루의 페이지 끝을 접어둘 수 있다면 얼마나 좋을까. 그저 그런 날 혹은 최악의 날들이 반복되어도 그럼에도 불구하고 좋았던 날은 분명히 있으니, 되도록이면 좋은 날을 굳이 표시해서라도 붙들고 싶다.

아, 내 인생의 경우라면 저마다의 이유들로 모든 페이지가 접혀 있을지도 모른다. 빵이 부쩍 맛있게 느껴져서 접어두거나, 지나다 본 길냥이의 다리에 엉뚱하게 박혀 있는 무늬에 마음이 동요해 접어두거나, 평소보다 늦게까지 열려 있던 동네 호떡집 덕분에 맛볼 수 있던 녹은 흑설탕 맛에 접어두거나.

여행의 나날에서도 부쩍 접어두고 싶은 페이지 같은 하루가 있다. 매 순간이 특별해야 할 것 같지만 막상 그렇지 않은 매일이 반복되는 여행의 하루에서 결국 마음이 꾹 눌리고야 마는 건 아주 사소한 일이다. 쉬러 들어간 커피 체인점의 비엔나커피가 의외로 맛있거나, 지나는 길에 우연히 본 귀여운 간판에 웃음이 나거나, 숙소 앞에 늦게까지 열려 있던 조각 케이크 집에서 딸기를 얹은 케이크와 몽블랑을 사며 나만이 아는 웃음을 짓고는 한다.

특별하지 않기에 느낄 수 있는 만족감.

특별하지 않다는 건 평범하다는 것. 나는 오히려 평범한 것으로부터 내 삶의 힌트를 얻는다.

평범하지만 특별하기도 한, 특별하지 않지만 그렇다고 평범하지도 않던 여행의 하루가 있었다. 닛포리를 부러 찾아갔던 어느 오후. 여행길을 출발할 때까지도 방문할지 말지 정하지 못했던 책방 하나가 닛포리에 있었다. 이름하여 '팡야노홍야'. 빵집의 책방이라는 뜻이다. 하루를 빼서 계획하지도 않고, 별 기대도 없었던 까닭은 홈페이지에 명시되어 있던 책방의 콘셉트 때문이었다.

아이와 아이가 있는 여성을 위한 책방.

이 문구에 마음이 조금 뒤로 물러났다. 구체적인 콘셉트가 있는 책방에는 당연히 관심이 가고, 신경이 쓰이기 마련이다. 그것도 아이와 여성을 위한 책방이라기에 기대를 품으려다가 아차 싶었다. 혹시 어린이책과 더불어 요리와 살림살이, 청소와 관련된 책들만 있으면 어쩌지. '여성'이라는 단어만으로도 미리 챙기게 되는 실망. 편견이 싫어서 일찌감치 먼저 편견을 가지게 된다.

숙소로 돌아가려다 하루를 비집고 들어가듯 엉뚱한 전철에 올라 닛포리로 향했다. 기대하지는 않지만 내심 신경이 쓰였는지, 일정의 빈틈만을 기다리고 있다가 간격이 보이자 곧장 몸을 틀었다.

닛포리역은 생각보다 커서 분위기에 놀라게 된다. 그래도 역에서 몇 분만 걸으면 금세 조용한 동네가 나타나는 건 닛포리의 좋은 점이다. 시원시원한 동네 느낌이 마음에 든다. 네모난 모양의 큼지막한 소고기가 든 카레가 오히려 더 점잖게 느껴지는 것도 같은 느낌이려나.

10분만 느긋하게 걸으면 팡야노홍야에 도착한다. 그 10분 동안 작은 채소 가게에서 노란 옥수수 하나를 사고, 우연히 만난 길냥이 사진을 열 장 정도 찍었다.

パン屋の本屋📖

책방 입구에
적힌 이름
'빵집의 책방'.
펼쳐진 책 위에
둥글게 색이
채워져 있어
마치 식빵처럼
보인다.

어딘가에 도착한다는 건 그 안에 들어간다는 것을 뜻할 텐데 팡야노홍야의 도착은 그 범위부터 달랐다. 생각보다 훨씬 큰 독채 건물에 다다르기도 전에 우뚝 멈춰버렸다. '히구라시 가든'이라는 이름으로 한쪽엔 '히구라시 베이커리'라는 빵집이, 한쪽엔 팡야노홍야라는 이름의 책방이, 가운데에는 아주 작은 마당이 딸려 있다. 빵집과 책방을 품은 작은 세계.

담장이 없는 히구라시 가든 전체에 아이들이 어수선하게 돌아다니고 있다. 이제 막 걷기 시작한 아이부터 자전거를 끌고 온 아이까지. 야외 테라스에서 빵과 책을 놓고 한적한 시간을 보내고 있는 아이와 엄마의 모습을 시작으로 빵집을 일단 지나쳐 책방으로 다가갔다.

입구의 유리창에 적힌 문구와 아이콘이 곧장 눈에 들어왔다. 작은 걱정이 사그라들었다. 아이와 아이를 가진 여성을 위한 책방이라는 의미가 단숨에 다가왔고 안심이 되었다. 주먹밥 그림과 담배 그림에는 X 표시. 젖병에는 아무 표시도 없다. 점내에 음식물 반입과 흡연 불가. 하지만 아이의 음식은 된다.

설명은 계속 이어졌다.

OK입니다 :)

— 유모차

— 작은 손님의 울음소리와 큰 목소리

NO입니다 : (

— 빵이나 커피를 손에 든 채 책방에 들어오는 것

만연한 노키즈존 카페와 숍을 떠올렸다. 크지도 않은 책방에 유모차를 끌고 들어가는 것은 분명 어렵다. 아이가 없고, 아이와의 생활 경험이 없는 나에게 유모차 입장의 허가 문구는 오히려 낯설었다. 허나 많은 곳에서 유모차 입장을 차단당해온 사람들에게는 허가 문구가 마냥 당연한 일이 아니었을지도 모른다. 입장 전부터 점주에게 물어볼 수밖에 없는 부모의 마음을 먼저 알아주고 입구에 '유모차 OK'라고 적어두는 일. 작지만 누군가에게는 꼭 필요한 표시이다.

노키즈존의 반대말이 있다면, '아이 입장 가능'이 아닌 '아이 입장 환영'이다. 이는 종종 아침 커피를 마시러 가곤 하던 합정역 카페 (이제는 없어진) '카라반'에서도 느낄 수 있었다. 카라반은 아이용 의자를 밖에서부터 보이도록 두었다. 입구 옆 유리창에 일부러 놓아둔 듯이 말이다. 그 모습만 봐도 '이곳에서는 아이가 편히 있을 수 있구나' 느낄 수 있었다. 물체로 된 일종의 환영 아이콘이다. 그리고 '베이비폼'이라는 아이를 위한 메뉴 가격은 천 원. 입장이 가능한 것만으로 감사해야 하는 사회에 어떤 문제가 있는지, 팡야노홍야의 입구 문구와 카라반의 베이비폼은 좋은 힌트를 준다.

누구에게나 차별 없이 닿아야 할 것들이 당연하게 차단되는 사회가 아닌, 손길이 닿아야 하는 쪽으로 더욱 뻗어야 하는 사회가 필요하다. 나는 전자의 사회에서 수많은 상처를 받으며 가시가 돋는 줄도 모르게 살았다. 팡야노홍야가 어째서 아이와 아이를 가진 여성을 위한 책방이라고 했는지 도착해서야 깨달았다. 아이와 유모차와 함께 외출하는 부모의 삶을 이해하는 공간이었다.

책방은 크지 않았다. 들어서자마자 느껴지는 책들의 따뜻한 결. 책방 오른편은 전부 어린이를 위한 책이 진열되어 있다. 어린이 책이다 보니 대부분 책 표지가 앞을 보게끔 진열되어 있고 그 위치가 내 시선에는 낮다. 아이들에게는 딱 맞는 위치일 것이다. 손을 턱하니 쉽게 올릴 수 있는 높이. 책은 부모만 고르는 게 아닐 테니까.

점내 가운데에는 계산대와 점주가 있고, 어린이책 코너 반대편인 왼쪽 서가에는 어른의 책들이 구비되어 있다. 벽을 두르고 있는 책장뿐만 아니라 3단 책장이 두 개 놓여 있어서 아주 조금은 동네 도서관 같은 기운도 받는다. 두 개의 책장 사이에 들어가 책 한 권을 꺼내 들고 고개를 숙이면, 아무에게도 눈에 띄지 않는 완전히 내 세상이다.

이 책장에서 사고 싶었던 책을 발견했다. 좋아하는 작가 노마치 미네코의 당시 신간 『호지쿠리 스트리트뷰(ほじくりストリートビュー)』. 번역가가 아닌 내가 번역해보자면, '시시콜콜 쑤시고 다닌 스트리트뷰' 되시겠다.

'구글맵의 노란 사람이 되고 싶어. 그 노란 사람…… 드래그 + 드롭만으로도 현지에 가고, 스트리트뷰를 볼 수 있잖아?'라는 유별난 마음에서 출발한 도쿄 파헤치기 탐방 책이다. 역시 여행서로 보기에는 어렵다. 절대 안 갈 것 같은 동네의 아스팔트나 골목의 넓이 따위를 들여다보는 책이니까. 트위터에서 신간 소식을 본 게 얼마 전인데 계획에 없던 책방에서 마주하니 반가워서 당장 손에 들었다. 여성을 위한 책이란 대체 어떤 책인지 따져보기도 전에 좋아하는 책을 만나다니. 마음속 기쁜 외침.

네! 이런 책을 좋아하는 여성도 이 세상에 살고 있습니다!

저요! 저요!

입구에서부터 갓 생긴 호감을 가지고 어른 책장을 둘러보니 책의 카테고리가 쓰인 식빵 모형에 눈이 갔다. '먹다(食べる)'라고 적힌 식빵 옆에는 곧장 『사람과 요리』라는 책이 놓여 있고, 음식

눈이 가던 코너들. 초코색으로 글씨가 적혀 있다.

じどうしょ	好奇心 →	食べる	パンの本 →	女性の 生き方 →
아동서	호기심	먹다	빵의 책	여성의 삶의 방식

에 관련된 책이 장르에 연연하지 않고 꽂혀 있다. 책방 이름답게 '빵의 책' 카테고리도 따로 있다. 이 식빵 모형을 보니 작업실 책장에도 빵의 책 코너를 만들어두고 싶다. 『빵의 세계』, 『빵의 일』, 『빵 만들기 교과서』, 『바게트와 맛있는 빵』, 『절대 실패하지 않는 빵 만들기』, 『매일 먹고 싶은 베이글 책』……. 이 코너에 꽂힌 제목들을 쭉 읽고 있자니 이내 마음이 말랑말랑해진다. 책장에서 풍기는 빵 냄새. 진짜 냄새가 나는 건 아니지만 빵, 빵 거리는 제목들 때문에 기분이 고소해졌다.

단순한 성격이라 빵 얘기만으로도 마음이 가벼워져서 마저 책장을 살피다가 이내 걸음을 멈췄다. '여성의 삶의 방식'이라는 쉽게 본 적 없는 카테고리가 책장 하나를 차지하고 있었다. 여성 그리고 그 삶을 이야기하는 책이라면 어떤 게 있을까 하고 들여다보니 익히 알고 있는 여성 작가들이 차례차례 보인다. 마스다 미리의 『오늘의 인생』을 시작으로 요시모토 바나나의 에세이 『매일은 좋구나(毎日っていいな)』, 타카노 후미코의 『루키 씨(국내 출간 제목은 『빨래가 마르지 않아도 괜찮아』)』, 호시 요리코의 『아이사와

리쿠』가 있다. 뿌리 깊게 박힌 문제들이 그대로 고여 있는 사회 안에서도 꾸준히 기록해내고 있는 여성 작가들을 마주하니 뜨끈한 끈끈함이 느껴졌다.

'여성의 삶의 방식' 카테고리는 마치 나에게 어떤 길을 제시해주는 것 같았다. 여성으로서의 생활과 지금까지의 이야기를 꾸준히 보여주는 모습들에서 얻을 수 있는 방식이 분명 있을지도 모른다. 여성으로서의 목소리를 꾸준히 내고 싶고, 그에 맞는 태도를 작업으로서 선보이고 싶다는 소망이 작은 길처럼 그려졌다. 그리고 자신의 오랜 시간을 기록하는 여성 작가들의 이야기가 더욱 필요하다는 걸 느꼈다. 닛포리의 동네 책방처럼 나의 동네 책방에도 나의 삶에 맞는 방식들의 카테고리가 생긴다면 나는 어쩌면 그 서가 앞에 자주 서 있게 되겠지.

서가 구경을 마치니 밖은 그새 어두워졌고 마당에서 놀던 아이들은 모두 집으로 돌아갔는지 보이지 않았다. 책방에서 책을 샀으니 이제 빵을 살 차례다. 숙소까지는 꽤 멀기 때문에 아주 조금이라도 앉고 싶었다. 빵집 폐점 시간이 얼마 남지 않았지만 아이스커피와 빵 하나, 그리고 숙소에서 먹을 팩 우유를 샀다. 빵은 몇 개 남아 있지 않아 개점 시간에 맞춰서 또 오고 싶어졌다. 역시 빵이라면 즉각 움직이는 사람이구나 싶다.

빵을 계산하고 바로 옆 카페에 앉았다. 한낮이라면 2층 자리에 앉아도 좋았겠다. 구입한 책과 커피 그리고 빵. 아이스커피를 쪽 빨며 창문을 내다보니 조금 전까지 내가 들어 있던 책방이 보였다.

나에겐 늘 지금뿐이라 어떤 미래도 그려볼 수 없지만, 아이가 있는 삶을 살게 된다면 자주 들르고 싶을 책방이다.

히구라시 가든에서의 시간을 마친 뒤, 여유로운 마음으로 책방과 빵집, 카페를 다시 오가며 유모차를 끌고 있다고 상상하며 거닐어보았다. 입구에 문턱이 없었다. 계단보다는 경사를 이루는 나무판들이 있어 편하다. 그간 책방과 빵집을 다니며 한 번도 생각해보지 못했던 사실을 닛포리에서 깨닫고 있었다. 다리를 다쳐 휠체어를 타고 지내던 시절이 생각났다. 그때 느꼈던 이동의 불편함을 잊고 살고 있었다. 누군가에게는 이 불편함이 매일의 일일 텐데.

'육아 세대의 여성'이라는 표현이 있다고 한다. 삶을 여러 시절로 나눌 때, 아이를 낳아 육아를 하는 연령층을 뜻한다. 히구라시 가든은 바로 그 육아 세대의 여성을 가장 먼저 생각하며 운영을 하고 있었다. 여성과 그 아이를 위한 공간이 갖춰져 있다면 그 지역 또한 가치가 있을 것이라는 믿음으로.

모든 연령층이 즐길 수 있는 공간이면서도 꼭 오기를 바라는 대상을 정해둔다는 것. 영리사업 안에서도 만들고 싶은 사회의 모습을 구현하며, 어떤 이의 고충을 이해하고 운영하는 방식으로 히구라시 가든은 사회를 향해 목소리를 내어 방향을 제시하고 있다.

'여성의 삶의 방식' 코너에서 내가 고른 책 『A씨의 경우』.
한 회사에 다니는 미혼 여성과 기혼 여성의 이야기를 다룬 만화책이다.
뒷표지에는 『B씨의 경우』라고 적혀 있다.

그 목소리에 힌트가 있다. 어째서 아이와 육아 세대의 여성을 위한 공간이 있지 않으면 안 되는지, 왜 아이와 아이의 부모가 아닌, 아이가 있는 여성이라고 꼭 집어 명시했는지를. 평범하게 누려야 할 당연한 일상이 특별함이 되지 않아야 한다.

 팡야노홍야 パン屋の本屋

책방 이름답게 빵과 관련된 책이 가득합니다. 빵의 책을 중심에 두고 어린이를 위한 책과 성인, 그리고 여성을 위한 책들이 준비되어 있습니다. 우선은 어린이와 여성에 집중하고는 있지만, 아빠를 위한 육아 서적도 부러 차려 놓은 점이 좋았습니다. 이제 막 육아를 시작하게 되는 서툴고 귀여운 부모가 함께 방문하기에 더없이 좋은 책방입니다.
책방뿐만 아니라 1층의 빵집과 카페 그리고 정원, 2층 테라스와 소파에서 편한 시간을 즐길 수 있도록 독채로 꾸려놓은 공간에서 아이부터 어른 모두 즐길 수 있습니다. 히구라시 가든의 지역 사랑이 느껴집니다.

—
도쿄 아라카와구 니시닛포리 2-6-7
2 Chome-6-7, Nishinippori, Arakawa-ku, Tokyo

홈페이지 panyanohonya.com
　　　　higurashi-garden.co.jp
트위터 @panyanohonya
—

03

세 가지 시간이 있는
동네 서점

책방 타이틀
(本屋 Title)

해가 내려앉고, 일터에 앉아 있던 사람 모두 일어나 원래의 방으로 돌아가는 시간. 달리는 차를 옆에 두고 걷는 30분은 꽤나 인상적이었다.

여행의 시간에서 빠져나와 또 다른 세상을 만났다. 그래서인지 책방 타이틀을 떠올리자면 처음 그곳을 찾아가던 그 30분의 시간부터 시작된다. 아니, 책방을 갈 예정도 없던 호텔에서의 쉼부터. 어떤 감상을 말하기 위해서 '내가 겪은 일과'라는 창을 통해 바라보는 순간이다.

책방 타이틀은 30분이라는 시간을 들여가며 처음 걷는 세상을 통해 다다르기에 더없이 어울리는 공간이었다. 오래된 가옥의 1층과 2층을 사용하면서 신간을 취급하며, 책방뿐만 아니라 작은 카페와 갤러리를 함께 두고 있는 책방. 단순히 동네 책방이라고 하기에는 다채롭기 그지없다. 그럼에도 오기쿠보라는 작은 동네, 그것도 역에서부터 꽤 걸어야 나오는 책방이라니.

가는 길에 작은 슈퍼마켓 하나가 나왔다. 채소와 과일이 가득

한 가게였다. 매일 과일을 먹지 않으면 안 되는 삶을 살고 있는 나였기에 자연스레 가게 안으로 들어갔다. 체리 480엔. 보자마자 사지 않으면 안 된다는 신호를 받았다. 칼을 쓸 수 없는 호텔 방에서 먹기 용이한 과일은 굉장히 이롭다. 어느덧 체리 한 바구니를 계산하고 나왔다. 불안함에 사과 주스니 자몽 주스니 사다두었지만 당연히 과일욕은 채워지지 않는다. 진짜 과일을 산 것만으로도 안심이 되었다. 내 몸은 가끔 믹서기 같다. 와구와구 입을 벌려가며 섬유질을 삼켜야만 건강하게 살아 있고, 살아가고 있다는 생각이 든다. 아무리 여행이어도 매일 조금씩 과일을 먹는 일과는 어김없이 이어져야 했다. 생활을 어길 수는 없다.

체리 봉지를 들고 다시 걸으니 사람들의 어깨와 도로의 색에 짙은 명암이 동일하게 깔려 있었다. 탁 트인 도로에 다다르고 횡단보도에서 신호를 기다릴 때, 한 회사원에게 눈이 갔다. 축 늘어진 어깨에 흰 피부와 큰 키. 몸집에 비해 큰 검은색 양복을 입고는 양쪽 손에는 방금 산 듯한 물건들이 잔뜩 든 비닐봉지를 들고 있다. 그 안에서 튀어나와 있는 플라스틱 빗자루 하나. 저 젊은 회사원은 빗자루를 왜 샀을까. 왜 하필 나라는 사람이 이 거리에 있게 된 오늘 이 시간에 산 걸까. 그렇게 몇 분을 튀어나와 있는 빗자루와 함께 걸었고, 그 회사원과 빗자루는 점점 멀어져 갔다.

어느새 어둑해져 도착한 책방 타이틀.
길가에 유일하게 밝은 건물이었다. 오래된 민가를 개조해 만들었으나 새로운 기운들이 멀리서부터 느껴졌다. 그런데 문을 열고 들어가려다 아차 싶었다. 책방 안에 사람이 바글바글했다. 순간 잘못 왔음을 깨달았다. 입장과 동시에 무언가 쓰인 유인물을 건네받았다. 그제야 책방을 둘러보니 아마도 책들이 있어야 할 곳에는 의자가 깔려 있고, 그 빈 의자들은 모두 하나의 의자를 바라보고 있었다. 뭔지는 모르지만 이벤트가 있는 날이구나.

"저는 그저."

손을 저으며 유일물을 받지 않자 이내 웃으며 들여보내주었다. 그러자 안에서 유인물을 들고 있던 손님들이 일제히 나를 쳐다보았고, 조금 전까지 한 번도 나지 않았던 땀이 쏟아졌다. 어째서 내 몸은 이런 대목에서 긴장하는 걸 외부로 표현하지 못해 안달인 걸까.

갤러리가 있는 2층은 막혀 있고, 의자들로 인해 책방은 둘러보기 어려웠다. 안쪽 카페의 존재는 생각도 나지 않았다. 아무도 나가라고 말하지도, 나를 방해꾼으로 생각하지도 않을 텐데 5분 안에 책을 대충 훑어보고 평소에 사고 싶다고 생각했던 책만을 뺏듯이 집어 계산을 마치고 도망치듯 밖으로 나왔다. 트위터를 통해 분명히 공지가 되었을 이벤트였다. 하필 이날 이 시간에 방문한 내 잘못이었다. 하필 빗자루를 만난 것처럼, 이벤트로 인해 평소와는 다른 모습을 하고 있는 책방을 만난 것이었다.

점주는 웃으면서 계산해주었고, 그렇게 나의 책방 타이틀에서의 첫 시간은 끝이 났다. 어떤 이벤트인지 느긋하게 체크해볼 수도 있었을 텐데 어째서 도망치려고만 했을까.

체리와 책 두 권을 들고 오기쿠보역까지 버스를 탔다. 책방 타이틀을 방문하려는 사람들은 대부분 오기쿠보역에 내려서 걸어가는 걸까. 오기쿠보역으로 향하는 버스에서 바라본 길은 어두워서 그런지, 좀처럼 갈 일 없어 보이는 길의 모습이었다. 부러 찾아가는 분위기의 거리를 돌아 나왔다.

몇 달 뒤. 도쿄의 시간 속에서 같은 호텔의 조식을 먹고 있는 나. 책방 타이틀까지 가는 길을 다시 검색했다. 가는 길이 아닌, 버스 시간을 체크하기 위해서.

아침부터 책방 타이틀이라니. 지난 방문의 땀내 나는 실패를 무마하고 싶은 마음도 있었지만, 가장 아쉬웠던 건 역시나 책방의 외관을 제대로 보지 못한 것이었다. 책방 타이틀에 호감을 가졌던 건, 흐릿한 블루 계열의 칠판에 흰 분필로 쓴 듯한 손 글씨였거늘. 어둠에 잔뜩 가려져 있었으니, 볼 생각도 못하고 보고 싶은 것을 애써 등지고 돌아서던 나였다.

좋아하는 밴드 키세루의 앨범 『밝은 환상(明るい幻)』의 커버를 그리기도 했던 일러스트레이터 나카반(nakaban) 씨가 그린 로고와 책방 간판이었기에, 책방에 다다랐을 때 받을 인상에 대해 큰 기대가 있었다. 책방 타이틀에 가고 싶었던 건 이런 면 때문이었다. 책방에 가고 싶다는 건 당연히 그 책방의 책을 보기 위해서인데, 그 마음에서 더 나아가 부러 내 몸을 움직이게 해서 다다르게

끔 만드는 건 생각보다 여러 모습을 하고 있다. 그런 면들에서 취향이 느껴지고, 취향이 안 맞는다고 느끼기도 하는 것이 아닐까. 그렇게 따졌을 때 책방 타이틀은 방문하기 전부터 이미 좋아하는 책방이 되어 있었다.

처음 책방 타이틀의 홈페이지에 접속했을 때, 부드러운 인상을 받았다. 큰 목소리로 내세우는 것 없이 말하고 싶은 게 분명한 느낌. 좋아하는 가게들은 저마다 풍기는 분위기가 다르다. 어쩌면 태어날 때부터 이런 가게를 하고 싶었으려나 싶은 점주 그 자체인 가게가 있는가 하면, 시간을 들여 경험한 것들 안에서 자신의 이야기가 담긴 것들만을 모아 꾸린 듯한 가게가 있다. 책방 타이틀은 후자였다. 크고 작은 부분 할 것 없이 섬세하게 꾸려져 있고, 침착한 준비에서 만들어진 책방.

외국인이 접속하더라도 친절함이 느껴지는 정갈한 홈페이지 디자인에 딱 맞아떨어지는 로고와 색감, 카페의 메뉴 사진과 세세한 설명, 2층에서 열리는 전시 소개 글과 책방 곳곳의 사진들. 그리고 책방 타이틀이기에 존재하는 책들.

어떻게 살아온 사람이 만든 책방인지는 모르지만 어쩌면 방문하는 것만으로도 삶이 이로워질 것만 같은 기대가 생길 수밖에 없었다.

버스에서 내리기 전부터 책방 타이틀이 보였다. 버스였기 때문에 2층인 외관이 시원하게 보였고, 블루 간판 때문에 한적한 거리에서 단연 눈에 띄었다. 어쩌다 이 거리를 걷던 사람이라도 멀리서 책방 타이틀을 발견한다면 갑작스럽게 방문해버릴지도 모를 책방이었다. 좁은 도로로 꺾어 들어가자마자 버스에서 내렸다. 어째선지 비슷한 거리를 교토에서 본 것 같다는 착각도 들었다.

그렇게 다시 책방 타이틀의 시간이 시작되었다. 오고 가던 시간만이 아니라, 이제는 온전히 책방에서 보내는 시간.

문을 열고 들어가니 단번에 혼자가 되었다. 곧장 책방 타이틀에서 선전하는 책들과 최근 신간들을 마주 보게 된다. 책방에 들

버스를 타고 지나가면 보이는 외관.

어서자마자 나와 책만 존재하는 안온한 시간을 안고 금세 침착해졌다. 책을 담고 있는 책장이 책방 안을 양껏 두르고 빽빽하게 꽂혀 있는 책의 양도 방대하다. 그런데 넓고 쾌적한 기운이 드는 건 왜일까. 오래된 민가라 층고가 높고, 안쪽의 카페가 슬쩍슬쩍 눈에 들어오기에 가능한 분위기다.

어떤 책은 아크릴 재질의 책장에 높이가 낮게 진열되어 있고, 어떤 책은 검은색 책장에, 문고본 책은 흰색 작은 책장에 진열되어 있다. 그리고 건물을 지탱하는 나무 기둥과 나무 벽에는 비슷한 나무 재질의 책장이 자연스럽게 흐르고 있어 수많은 책이 나를 향하고 있어도 답답함이 없었다.

책방 타이틀에는 글 위주의 서적이 많았다. 좋아하는 일러스트레이터가 만든 작은 책도 있고, 사진이나 그림이 주를 이루는 책과 신간 잡지도 적지 않았지만 한쪽 벽에는 글이 가득한 책이 책등을 보이며 다량 꽂혀 있었다. 일본에서는 늘 그림과 사진 위주로 책을 사던 나는 자세히 볼 수 없는 책들이었으나 책방 타이틀에서는 어째선지 거리감이 느껴지지 않았다. 일본어를 막힘없이 읽을 수 있게 된다면 분명 읽고 싶어 할 책이라는 기운이 느껴졌다. 그런 책이 있어서 들춰보면, 그 옆의 책의 제목에 눈이 갔고, 그렇게 책장의 책들이 잔뜩 보이도록 눈을 두고 있으면 그 코너 전부가 그랬다.

입간판에는 필요한 정보만이.

그 책들이 주는 기운은 비슷했다. 나 그리고 나의 생활, 조용하지만 즐겁게 살고 싶다는 마음, 별거 아닌 것을 아름답게 보는 시선, 매일 비슷한 하루를 살더라도 다른 삶을 살고 있다고 말해줄 것 같은 책들.

빼곡한 일본어라면 곧장 손을 놓던 때와는 다르게 한 발짝 다가가서 책장을 펼쳤다. 언제쯤 이런 책을 막힘없이 읽을 수 있을까. 읽고 싶은 마음이 커졌다. 일본어 공부를 열심히 하지 않으면, 이번 생에는 일본어 원서 한 권 완독하지 못하고 끝나버릴 것 같아 아찔해졌다. 왠지 주먹을 불끈 쥐고는 작은 다짐이 생겼다.

2층으로 올랐다. 역시 좁은 나무 계단. 삐거덕거리는 소리는 연결되어 있는 나무들을 타고 공간 전체에 흘렀다. 마침 좋아하는 일러스트레이터 오치아이 메구미 씨의 전시가 진행 중이었다. 이런 식으로 마음의 준비 없이 좋아하는 작가의 원화를 보게 되다니. 여행의 기운과 풍경을 잘 표현하는 그림들이라 좋아했는데 여행 중에 마주하게 되다니. 1층에 있던 손님은 나까지 세 명이었는데, 내가 올라온 뒤로 그 누구도 올라오지 않았다. 웬만하면 혼자가 되는 갤러리였다.

버스에서 본 2층 유리를 실내에서 보니 또 달랐다. 2층 한가운데에 꽤 크게 뚫려 있는 유리창은 하나의 그림처럼 존재하고 있었다. 걸음마다 삐거덕 소리를 동반하며 천천히 그림을 둘러보며, 누군가가 살았을 공간의 모습을 상상해보기도 했다. 한국에서 온

343

여행객이라고 소개하며 짧은 방명록을 남기고 다시 1층으로 내려왔다.

책방 거리 산책에 대한 특집 기사를 다룬 「OZ」 매거진을 들고 계산대로 향했다. 마침 책방 타이틀과 오기쿠보 산책에 대한 꼭지가 있었다. 현실 속 가상의 느낌. 점주는 여전히 웃으며 계산을 해주었다. 몇 달 만에 다시 이 자리에 서 있게 된 나는 땀이 나지 않았다.

"카페. 지금 하고 있는 거죠?"

"네. 괜찮으시다면 편히 쉬다 가세요."

그냥 카페로 향하면 될 것을 내가 카페로 갈 것이라는 걸 질문을 통해 말하고 싶었다. 카페는 독보적인 태도로 타이틀의 제일 안쪽에 있었다. 카페의 주방에는 카페만의 직원이 있었다. 커피와 디저트를 만들며 서빙을 돕는 사람.

나중에 안 사실이지만 타이틀은 부부가 운영하는데 책방은 남편이, 카페는 아내가 맡고 있었다. 하나의 장소에서 떨어져서 각자의 일을 전적으로 맡고 있는 분위기가 좋았다.

따뜻한 나무 테이블과 비슷한 색감의 푹신한 의자는 하늘빛 벽과 어울렸다. 카페의 공간 또한 처음 책방 타이틀 홈페이지에 접속했을 때 받은 인상과 닮아 있었다. 벽 곳곳에는 과하지 않은 몇 점의 그림이 걸려 있었다.

따뜻한 커피와 프렌치토스트(+아이스크림)를 주문했고 방금 산책을 펼쳤다. 바로 옆 테이블에 예쁜 모델이 앉아 포즈를 취하고 있었다. 왠지 웃음이 나왔다. 기다리던 커피와 두툼한 프렌치토스트가 나왔고, 방금 막 올린 아이스크림을 보자마자 펼쳤던 책을 단숨에 닫아버렸다.

우와. 행복해질 수밖에 없는 자태다.

"이건 시럽이에요. 토스트 위에 뿌려서 드세요."

뚜껑이 있는 작은 유리그릇을 가리키며 친절하게 말해주었다. 그 다음에는 프렌치토스트 위에 뿌려진 설탕을 가리켰다.

"그리고, 이건 설탕인데요. 드셔보시면 알겠지만 많이 달지 않답니다. 그러니까 시럽을 많이 뿌리셔도 괜찮아요."

단 것에 대한 설명만을 들었다. 웃음이 머금어지는 말들이었다.

시럽은 갈색.

커피에는
작은 과자가 함께.

두꺼운 프렌치토스트.
아이스크림 없이도
주문 가능.

책과 그림의 시간이 끝난 후 이제 커피 한 모금과 촉촉한 프렌치 토스트를 입 안 가득 오물거릴 시간이 찾아왔다.

누릴 수 있는 시간이 잔뜩 준비되어 있는 책방에 있으니 하고 싶은 게 많아진다. 책방 타이틀의 서가에 어울리는 책 한 권을 만들고 싶고, 2층 갤러리에 걸고 싶은 그림도 그리고 싶다. 그리고 카페를 만든다면 책방 타이틀의 프렌치토스트처럼 귀엽고 완벽한 메뉴 하나쯤은 꼭 만들고 싶다고 생각하며 남아 있는 시간을 마저 보냈다.

아직 이른 점심. 버스를 타고 곱게 이동한 덕에 아직 호텔에서부터 담아온 체력이 온전히 남아 있었다. 거기에다가 달고 건강한 기운이 더해졌다. 시간이 얼마나 지났는지 셈해볼 필요도 없이 진득하게 앉아 있다가 두 점주에게 나눠 인사를 건네며 타이틀의 시간을 일단 끝냈다.

또 오리라 다짐하면서.

어디로든 출발할 수 있는 기력을 가지고 책방 타이틀을 나오니 기분 좋은 바람이 불었다. 책방 앞에 길에 뻗은 큰 나무가 바람에 흔들리기에 고개를 들어 올려다보았다. 그제야 동네의 냄새가 났다.

책방 타이틀 本屋 Title

'생활'이라는 카테고리가 있다면 그 안에 들어갈 수 있는 책은 무엇이 있을까요. 그 답은 어쩌면 책방 타이틀에서 만날 수 있습니다. 삶에 대해 생각하며 이야기하는 책들이 두루 준비되어 있습니다.

책방 타이틀 홈페이지에는 이런 문구가 쓰여 있습니다.

"まったく新しい(참으로 새롭다)
けれどなつかしい(하지만 그립다)"

신간 서점이지만, 새것의 느낌보다는 조금은 빛바랜 감성으로 이어가는 운영이 느껴집니다.

전시 및 이벤트에 대한 정보는 홈페이지 혹은 SNS에서 확인할 수 있습니다. '毎日のほん(매일의 책)'이라는 이름으로 하루에 한 권씩 짤막하게 책을 소개하고 있으니, 매일 체크해본다면 책방 타이틀이 지니고 있는 이야기를 느낄 수 있지 않을까요.

구입하지 않은 책은 카페에 가지고 갈 수 없습니다. 책방, 갤러리, 카페에서 조금씩 다른 시간을 즐기길 바랍니다.

—

도쿄 스기나미구 모모이 1-5-2
1 Chome-5-2 Momoi, Suginami-ku, Tokyo

홈페이지 www.title-books.com
트위터 @Title_books
—

04

도쿄 책방에
책 입고하기

서니 보이 북스(SUNNY BOY BOOKS)

"일본에 책 입고해봤어요?"

평소 친구처럼 혹은 사회에서 만난 동료처럼 지내는 사적인서점 지혜 씨가 친근하게 물어왔다. 아직 사적인서점을 오픈하기 전, 도쿄 출장을 앞두고 있던 지혜 씨가 먼저 '일본 서점'과 '입고'라는 키워드를 내게 던져주었다.

"서니 보이 북스에 갈 건데 진아 씨 책 소개해볼까요? 어울릴 것 같아요!"

즐거운 일이 생각나면 성큼 다가가 일단 시작해보는 지혜 씨의 이런 면모는 나에게서는 찾아볼 수 없다. 책에 관한 일이라면 언제나 활기가 넘치는 사람. 마침 「도시 건강 도감」과 「현명한 사람」 두 권을 일본어 버전으로 만들어볼까 고민하던 참이라 시기적절한 제안이었다. 지혜 씨와 두근거리는 대화를 나누며 '그럼 번역은 이렇게, 인쇄를 이렇게, 기간은 이렇게……' 하며 아직은 흩어져 있는 엉성한 계획들을 그려보게 되었다.

다른 나라의 책방, 게다가 그다지 넓지 않은 책방이라면 더욱

이 내 책이 놓일 자리란 없을 것만 같아서 그간 선뜻 문의를 하지 못했는데. 나의 얇은 책들을 꾸준히 좋아해준 한 사람 덕에 그 어려운 한 발을 내딛을 수 있었다. 며칠 뒤에 입고 수량을 전달받았다. 지혜 씨는 나에게 서니 보이 북스의 메일 주소를 건네주었다. 서울이라는 도시에서 이야기를 만들고 그림을 그리는 임진아라는 사람에 대해 소개해주었으니 이제 다음은 온전히 내 몫이다.

"서울의 리스짱 소개로 메일 보낸다고 하면 알 거예요."

안심의 한 줄도 덧붙여주었다. 별명인 리스(다람쥐)와 너무나 어울리는 사람이다. 이 나무 저 나무를 오가며 귀여움을 뽐내며 바쁘게 사는 다람쥐처럼, 지혜 씨는 한국과 일본을 오가며 책과 책방에 대한 일이라면 반짝반짝 빛을 내며 바쁘게 지내고 있었다.

덕분에 용기가 생겨 좋은 기세로 도쿄 이케부쿠로에 있는 포포타무에도 입점 문의 메일을 보냈다. 이미 나를 알고 있다며 선뜻 각 10권씩 받고 싶다고 답장이 왔다. 혹시 다른 굿즈는 없냐는 질문까지. 답장을 읽고는 모니터 앞에서 손을 천장으로 쭉 뻗었다.

예!

비행기 티켓을 끊을 때만 해도 그저 여행이었는데, 마치 돈을 벌러 가는 것만 같아 이상하게 들떴다. 메일로 서니 보이 북스와 포포타무 방문 날을 잡아두었다. 그리고 떠나는 날까지 부지런히 일본어 버전으로 새로 작업해서 인쇄하고 한 권, 한 권, 제본을 마쳤다.

누군가를 만나기 위해 도쿄에 간 건 처음이었기에 여행 내내 묘하게 긴장되었다. 틈만 나면 입고할 때 써야 하는 회화 문장을 연습하거나 단어들을 외웠다. 보통의 여행이었다면 카페에서의 시간은 아무 생각도 안 하고 멍하게 지낼 텐데 마음처럼 되지 않았다. 습관처럼 긴장하는 성격이라 어쩔 수가 없다.

번역기의 도움을 받아 유창하게 일본어로 메일을 보냈는데, 막상 마주했을 때에 제대로 알아듣지도 말하지도 못하면 어쩌나. 웃으며 책만 주고 나올 수는 없다. 혹시 몰라 책 권 수와 공급률 (책 제작자가 서점에 공급하는 책값을 정가 대비로 표시한 비율) 따위를 영수증 느낌이 나게 노트에 적어두었다.

해가 지기 전에 가쿠게이다이가쿠역에 도착해 서니 보이 북스로 향했다. 서니 보이 북스는 2013년에 메구로의 가쿠게이다이가쿠역 5분 거리의 좁은 골목에 자리 잡았다. 5평 남짓의 작은 책방으로 '이런 곳에 책방이?'라는 생각이 들자마자 도착하게 된다.

전체적으로 낮은 위치의 나무 문과 그에 비해 큰 유리창을 보면 순식간에 거인이 된 기분이다. 책방에 들어서면 우선 일러스트 위주의 인쇄물이 보이지만, 중고 서적은 물론이고 꽤나 폭넓은 장르를 소개하고 있다. 좁은 공간임에도 한쪽 벽을 비워두고 이벤트에 맞는 전시나 그림을 보여주고, 나머지 공간은 입고된 책과 인쇄물, 작품들로 빽빽하다. 공간에 머무는 시간은 공간의 크기와 비례하지 않음을 서니 보이 북스를 통해 다시 깨닫게 되었다. '좁은 만큼 볼 것이 많습니다'라는 인상의 일본 점포는 왜 이리 사랑스러울까.

책방은 생각보다 훨씬 좁았고, 그렇기에 따뜻했다. 큰 유리창에는 이벤트에 맞는 그림이 흰색 드로잉으로 가득 그려져 있었다. 따뜻한 색의 나무와 큰 유리창과 흰색의 귀여운 그림들은 마음에 안정을 준다.

용기를 담은 한숨을 내쉬고는 기운차게 들어갔다. 입장하면 바로 카운터가 보이고 곧바로 인사하면 될 줄 알았는데 아니었다. 카운터는 안쪽에 위치해 있고 입구가 아닌 오른쪽 벽을 바라보고 있었다. 그마저도 책장과 책으로 가려져 있어서 사람이 있는지 없는지 한눈에 알 수 없었다.

하지만 사람이 드나드는 건 알 수 있을 만큼 좁은 곳이어서, 점주의 인사를 받았고, 다시 한 번 용기를 내어 카운터로 다가가서 입을 열었다. 그렇게 첫 만남이 이루어졌다.

이 상황을 주체 못하는 나의 땀샘. 평소 땀이 많은 편은 아니지만 긴장하면 쏟아져 나오는지라 덥지도 않은데 내내 땀이 났다. 이런 내 몸이 부끄러워 긴장은 배가 되었고 땀 흘리는 내가 부끄러워 계속 땀을 흘렸다.

점주인 타카하시 씨는 나의 등장에 기다렸다는 듯 반갑게 인사해주었고, 내가 꺼내든 책들 또한 반갑고도 정중히 맞아주었다. 순간 지혜 씨가 떠올랐다. 나의 다음을 상상해보고 권해주는 이가 있다는 건 작업자로서 든든한 일이다.

책을 건네며 그간 연습했던 책에 대한 설명을 했다. 샘플이 되는 책과 입고용 책의 수량, 그리고 책의 내용과 만든 이유 등을 말하고 있으니 땀이 마르고 마음이 진정되었다. 역시 내 이야기를 떠드는 일은 어떤 언어로 해도 즐겁다. 설명해줘서 고맙다고 말하며 책을 받아 든 타카하시 씨는 서점의 입고 절차에 따라 수기로 영수증을 써달라고 했다. 한자가 가득 적힌 영수증을 꺼내더니 내 이름과 집 주소, 공급 가격을 적어달라고 요청한 것.

"영어로 써주세요."

일본에서, 한국에 있는 나의 집 주소를, 영어로 써야 하다니. 학창 시절 칠판 앞에 나와서 수학 문제를 풀어야 하던 때가 떠올랐다(그 순간은 아직까지도 꿈에 나오곤 한다). 나에게는 인생 최고의 괴로운 순간이니까. 사람이 지켜보는 가운데 무언가를 써야 하는 일은 나에게 큰 공포이다. 수학 문제를 끝내 풀지 못한 나를 담임 선생님은 면박을 주었고 "모르는 거니? 하기 싫은 거니?" 하며 소리를 질렀으니까(선생님의 질문에 대한 답은 둘 다였답니다). 수학 시간까지 떠올리며 당황해하자 타카하시 씨는 웃으며 다시 말을 건넸다.

"한글로 적어도 괜찮아요."

처음부터 한글로 적으라고 했으면 당황하지 않았을 텐데…… 잠자코 한글로 적었다. 책 수량과 책 제목을 기입하고서 바로 책 값을 받았다.

이걸 위해서 도쿄에 왔다면 웃긴 일이 될 테지만 여행 중에 돈을 번다고 생각하니 이 얼마나 기쁜 일인가. 이 순간만큼은 일본인의 인사 문화를 따를 수밖에 없었다. 끝없이 고개를 숙이며 인사를 건넸다.

감사합니다. 제가 더 감사합니다. 아니 제 쪽이 더! 아닙니다. 따지자면 제가 더 감사하지요. 그 인사에 또 한 번 감사합니다.

그제야 옆에 있던 타카하시 씨 아내분과 인사를 나누었고 동행한 홍구 씨까지 대화에 합류해 넷이 모여 이야기를 나눴다. 친근하게 대해주는 덕에 긴장이 풀렸지만 땀은 멈출 줄 몰랐고 그런 내가 걱정이 되었는지 에어컨을 틀어주었다. 긴장하면 땀이 쏟아지는 마음의 병을 가진 나 때문에 도쿄의 전기는 흐르고 있었다.

두 사람은 우리에게 그저 구경만을 위해 들른 장소가 아닌, 오래 머물며 대화를 나눠도 좋다는 분위기를 만들어주었다. 그 분위기가 참으로 다정하고 편해서 홍구 씨와 함께 만든 책에 대해 소개하기도 하고, 서울에서 활동했던 사진들을 보여주기도 했다. 돌아오는 긴 대답을 못 알아듣기라도 하면, 아내분은 바로 능숙하게 영어로 말을 했고, 그걸 알아듣는 홍구 씨가 다시 나에게 한국어로 말해주고, 그에 반응하여 다시 일본어로 대답했다. 네 명이서 하는 징검다리식 느릿느릿한 대화법은 꽤 재밌었다.

몇 년 전에 만든 얇은 책에 일본어를 더해 새로 제작한 뒤, 도쿄의 책방에서 함께 펼치며 보고 있는 순간이 새삼스럽고 신기했다. '내리면 타요. 우리의 어깨는 소중하니까요'라든지, '모두가 쉬는 날에는 집에 있어요' 같은 이상하고 사소한 이야기들에 함께 웃을 수 있다는 사실을 함께 웃고 나서야 안 것이다. '언어의 다름은 신경 쓰지 말아요'라는 문구 하나가 책방 한가운데에 둥둥 떠다녔다.

일러스트 위주의 책이 많다고 이야기를 듣긴 했지만 지혜 씨가
왜 이곳과 나를 연결해주었는지, 왜 어울린다고 말해주었는지 알
것 같았다. 나에 대해 그런 인상을 가져준 것이 고마웠다.

평소에 좋아하는 일본 일러스트레이터들의 작은 책과 굿즈들을
발견할 때마다 이야깃거리는 늘어만 갔다. 20대 초부터 책을 모으
기도 했던 모구 타카하시, 간결한 구름 같은 그림체가 매력적인 일
러스트레이터 판코미(fancomi). 그리고 보기만 해도 마음이 동글동
글해지는 타다 레이코의 책과 굿즈들은 나를 차분하게 만들었다.
인터넷으로만 체크하던 다른 나라의 일러스트레이터들과 친구가
된 것 같은 기분이 들었달까. 나도 그들도 같은 마음으로 서니 보
이 북스에 오가며 자신의 작업물을 놓아둘 테니 말이다.

조금씩 정적이 등장하면서 각자 천장을 보거나 책장에 시선이
갔을 때쯤 한층 안정된 어투로 "이곳 분위기가 정말 좋네요" 하고
말했다. 용기 내지 않아도 '오늘 날씨가 좋네요' 같은 말은 할 수
있으니까. 내 말을 들은 아내분은 쑥스럽게 웃으며 "좁지요?" 하
고 대답했고, 그 대답에 "좁지만 좋아요(せまいけど いいですね)"
라고 말한다는 걸 그만 "좁아서 좋아요(せまくて いいですね)"라고
말해버렸다. 말해놓고 머리 위에 물음표를 띄웠지만 문법을 수정
해야 하는 교습소는 아니기에 그저 웃으며 넘어갔다.

정말로 좁아서 좋기도 했으니까. 왠지 이 안에 있는 우리들이
다람쥐처럼 느껴져서 그 점이 내내 귀여웠다.

작은 역에 내려 조용한 마을 안을 걷다가 인적이 드물어지고 점점 더 좁아지는 골목에 들어서면 그제야 나타나는 작고 낮은 책방 서니 보이 북스. 마치 보노보노의 친구 포로리가 사는 집처럼 안락했다. 밖에서는 좁아 보여도, 안에 들어와 있으면 '이 세상은 넓고 어쩌면 어려울 건 없구나' 하는 생각이 든다.

서니 보이 북스 SUNNY BOY BOOKS

그림 작업을 주로 하는 작업자들이 자연스럽게 보이는 책방입니다. 점내는 좁지만 매번 전시가 진행 중이라 방문할 때마다 새로운 기분이 듭니다. 전시에 맞게 서가의 위치도 조금씩 바뀌고, 입고되는 작업물들마다 진열을 신경 쓰고 있다는 것이 느껴집니다.

책방을 차리고 운영에 어려움을 느끼고 있을 때, 교토에 있는 출판사 겸 책방 미시마샤(ミシマ社)의 대표로부터 그림 전시를 진행해보라는 이야길 들었다고 합니다. 전시를 하는 작가, 그리고 그의 주변 사람들이 모이며 조금씩 책방을 왕래하는 사람들이 자연스럽게 생겨날 거라고 말이죠. 그 이후 서니 보이 북스에서는 꾸준히 기획 전시가 진행되고 있습니다.

도쿄에 가게 된다면 서니 보이 북스만큼은 꼭 방문하려고 합니다. 그만큼 서니 보이 북스의 마을이 좋기도 합니다. 책방 구경을 하고 동네에서 간식거리를 사서 세타가야공원까지 걸어가는 길을 좋아합니다.

—
도쿄 메구로구 다카반 2-14-15
2 Chome-14-15 Takaban, Meguro-ku, Tokyo

홈페이지 www.sunnyboybooks.jp
인스타그램, 트위터 @sunnyboybooks
—

05

도쿄에서의
첫 전시
다시,

서니 보이 북스(SUNNY BOY BOOKS)

받은 편지 25건, 보낸 편지 20건.

서니 보이 북스(이하 서니) 점주 타카하시 씨와 주고받은 메일의 건수이다. 이 서신은 2018년 1월의 끝에 '서니에서의 전시에 대해서'라는 제목으로 도착한 한 통의 메일로 시작되어, 같은 해 6월까지 내내 이어졌다. 나는 수시로 돌이켜본다.

이 한 통의 메일을 받았던 그 오후를.

기쁨과 걱정이 뒤섞여 묘하게 두근거리던 평범한 낮이었다.

메일을 열어보니 우선 도쿄의 추위에 대한 날씨 이야기로 시작한 후 공손하고 또 부드러운 말투로 전시를 제안하며 구체적인 전시 날짜만이 볼드 처리되어 있다. 메일의 끝자락에는 이렇게 쓰여 있었다.

해외 작가에게 전시를 부탁하는 일은 처음입니다만, 함께 정해가며 서로 무리하지 않는 느낌으로 할 수 있다면 기쁘겠습니다.

당시의 나는 미처 처리하지 못한 여러 일들 때문에 하루하루가 무거웠다. 연초이지만 어서 한 해가 끝나기를 바라는 낡은 마음을 갖고 있던 터라 이 기쁜 전언을 저버리는 상상을 먼저 했으나, 우선은 하루를 꼬박 써가며 생각하기로 했고, 팔짱을 낀 채 벽을 째려보며 골몰하기 시작했다. 미래의 정답을 맞히는 일은 어려운 일. 하지만 타카하시 씨의 '기쁘겠습니다'라는 말이 자꾸만 맴돌며 나 또한 기뻐할 수 있는 방향으로 생각의 길을 텄다.

그리고 답장을 보냈다. 나도 날씨 이야기로 시작을 했다.

서울도 무척 춥습니다. 한강과 인천 바다가 얼었어요.

제안해준 5월 19일에서 5월 31일이라는 날에 대해 즉각 호의적인 대답을 적어 내려가며 도쿄의 봄에 전시를 하게 되어 기쁘다고 썼다. 자꾸만 미래의 나에게 "들었지? 너도 들었지? 한다고 했다. 하기로 한 거다!" 외치며 심장의 쿵쾅 소리와 함께 메일을 전송했다. 그렇게 반 년 동안의 메일이 시작되었다.

해외에 있기 때문에 그림을 보내는 건 나의 비용으로, 팔리지 않고 남은 그림은 서니에서 보내주는 것으로 제안을 받았지만 나의 생각은 달랐다. 그림과 함께 내가 가겠다고 했다. 도쿄에서의 내 전시를 내가 보지 못한다니. 그림만 도쿄의 5월을 느끼게 할 수 없는 노릇이었다. 그러고는 궁금했다. 해외의 첫 작가가 왜 나일까.

단지 책을 입고한 적이 있는 사람이기 때문에?

그저 자연스럽게 싹튼 친분으로 인해서?

아니면 일본어로 어느 정도 대화를 나눌 수 있는 일러스트레이터이기 때문이려나.

왜 나에게 전시 제안을 한 건지 묻고 싶었다. 평소에도 삽화 제안을 해준 사람에게 묻곤 했다. 나의 어떤 작업을 보고 의뢰를 주었느냐고. 그걸 알아야 일을 승낙할 수 있었는데, 서니 전시는 그 물음 없이 덜컥 하기로 결정한 것이다.

내가 먼저 이전의 그림이 아닌, 서니에서 일어날 수 있는 이야기와 분위기를 만들어 새로운 그림을 그리고 싶다고 했다. 타카하시 씨는 또다시 그런 방향으로 생각해주어 기쁘다는 말을 하며 나와 어떤 날들을 만들고 싶은지 말해주었고, 그것은 어쩌면 전시 의뢰를 한 이유이기도 했다.

새로운 작품으로 벼르고 있다니 너무 기쁩니다. 책의 풍경이 있고, 따뜻한 색이 들어간 작품을 보고 싶다고 생각하고 있습니다. 봄이기도 하고요.

일전에 그린 다마무라 도요 씨의 책 표지의 그림. 멋지다고 생각했습니다. 그런 느낌. 어떨까요?

전적으로 내 안에서 나올 수 있는 그림과 이야기를 바탕으로, 자신의 공간에서 만들어낼 수 있는 토막들을 정리하여 제안해주는 그 말에 뒤늦게 안심했다.

실은, 다마무라 도요 작가의 『일단 양파라도 썰어볼까(원제: 남자 주방학 입문(男子厨房学入門))』의 번역서 표지는 작업자로서 아쉬움이 있었다. 두 건의 시안이 완성 그림이 아닌 그저 소스로만 사용되어 만족할 수 있는 결과물이 아니었다. 물론 내 그림이 좋은 글의 표지가 된다는 건 벅찬 일이었으나, 내내 마음에 걸렸다. 그래서 홈페이지에 올려두었을 뿐이었는데, 어디에도 쓰이지 않은

『일단 양파라도 썰어볼까』 표지 시안.

두 그림을 보고 나와의 전시를 떠올리게 되었다니.

아주 작은 씨앗은 눈에 보이지 않지만, 언제 누군가에 의해 발견되어 어디에서 자라날지는 알 수 없는 일.

'서니'라는 공간과 '나'라는 사람이 만들어낼 전시를 내내 구상하고 상상하면서 당장 해야 할 일들을 처리하며 지냈다. 그런 와중에 문장 하나가 작업실 허공에 떠다녔다.

実はストレッチング(실은 스트레칭)

일본어 문장으로 먼저 떠올랐다. 도쿄에서의 전시이기 때문일까. 곧장 스케치북에 제목을 적어보았다. 한글과 일어를 같이 두고 보니 역시 이만한 제목이 없다는 확신이 들었다. 늘 스트레칭하는 동작을 그리던 나로부터 출발해, 책을 소개하는 서니에 도착하며 만들어진 문장이었다. 메일을 보냈다.

우선 내가 정한 전시의 제목은 "실은 스트레칭"입니다.

매일, 바쁜 나날 속에서 짧게라도 시간을 만들어 책을 읽는 것은 사실은 스트레칭을 하고 있는 것과 같을지도 모른다는 이야기입니다.

"매일 짧은 글을 읽는 것은 스트레칭과 같다.

매일의 스트레칭으로 건강한 마음을 만든다."

평소에 하던 생각을 전시로 표현하려고 합니다. 어떻습니까?

스트레칭 하는 마음으로 그림을 보며 바로 그런 책을 선택하는 시간이 되었으면 좋겠습니다. 좋은 생활과 마음을 만들게 하는 책이, SUNNY BOY BOOKS의 책장에 많이 있는 것 같다고 생각합니다.

즉각 답변이 왔다. '실은 스트레칭' 문제없네요! 하며, 서니만의 콘셉트가 될 것 같다며 바로 호의적인 반응을 보내준 타카하시 씨에게 기쁨의 답신을 또다시 보냈다.

그렇게 시작된 '실은 스트레칭'의 세계. 함께 판매할 동명의 작은 소책자와 핀버튼을 만들고, 전시를 위한 그림 11점을 완성했다. 애쓰면 더 많이 그려낼 수 있었겠지만, 무리하지 않는 선에서 움직였다. 비용을 들이며 바다를 건너 전시를 해야 하는 일이지만 무엇보다 최대한 즐기려 했다. 타카하시 씨의 첫 메일을 기준으로 삼으며 말이다.

서로 무리하지 않는 느낌으로 할 수 있다면 기쁘겠습니다.

무리를 하지 않기 위해, 언제나 든든한 사람 홍구 씨에게 도쿄 동행을 제안했다. 그림을 함께 나르고, 전시를 설치할 때 다른 눈이 되어주고, 전시를 사진으로 기록해주기로 했다. 이런 존재가 곁에 있다는 것에 새삼 마음 깊이 따뜻했다.

타카하시 씨에게 메일을 쓰며 홍구 씨와 함께 간다고 언급했더니, 웃음이 나는 답장이 왔다.

홍구 씨도 함께 오는군요!

心強い(코코로쯔요이, 마음 든든하다)! 함께 설치해나갑시다!

처음 알게 된 표현이었다. 코코로쯔요이.

마음을 뜻하는 코코로와 강하다는 뜻의 형용사 쯔요이가 만나 '마음이 든든하다'라는 단어가 되다니. 상황에 딱 맞는 적확한 단어 하나를 배웠다. 셋이 함께 설치를 할 때에도 우리는 홍구 씨를 "코코로쯔요이상"이라 부르곤 했다. 일명 마음든든 씨!

언어를 배운다는 건, 책상 앞에 앉아 책에서 노트로 옮겨 적는 것만이 아니라는 것을 또 한 번 겪었다. 단지 보름의 전시를 한 것만으로도 수많은 대화와 메일, 그리고 전시 내내 문자 메시지를 주고받으며 일상 표현들을 실시간으로 배웠다. 이런 때에는 이런 말을, 하면서 습득 가능한 것들을 외웠다.

깨달은 게 또 하나 있다. 내가 일본어를 좋아하고 내내 배우고 싶어 하며, 가능한 한 더 많은 대화를 하고 싶은 이유. 일본어는 감동적인 말이나 일상의 명언을 말하기에 아주 최적화된 언어였다. 상대에게 꼭 하고 싶은 말임에도 불구하고 왜인지 부끄러워서 하지 못하던 말조차 일본어로는 어째선지 자연스러웠다. 한국어로는 얼굴이 벌게지면서 일본어로는 아무렇지도 않게 말하는 나를 발견할 때마다 놀라곤 했다. 일본 드라마를 볼 때면 어떤 대사마다 괜히 낯간지럽던 기분도 그 때문일 것이다. 한국어 자막

없이 본다면, 그걸 다정한 뉘앙스 그대로 듣는다면 다를지도 모를 일이었다.

전시를 준비하고 진행하며 일본 현지에서 사용하는 다정한 말 표현을 배웠다. 어떤 표현을 언제 쓰면 좋은지 알게 될 때마다 곧장 "그렇군요. 타카하시 씨. 공부가 됩니다" 하고 감사함을 표시했다.

다정한 언어의 감동은 전시 준비부터 끝날 때까지 이어졌다. 서니 홈페이지에 게시할 작가 소개를 작문하여 한글과 일어 두 언어로 문서를 보냈고, 표현이 괜찮은지 물어보았다. 내가 쓴 문장은 이러했다.

生活の瞬間を描いています。

止まっている絵は,

誰かのある日と似ているかもしれません。

생활의 순간을 그리고 있습니다.

머물고 있는 그림은,

누군가의 어느 날과 비슷할지도 모릅니다.

답장이 도착했다. 타카하시 씨는 한 문장을 조금 다르게 정정하는 게 어떠냐고 제안해주었다. '생활의 순간을(生活の瞬間)'이라는 표현 대신 '일상의 우연한 순간(日常のふとした瞬間)'으로 바꾸는 게 어떠냐고 말이다. 그 편이 내 작업과 더 어울릴 거라는 말

에 마음이 쿵 눌렸다. 타카하시 씨가 정정해준 문장이 내가 하고 싶던 말에 더 가까웠다. 나의 그림을, 내 작업의 분위기를, 그림이 되기까지의 어떤 날을 알아봐준 시선과 마음이 느껴졌다. 제안해준 문장으로 수정을 부탁하며 고맙다고 말했다. 언어라는 건 깊어서 좋다고.

실은 스트레칭의 세계가 도쿄의 작은 마을에 꾸려지게 되는 날이 다가와, 어느덧 설치 당일이 되었다. 타카하시 씨가 일전에 추천해준 서점 근처 카페 겸 식당 토루스(Torse)에서 오므라이스를 먹고, 산책하듯이 걸어서 서니에 다다랐다. 도착하자마자 두 손을 들고 "와버렸네요!" 하며 외쳤더니 "오" 하며 덤덤하게 맞이하는 타카하시 씨.

나는 안다. 눈을 동그랗게 뜨고 조금 웃으며 "오"라고 말하는 것. 타카하시 씨의 세계에선 꽤나 큰 반가움의 액션이라는 것을.

홍구 씨와 나 그리고 서니의 타카하시 씨. 이렇게 셋이서, 길다면 길게 짧다면 짧게 그림을 요리조리 달아보면서 마치 짤막한 놀이를 하듯 부드러운 기운으로 설치를 마쳤다. 빈 벽에 액자를 달아보며 "일단 연습입니다. 연습" 하는 타카하시 씨의 말에 "응응. 연습으로" 하며 안심의 맞장구를 쳤다.

"이런 느낌은?"

"음. 좋다고 생각합니다."

티 없이 맑은 시간이 흘렀다. 그림을 달았다가 떼어냈다가 하며 가장 와닿는 방향을 찾아나갔다. 무엇보다 나보다 더 열심히 좋은 분위기를 만들어가기 위해 노력해준 두 사람의 모습을 지켜보며 말 그대로 코코로쯔요이!

이후 전시 기간의 반절을 머물며, 나의 전시를 즐기고 또 여행을 즐겼다. 다른 나라의 다른 도시에서 전시를 하면서 얻은 건 전시 경험과 그림과 책, 굿즈를 판매한 금액, 도쿄에서 전시했다는 한 줄의 이력이 아니었다. 가깝게 느껴지는 다정함의 흔적들이었다.

도쿄를 더욱 사랑할 수 있게 만드는 사람들을 얻었다는 것. 타카하시 씨와 일러스트레이터 아베 씨는 나를 위해 하루만큼의 시간을 써주었고, 종일 다른 전시를 보고 산책을 하고, 길거리 카페에 앉아 또 다른 일을 모색하는 회의를 하며 하루를 온전히 함께 보냈다. 적당한 더운 날씨 아래에서 아이스카페라테를 쪽쪽 빨며 "이런 느낌으로 합시다", "응응. 좋다고 생각해요" 하며 만져지지 않는 애매한 표현을 나누며, 각자의 마음에는 확고한 미래를 그려보는 시간이 꽤 즐거웠다.

만나기 하루 전, "진아 씨. 아베입니다. 드라마 「수박」 좋아하지요? 내일 「수박」의 배경지에 가볼까요"라고 말해준 아베 씨. 만나서 이야기를 들어보니 「수박」이 방영 중일 때 당시 중학생이었던 아베 씨는, 드라마가 너무 좋아서 그 시절에 배경지인 산겐자야에 가보았다고 한다. 그 말이 너무 귀여웠다. 정작 다른 곳들을 열심히 다니느라 함께 산겐자야 산책은 가지 못했지만, 함께 산책을 하며 「수박」 이야기를 나누었다.

"그런데 해피니스 산차 하숙집은 거기에 없었어요."

"응응. 해피니스 산차는 다른 곳에서 촬영했다고 들었어요."

"헤. 역시 아는구나."

모르는 길을 걸으며 우리가 나눈 대화였다.

그리고 그날 밤, 아베 씨의 부모님이 운영하는 오래된 스시집에 초대받아 난생처음 드라마에서만 보던 둥글고 큰 접시에 가득 담긴 각종 스시를 대접받았다.

늘 어딘가에 서서 먹던 스시를, 보통의 동네에 자리한 제대로 된 스시집에서 맛보게 되다니. 행복을 외쳤다. 도쿄의 서점 점주와 도쿄의 일러스트레이터 그리고 나 이렇게 셋이 둘러앉아 나마비루(생맥주)와 니혼슈(일본식 청주)를 넘나들며 너무나 즐거운 대화들을 나눴고, 늦은 밤 공원 산책을 끝으로 헤어졌다. 우리 셋은 이 날을 오래 기억할 것 같다며 같은 목소리를 내었다.

또 하나의 다정한 기억이 있다.

전시 소식을 나의 인스타그램을 통해 접한 킷사 퍼블리크 팔러 SAMPO의 점주분께서 부러 전시를 보기 위해 서니를 찾아주었다. 그리고 이런 후기를 남겨주었다.

이전에 카페에 내점했을 때, 기회가 있다면 꼭 작품을 보고 싶다고 생각했던 한국의 일러스트레이터 임진아 씨의 개인전에.

진아 씨의 언어와 일러스트는, 마치 통풍이 잘되는 곳에 몸을 두고 있는 것 같아서 참으로 상쾌해집니다.

다른 도시에서 각자의 일상을 살아가다가 그림이 액자 안에 담기고, 그 액자가 창문이 되어서 어떤 기운을 전하고 전해 받는다는 것. 어린 시절 보았던 만화처럼 혹은 장난 같은 마법처럼, 도쿄의 작은 마을에 작은 비밀의 문이 창문처럼 나 있을 것 같은 생각이 자꾸만 들었다. 발을 담그고 싶은 비밀의 문.

전시를 보는 사람과 책을 넘기는 사람이 잠시나마 작은 숨을 들이쉬고 내쉬는 시간을 선명히 가졌으면 좋겠다고 생각했는데 누군가는 그런 시간을 가진 것이니, 정말 기뻤다. 통풍이 잘되는 곳에 몸을 두고 있다는 표현을 어찌 할 수 있었을까. 과연 명언의 나라, 후기의 나라라는 생각을 지나며 강한 감동을 받았다. 분명, 일상에서 때때로 그런 순간을 맞이하는 사람이 아닐까. 아, 정말 좋은 일상이 아닐 수 없다.

실은 스트레칭 전시는, 나에게 유연함을 주었다. 결국 내가 나에게 하고 싶은 메시지를 손수 만든 셈이었다. 그러나 마냥 행복하기만 한 시간은 아니었다. 그 과정에서 묘하게 아픈 감정을 통해 앞으로의 나의 방향에 대한 힌트를 얻은 일이 있었다.

전시 설치를 마치고 난 뒤, 패밀리 레스토랑에서 맥주를 마시며 말로 표현 못 할 상쾌함을 덤덤하게 느꼈다. 준비하는 동안 꿈꾸며 바라던 그 순간이었다. 그런데 그로부터 이틀 뒤 심야에 잠들지 못하고 펑펑 울었다. 전시를 준비하는 동안 괴로울 만큼 자주 내가 나에게 물어보았다. 하길 잘했냐고, 만족하냐고. 그날 밤엔 대답을 헤아려보기도 전에 눈물이 쏟아졌다.

살수록 나는 내가 얼마나 무서운지 모른다. 미래의 내가 마음에 들어하지 않으면 어쩌지, 실패하면 어쩌지, 노력해야 할 시간에 걱정을 하며 전시를 준비하고 또 바다를 건너온 나였다. 마치 이전에 신청한 책 한 권을 가지러 몸을 움직이면서도 과거의 나를 이해하지 못하던 것처럼, 나를 기쁘게 하기 위해 수락한 일을 기쁘게 해내야 하는 것도 나였다. 내가 기뻐하지 않을지도 모른다는 사실은 큰 공포였다. 어두운 숙소 침대 위에서 펑펑 울던 그 시간. 그날의 울음은 건강했을 것이다.

타카하시 씨, 아베 씨와 함께 친구가 되어 그들의 또 다른 친구가 하는 전시를 보며 그만 와장창 행복해졌던 기억이 선명하다. 나의 전시가 있는 도시에서, 다른 이의 전시를 보며 알 수 없는 자극을 받았다. 어쩌면 내가 가장 구현하고 싶었던 공기를 다른 이의 전시에서 느꼈는지도 모른다. 아니, 아무런 신경을 쓰지 않고 자신이 뿜어내는 기운을 과감히 표현하는 전시를 보며 미처 눈에 보이지 않던 세상이 보였다.

나는 더 이상 나의 눈치를 보지 않기로 했다. 남겨질 만한 자국들을 신경 쓰자고 다짐할 수 있었다. 나는 대체 무엇을 하고 싶은 걸까. 그림을 그리고, 글을 쓰는 일? 예술 혹은 일러스트? 스스로 던진 질문에 울지 않고 대답할 수 있었다.

"자국을 남기는 사람이야. 나로부터 생기게 되는 모든 자국들. 지금이기에 가능한, 나를 써서 없어지지 않게 된 자국을 기분 좋게 표현하고 싶은 것뿐이야."

강한 어조로 마음속에서 읊조렸다. 뒤이어 생각했다. 그림만을 그리고, 또 그림을 배우러 떠나고 싶다고. 생은 한 번이고 모처럼 삶을 표현해내고 싶은 마음을 갖고 태어났는데. 난생처음 내 나이가, 내 환경이 슬펐다.

이런 마음을 고스란히 간직한 채 다시 나의 자리로 돌아왔다. 남은 전시 기간은 타카하시 씨의 살핌으로 무사히 마무리되었다. 전시를 통해 도쿄라는 도시가 나에게는 이전과 아예 다른 존재가 되었다.

그리고 끝까지 다정한 언어를 선물받았다. 전시가 끝난 후에도 타카하시 씨가 마음을 써주어 기간 한정으로 서니 홈페이지 온라인 스토어에서 그림 몇 점을 판매했다. 멀리서 전시를 보러 오지 못한 이들을 위함이었다. 게시한 이튿날 타카하시 씨로부터 메시지 하나가 도착했다.

「자기 전에(그림 제목)가 조금 전 온라인으로 여정을 떠났습니다.

퇴근길 버스 안에서 이 문장을 읽으며 건강에 좋은 웃음과 동시에 눈가에 물이 가득 찼다. 답장을 하기 전에 한강을 잠시 바라보았다. 성산대교 밑 한강에 비친 각종 빛들이 울렁였다. 이 명언의 나라에 사는 사람으로부터 사사로운 태도를 끝없이 배우며 서울의 삶을 이어가고 있다.

온라인 세상의 보이지 않는 어떤 길을 따라, 서니에서부터 출발해 누군가의 장소에 다다르는 내 그림을 상상해본다. 가방을 메고 신칸센을 타는 상상까지.

부디, 무사히 도착하길.

마음에 닿고, 일상에서 드문드문 환기의 창이 되기를.

전시 이후에 이따금씩 타카하시 씨와 메일이나 메시지를 주고받을 때면 꼭 마지막에 덧붙이는 말이 생겼다.

- 마침 생각이 나서 스트레칭을 했답니다.

- 요즘은 건강이 많이 좋아졌습니다. 매일 잊지 않고 스트레칭을 합니다.

각자의 도시에서 살며, 스트레칭 친구로 서로를 대하는 관계. 나에게 서니는 다시 도쿄를, 나를 발견하게 해주었다. 이런 사람들이 살고 있는 도쿄를 계속해서 사랑하지 않을 수가 없다.

어느 도시에 사는 걸 한정 짓지 않기로 한다. 아직 내가 모르는 일상이 남아 있기를 바라며 지금을 살아간다. 실은 스트레칭처럼 작은 안심의 메시지를 나에게 선사하며 말이다.

 서니 보이 북스 SUNNY BOY BOOKS

'실은 스트레칭' 전시에 대해 타카하시 씨가 써준 소개글입니다.

한국 서울에서 활동하고 있는 일러스트레이터 임진아 씨의 전시를 개최합니다.
부드러운 선과 명랑한 공기가 전해지는 일러스트가 매력이며,
이번에는 전시 제목처럼,
책을 읽는 것은 실은 스트레칭,
독서도 머리의 스트레칭이라는
깜짝 놀라는 마음이 될 즐거운 일러스트가 늘어서 있을 것입니다.
일본에서는 첫 전시이므로 이 기회에 들러주세요.

아직, 도쿄

2016년 가을에 처음 출간 제안 메일을 받고 이 마지막 글을 쓰기까지 매일이 여행과도 같았습니다. 긴 시간 동안 도쿄 책을 쓰는 일이 어찌나 즐거웠는지 모릅니다. 끝이 나지 않기를, 이 여행이 계속되기를 빌며 조금씩 나아가다 보니 어느덧 30개의 시간이 한 권에 모였습니다. 별생각 없이 다녔던 여행의 장소들은 잊히지 않고 끈적하게 남아 있었습니다.

쓰지 않았다면 몰랐겠지요. 좋아하는 것과, 좋았던 순간들에게서 힌트를 얻어 살아가고 있었다는 것을.

핫피엔도의 노래 「바람을 모아서(風をあつめて)」를 들으며 도쿄의 그림을 그리곤 했습니다. 이 곡을 만든 이는 말합니다. 진흙탕같이 질척이는 도시에서 사는 사람들을 좀 더 산뜻한 곳으로 옮겨주고 싶은 마음을 노래를 통해서 들려주고 싶었다고요. 실제로 산뜻한 곳으로 아무도 옮겨지지는 않았겠지만 지금에서 벗어난 다른 곳을, 어쩌면 내가 원했던 그리운 곳을 떠올리게 만드는 곡임은 분명합니다.

『아직, 도쿄』의 이야기 또한 누군가에게 작은 바람으로 닿을 수 있을까요. 제가 모은 30개의 바람들로 인해 조금 다른 내일을, 여행 같은 매일을 그려보기를 바랍니다. 다짐이 일어나는 계기는 의외로 사소하다고 믿고 있습니다.

도쿄에 대한 글을 쓰고, 그림을 그리는 내내, 이제는 없는 할아버지 생각을 자주 했습니다. 젊은 시절의 할아버지가 찍혀 있는 흑백사진을 떠올리면 도쿄에 서 있던 할아버지의 모습이 상상 속에서 움직였습니다.

할아버지도 킷사텐에 앉아 담배를 피웠나요.

할아버지는 도쿄의 어느 동네를 좋아했나요.

할아버지도 커피를 좋아했는지요.

이제는 돌아오지 않는 대화를 먼 시간이 흘러 혼자 해봅니다.

저에게 도쿄라는 키워드를 던져준 이지은 편집자님께 감사드립니다. 덕분에 긴 여행을 잘 마쳤습니다.

이제 제 삶에 놓여 있던 한 철의 도쿄를 보내고 아직 모르는 도쿄를 맞이할 준비를 합니다.

2019년 4월

임진아

아직, 도쿄

초판 1쇄 발행 2019년 4월 29일   **초판 5쇄 발행** 2019년 6월 14일

지은이 임진아
펴낸이 연준혁

출판 2본부 이사 이진영
출판 7분사 분사장 최유연
편집 이지은
디자인 김준영

펴낸곳 (주)위즈덤하우스 미디어그룹   **출판등록** 2000년 5월 23일 제13-1071호
주소 경기도 고양시 일산동구 정발산로 43-20 센트럴프라자 6층
전화 031-936-4000   **팩스** 031-903-3893   **홈페이지** www.wisdomhouse.co.kr

ⓒ임진아, 2019

값 14,800원
ISBN 979-11-90065-01-6 03810